la vie
par 7

Holly Goldberg Sloan

# la vie
# par 7

Traduit de l'anglais
par Julie Lopez

GALLIMARD JEUNESSE

Graphisme de couverture : Theresa M. Evangelista
Photographies © Getty Images / David Malan
Shutterstock.com / Kletr


Titre original : *Counting by 7s*
Édition originale publiée par Dial Books for Young Readers,
The Penguin Group, New York.
© Holly Goldberg Sloan, 2013, pour le texte
© Gallimard Jeunesse, 2014, pour la traduction française

# Chapitre 1
# Willow Chance

*Un génie tire sur quelque chose que personne
d'autre ne voit, et atteint sa cible.*

Nous sommes dehors, devant *Fosters Freeze*, le fast-food,
assis à une table de pique-nique en métal vert océan.

Tous les quatre.

Nous mangeons de la glace à l'italienne qui a été plongée
dans une cuve de chocolat liquide (qui se solidifie ensuite en
coquille croustillante).

Je ne dis à personne que c'est grâce à de la cire. Ou plus
précisément : de la paraffine alimentaire, comestible.

En refroidissant, le chocolat emprisonne le délice à la
vanille.

Notre tâche consiste à le libérer.

D'ordinaire, je ne mange même pas de cônes glacés. Et
quand cela m'arrive, c'est avec une précision obsessionnelle
destinée à éviter la moindre goutte de désordre.

Mais pas aujourd'hui.

Je suis dans un lieu public.

Je n'espionne même pas.

Et mon cône glacé est un gros magma dégoulinant.

À cet instant précis, je suis le genre de personne qu'on pourrait trouver intéressant à observer.

Pourquoi ?

Eh bien, tout d'abord, je parle en vietnamien, qui n'est pas ma « langue maternelle ».

J'aime beaucoup cette expression parce que je trouve qu'en général, les gens ne mesurent pas le travail qu'effectue ce muscle en contraction.

Alors, merci, langue.

Assise là, au soleil de l'après-midi, je m'exprime en vietnamien dès que possible, c'est-à-dire souvent.

Je parle à ma nouvelle amie Mai, et même son grand frère, Quang-ha, toujours maussade et intimidant, parce que plus âgé, me dit quelques mots dans leur langue, qui n'est désormais plus qu'à moitié secrète.

Dell Duke, qui nous a conduits ici dans sa voiture, reste silencieux.

Il ne parle pas vietnamien.

Je n'aime pas exclure les gens (je suis toujours exclue, alors je sais ce que ça fait), mais ça ne me dérange pas que M. Duke tienne le rôle d'observateur. C'est un conseiller psychopédagogique et son travail consiste pour une large part à écouter.

Ou du moins, il devrait en être ainsi.

Mai se taille la part du lion, qu'il s'agisse de parler ou de manger (je lui donne mon cône quand je n'en veux plus), et tout ce que je sais avec certitude, alors que le soleil inonde nos visages et que nos glaces accaparent notre attention, c'est que je n'oublierai jamais cette journée.

Dix-sept minutes après notre arrivée, nous sommes de retour dans la voiture de Dell Duke.

Mai veut que nous passions devant Hagen Oaks, un parc. De grosses oies y vivent toute l'année. Elle pense que je devrais les voir.

Parce qu'elle a deux ans de plus que moi, elle tombe dans le piège consistant à croire que tous les enfants aiment s'extasier devant des canards dodus.

Ne vous méprenez pas, j'aime bien les oiseaux d'eau.

Mais en ce qui concerne le parc Hagen Oaks, je suis plus intéressée par la décision de la ville d'y planter des plantes originaires de la région que par les volatiles.

À en juger par l'expression de Dell (je vois ses yeux dans le rétroviseur), aucune de ces perspectives ne l'enchante, mais il conduit quand même jusqu'au parc.

Quang-ha est affalé sur son siège et je crois qu'il est simplement content de ne pas avoir à prendre le bus.

À Hagen Oaks, personne ne descend de voiture parce que Dell annonce qu'on doit rentrer à la maison.

Quand nous sommes allés au *Fosters Freeze*, j'ai appelé ma mère pour la prévenir que je rentrerais plus tard de l'école. Comme elle ne répondait pas, je lui ai laissé un message.

J'ai fait la même chose sur le portable de mon père.

Ni l'un ni l'autre ne m'a donné de nouvelles, ce qui est étrange.

Quand ils ne peuvent pas répondre au téléphone, ils me rappellent toujours rapidement.

Toujours.

Une voiture de police est garée dans mon allée quand Dell tourne dans ma rue.

Les voisins, au sud de chez nous, ont déménagé et leur maison a été saisie. Sur leur gazon pelé, un panneau indique : PROPRIÉTÉ DE LA BANQUE.

Au nord vivent des locataires que je n'ai vus qu'une fois, il y a 7 mois et quatre jours, le jour de leur emménagement.

Je regarde fixement la voiture de police et me demande si quelqu'un est entré par effraction dans la maison vide.

Maman n'a-t-elle pas dit que c'était embêtant d'avoir un logement inoccupé dans le quartier ?

Mais cela n'expliquerait pas pourquoi la voiture est dans *notre* allée.

Comme nous nous rapprochons, j'aperçois deux policiers dans la voiture de patrouille. Et à en juger par la manière dont ils sont affalés, il semblerait qu'ils soient là depuis un moment.

Tout mon corps se crispe.

Depuis le siège avant, Quang-ha demande :

– Qu'est-ce que font les flics dans ton allée ?

Les yeux de Mai passent de son frère à moi. Elle a maintenant un air interrogateur.

Je crois qu'elle se demande si mon père est un voleur, ou si j'ai un cousin violent. Peut-être que je viens d'une famille de fauteurs de troubles ?

Nous ne nous connaissons pas très bien, alors ce sont autant de possibilités.

Je garde le silence.

Je rentre tard. Mes parents étaient-ils tellement inquiets qu'ils ont appelé la police ?

Je leur ai laissé des messages.

Je leur ai dit que j'allais bien.

Je ne peux pas croire qu'ils auraient fait une chose pareille.

Dell Duke n'a pas encore complètement arrêté la voiture quand j'ouvre la portière, ce qui n'est évidemment pas sans danger.

Je sors et me dirige vers la maison, sans même me préoccuper de ma valise rouge à roulettes contenant mes affaires d'école.

Je n'ai fait que deux pas dans l'allée quand la portière s'ouvre, et une femme apparaît.

Elle a des cheveux teints en orange et attachés en une queue-de-cheval épaisse. Elle ne dit pas bonjour. Elle se contente de baisser ses lunettes de soleil et de demander :

– Connais-tu Roberta et James Chance ?

J'essaie de répondre, mais ma voix n'est pas plus forte qu'un murmure :

– Oui.

J'aimerais ajouter : « Mais mon père, c'est Jimmy Chance. Personne ne l'appelle James. »

Pourtant je n'y arrive pas.

L'agent tripote ses lunettes. Elle a beau porter l'uniforme, elle semble perdre toute son autorité.

Elle marmonne :

– OK… Et tu es… ?

Je déglutis. Soudain, j'ai la bouche sèche et la gorge serrée.

– Je suis leur fille.

Dell Duke est sorti de sa voiture et il marche vers nous en tirant ma valise. Mai est juste derrière lui. Quang-ha n'a pas bougé.

Le deuxième policier, plus jeune, fait alors le tour du véhicule et se poste à côté de son équipière. Mais ils ne disent rien.

Il n'y a que le silence.

Un horrible silence.

Et ensuite, ils portent leur attention sur Dell. Tous deux semblent nerveux. La femme parvient à demander :

– Et vous, qui êtes-vous… ?

Dell se racle la gorge. On dirait soudain qu'il transpire par tous les pores de sa peau. Il est à peine capable de parler.

– Dell D-D-Duke. Je travaille comme c-c-conseiller pour le district scolaire. Je suis deux de ces en-en-enfants. Je les ramenais juste chez eux.

Les deux policiers paraissent aussitôt soulagés.

La femme se met à hocher la tête, manifestant son soutien et presque de l'enthousiasme quand elle dit :

– Un conseiller ? Alors elle est au courant ?

Je retrouve ma voix pour demander :

– Au courant de quoi ?

Mais aucun des policiers ne me regarde. Ils n'en ont plus que pour Dell.

– Peut-on s'entretenir un instant avec vous, monsieur ?

Je regarde les mains de Dell, trempées de sueur, qui relâchent la poignée en vinyle noir de ma valise, et il suit les policiers qui s'éloignent de moi, de la voiture de patrouille, pour aller sur la chaussée encore chaude de la rue.

Ils se pressent les uns contre les autres, me tournant le dos, si bien qu'illuminés par le soleil bas de cette fin de journée, ils ressemblent à un monstre maléfique à trois têtes.

Et c'est bien ce qu'ils sont, parce que leurs voix, même étouffées, restent compréhensibles.

J'entends distinctement six mots :

– Il y a eu un accident.

Et après ça, leurs murmures m'apprennent que les deux personnes que j'aime le plus au monde sont parties pour toujours.

Non.

Non.

Non.

Non.

Non.

Non.

Non.

Il faut que je rembobine.

Je veux revenir en arrière.

Quelqu'un veut venir avec moi ?

# chapitre 2
## Deux mois plus tôt

Je m'apprête à faire ma rentrée dans un nouvel établissement.
Je suis fille unique.
J'ai été adoptée.
Et je suis différente.
Bizarre, quoi.
Mais j'en suis consciente et cela rend les choses moins difficiles. Du moins pour moi.
Est-ce possible d'être trop aimée ?
Mes
Deux
Parents
M'A-I-M-E-N-T
Vraiment,
Réellement.
Je pense qu'une chose qu'on a attendue très longtemps devient encore plus gratifiante.
La corrélation entre l'attente et la satisfaction d'un désir pourrait sans doute être quantifiée par une formule mathématique.

Mais je m'éloigne du sujet ; c'est l'un de mes problèmes et c'est pour ça que, même si je suis une intellectuelle, je ne suis jamais la chouchoute des profs.

Jamais.

Pour le moment, je vais m'en tenir aux faits.

Pendant 7 ans, ma mère a essayé d'avoir un bébé.

On peut dire qu'elle s'y est appliquée très longtemps, puisque la définition médicale de l'infertilité correspond à douze mois de rapports physiques pratiqués au moment opportun, sans résultat.

Et même si tout ce qui a rapport à la médecine me passionne, imaginer mes parents à l'œuvre, surtout avec régularité et enthousiasme, me donne la nausée (au sens médical de sensation désagréable dans l'abdomen).

Au cours de ces années, l'instrument de diagnostic, une baguette en plastique, a viré deux fois au bleu quand ma mère a fait pipi dessus.

Mais chaque fois, elle a perdu le fœtus. (Non mais franchement, « fœtus », quel drôle de mot ! On dirait une interjection.)

Ses brioches n'ont pas cuit.

Et c'est comme ça que je suis arrivée dans leur vie.

Le 7e jour du 7e mois (pas étonnant que j'adore ce chiffre), mes nouveaux parents se sont rendus dans un hôpital à 257 kilomètres de chez eux, où ils m'ont donné le nom d'un arbre de climat froid, Willow, le saule, et ont changé le monde.

Ou, du moins, notre monde.

Temps mort. La distance n'était probablement pas de 257 kilomètres, mais j'ai besoin de le croire. (2 + 5 = 7 et 257 est un nombre premier. Très spécial. Il y a de l'ordre dans mon univers.)

Retour au jour de l'adoption. Comme le raconte mon père, je n'ai pas pleuré une seule fois, mais ma mère a pleuré pendant tout le trajet sur l'autoroute Five South, jusqu'à la sortie 17 B.

Ma mère sanglote quand elle est heureuse. Quand elle est triste, elle garde le silence.

Je crois que son système émotionnel est tout déréglé de ce côté-là. On fait avec parce que, la plupart du temps, elle sourit. De toutes ses dents.

Quand mes deux nouveaux parents sont finalement arrivés dans notre maison en stuc de plain-pied, dans un lotissement au fond de la vallée de San Joaquin, ils étaient tous les deux à bout de nerfs.

Et l'aventure de notre famille venait juste de commencer.


Je pense qu'il est important de se représenter les choses. Même si cette représentation est fausse. Et elle l'est presque toujours.

Si vous pouviez me voir, vous diriez que je n'entre dans aucune catégorie ethnique facilement identifiable.

Je suis ce qu'on appelle « une personne de couleur ».

Mes parents, non.

Ils comptent parmi les personnes blanches les plus blanches du monde (sans exagération). Ils sont tellement blancs qu'ils en deviennent presque bleus. Ils n'ont pas de problèmes de circulation, c'est juste qu'ils n'ont pas beaucoup de pigments.

Ma mère a des cheveux roux et fins et des yeux d'un bleu

très, très pâle. Si pâles qu'ils paraissent gris. Ce qu'ils ne sont pas.

Mon père est grand et presque chauve. Il souffre de dermite séborrhéique, ce qui signifie que sa peau semble perpétuellement irritée.

Cela m'a amenée à effectuer beaucoup d'observations et de recherches mais, pour lui, ça n'a rien d'une partie de plaisir.

Si vous vous faites maintenant une image de ce trio et que vous nous considérez tous ensemble, je veux que vous sachiez que, même si je ne ressemble pas du tout à mes parents, nous avons naturellement l'air d'une famille.

Du moins, c'est mon opinion.

Et c'est tout ce qui importe vraiment.


En plus du chiffre 7, j'ai deux obsessions majeures. Les pathologies. Et les plantes.

Par pathologies, j'entends les maladies humaines.

Je suis mon propre sujet d'études, bien entendu. Mais mes maladies ont toutes été mineures et ne risquaient pas d'entraîner la mort.

J'ai beau observer mes parents et tenir la chronique de leurs maux, ils ne me laissent pas trop établir de diagnostics.

L'observation des maladies au sein de la population est la seule raison pour laquelle je quitte la maison (sans compter le camp d'emprisonnement, aussi connu sous le nom de collège, et ma visite hebdomadaire à la bibliothèque municipale).

Si j'avais le choix, je passerais plusieurs heures par jour à l'hôpital, mais il se trouve que cela pose problème au personnel infirmier.

Même si je me contente de camper dans une salle d'attente en faisant semblant de lire un livre.

Alors je me rends au centre commercial du coin qui, heureusement, possède son lot de maladies.

Mais je n'achète rien.

Depuis que je suis petite, je prends des notes de terrain et élabore des fiches de diagnostic.

Je suis particulièrement intéressée par les troubles dermatologiques, que je photographie seulement si le sujet (et l'un de mes parents) regarde ailleurs.

Mon second intérêt : les plantes.

Elles vivent, poussent, se reproduisent, s'étirent dans tous les sens, tout autour de nous, tout le temps.

Nous acceptons ce fait sans même le remarquer.

Ouvrez les yeux, enfin.

C'est incroyable.

Si les plantes produisaient des sons, tout serait différent. Mais elles communiquent grâce à leurs couleurs, leurs formes, leurs tailles et leurs textures.

Elles ne miaulent pas, n'aboient pas et ne gazouillent pas.

Nous pensons qu'elles n'ont pas d'yeux, mais elles voient l'angle du soleil et le lever de lune. Elles ne ressentent pas seulement le vent, elles changent de direction en fonction de lui.

Avant de me prendre pour une folle (ce qui est toujours une possibilité), regardez dehors.

Tout de suite.

J'espère que votre fenêtre ne donne pas sur un parking ou sur le flanc d'un immeuble.

J'imagine que vous contemplez un grand arbre aux feuilles délicates. Que vous apercevez des herbes folles ondulant dans un vaste champ. Des mauvaises herbes pointant dans une fissure du trottoir, quelque part au loin. Nous sommes encerclés.

Je vous demande de leur prêter attention et de les considérer sous un nouveau jour, comme des êtres Vivants.

Avec un V majuscule.


Ma ville, comme une grande partie de la vallée centrale de Californie, possède un climat désertique, avec un sol plat et, plus de la moitié de l'année, un temps sec et très chaud.

Comme j'ai toujours vécu ici, des mois entiers à une température extérieure de trente-huit degrés me paraissent normaux.

Nous appelons ça l'été.

Malgré la chaleur, on ne peut nier que l'ensoleillement et le sol riche en font un endroit idéal pour cultiver des plantes, dès lors qu'on ajoute de l'eau à l'équation.

Et c'est ce que j'ai fait.

Là où, chez nous, il n'y avait autrefois qu'un rectangle d'herbe, s'élève désormais un bosquet de bambous de plus de dix mètres de haut.

J'ai planté des agrumes (orangers, pamplemoussiers et limettiers) à côté de mon potager, qui donne toute l'année.

Je fais pousser du raisin, différentes plantes grimpantes, des fleurs annuelles et des vivaces et, sur une petite zone, des plantes tropicales.

Me connaître, c'est connaître mon jardin.

C'est mon sanctuaire.

C'est plutôt tragique qu'on ne puisse pas se rappeler nos toutes premières années.

J'ai l'impression que ces souvenirs pourraient détenir la clé de la grande question : « Qui suis-je ? »

Quel a été mon premier cauchemar ?

Qu'ai-je réellement ressenti en faisant mon premier pas ?

Quel processus décisionnel s'est mis en place quand est venu le moment d'arrêter de porter des couches ?

J'ai bien quelques souvenirs de toute petite fille, mais la première scène détaillée dont je me souviens remonte à l'école maternelle, quand bien même j'ai tout fait pour oublier cette expérience.

Mes parents m'avaient dit que j'allais bien m'amuser là-bas. C'était faux.

L'école ne se trouvait qu'à quelques pâtés de maisons de chez nous, et c'est là que, pour la première fois, j'ai commis le crime de remettre le système en question.

L'institutrice, Mme King, était péniblement venue à bout d'un livre d'images très populaire. On y trouvait toutes les caractéristiques de la littérature préscolaire : des répétitions, des rimes agaçantes et des mensonges scientifiques éhontés.

Je me rappelle la question que Mme King avait posée à la classe :

– Comment vous sentez-vous après la lecture de ce livre ?

La réponse adéquate, pour cette femme à l'entrain exagéré, c'était « fatigués », parce qu'elle nous forçait à nous allonger pendant vingt minutes sur des tapis en caoutchouc poisseux après « l'album de la pause-déjeuner ».

En temps normal, la moitié de la classe s'endormait profondément.

Je me rappelle distinctement un petit garçon dénommé Miles qui avait mouillé deux fois son pantalon et, à l'exception d'un certain Garrison (qui, j'en suis certaine, souffrait d'une sorte de syndrome des jambes sans repos), tous les autres semblaient apprécier cette pause horizontale.

Qu'avaient-ils donc dans la tête ?

Cette première semaine de classe, alors que mes camarades s'assoupissaient, je m'inquiétais de manière obsessionnelle de l'hygiène du sol en linoléum.

J'entends encore Mme King, le dos droit et la voix retentissante : « Alors, comment vous sentez-vous ? »

Elle poussait ensuite quelques bâillements exagérés.

Je me revois regarder mes codétenus en me disant : « Quelqu'un, n'importe qui, pourrait-il crier le mot "fatigués" ? »

Je n'avais pas prononcé une seule syllabe au cours de mes cinq séances en tant qu'élève, et je n'avais pas l'intention de commencer.

Mais après des jours entiers à entendre plus de mensonges dans la bouche d'un adulte qu'en une vie entière – tout y était passé, des fées qui nettoyaient la classe la nuit aux absurdités pour expliquer la présence des kits de préparation aux tremblements de terre –, j'étais arrivée au point de rupture.

Alors, quand l'institutrice a demandé expressément :

– Willow, comment te sens-tu après la lecture de ce livre ?

Il a fallu que je dise la vérité :

– Je me sens vraiment mal. La lune ne peut pas entendre quelqu'un qui lui souhaite bonne nuit car elle se situe à trois cent quatre-vingt mille kilomètres de la terre. Et les lapins ne vivent pas dans des maisons. Et puis je ne trouve pas les illustrations très intéressantes.

Je me suis mordillé la lèvre inférieure et j'ai senti le goût métallique du sang.

– Mais surtout, je me sens mal quand je vous écoute lire ce livre parce que je sais qu'après, vous allez nous forcer à nous allonger par terre, et les microbes pourraient nous rendre malades. Il existe un truc, la salmonelle, et c'est très dangereux. Surtout pour les enfants.

Cet après-midi-là, j'ai appris le mot « cinglée », parce que c'est comme ça que m'ont appelée les autres enfants.

Quand ma mère est venue me chercher, elle m'a trouvée pleurant derrière la benne à ordures, dans la cour de récréation.


Ce même automne, on m'a emmenée voir une consultante pédagogique qui m'a fait passer une évaluation. Elle a envoyé une lettre à mes parents.

Je l'ai lue.

Elle disait que j'étais « surdouée ».

Certaines personnes sont-elles « sous-douées » ?

Ou « moyennement douées » ?

Ou simplement « douées » ? Il est possible que toutes les étiquettes soient une malédiction. À moins qu'elles ne soient collées sur des produits d'entretien.

Parce que, selon moi, ce n'est pas une très bonne idée de réduire les gens à une seule caractéristique.

Chaque personne est constituée de nombreux ingrédients qui font d'elle une création unique.

Nous sommes tous des bouillons génétiques imparfaits.

Selon la consultante, Mme Grace V. Mirman, le défi pour les parents d'une enfant «surdouée», c'était de trouver des moyens de l'occuper et de la stimuler.

Mais je crois qu'elle avait tort.

Presque tout m'intéresse.

Je peux m'absorber dans la courbe de l'eau d'un combiné d'arrosage. Je peux passer un temps fou penchée sur mon microscope.

Le défi, pour mes parents, serait de me trouver des amis pouvant supporter quelqu'un comme moi.

Tout cela nous conduit à notre jardin.

Mes parents ont prétendu qu'ils cherchaient à enrichir ma vie. Mais je crois qu'une chose était évidente depuis le début :

Les plantes ne parlent pas.

# chapitre 3

Toute la famille s'est lancée dans le jardinage.

J'ai des photos de nos premières expéditions pour aller acheter des graines et choisir des jeunes plants. J'ai l'air surexcitée.

J'ai adopté très tôt ma tenue de jardinage.

Elle n'a pas changé au fil des ans.

On pourrait dire que c'était mon uniforme.

Je revêtais presque toujours une chemise kaki et un chapeau rouge pour me protéger du soleil. (Le rouge est ma couleur préférée parce qu'elle a beaucoup d'importance dans le monde végétal.)

Je portais un pantalon brun clair avec des genouillères intégrées. Et des grosses chaussures en cuir à lacets.

J'avais conçu cette tenue pour des raisons pratiques.

Je tirais mes longs cheveux bouclés et indisciplinés en arrière et les retenais avec une barrette quelconque. Je mettais des lunettes-loupes (comme les personnes âgées) pour inspecter les plantes de près.

Dans mon jardin, dans cet uniforme, j'ai déterminé (grâce

à une analyse chimique, à l'âge de 7 ans) que les petites taches brunes qui apparaissaient sur les meubles de jardin étaient des crottes d'abeilles.

J'étais stupéfaite que si peu de gens s'en soient déjà rendu compte.

Dans un monde idéal, j'aurais mené des investigations vingt-quatre heures sur vingt-quatre.

Mais le repos revêt une importance capitale dans le développement des adolescents.

J'avais calculé mon biorythme exact : il me fallait 7 heures et 47 minutes de repos chaque nuit.

Et pas seulement parce que j'étais obsédée par le chiffre 7.

Ce qui était le cas.

Mais parce que mes rythmes circadiens étaient réglés ainsi. C'est de la chimie.

Comme tout le reste, non ?

On m'a dit que je vivais trop à l'intérieur de ma tête.

C'est peut-être pour ça que je ne m'en sors pas très bien à l'école et que je n'ai jamais eu beaucoup d'amis.

Mais mon jardin m'ouvrait une fenêtre sur d'autres formes de camaraderie.

Quand j'avais huit ans, un vol de perruches sauvages à croupion vert s'est installé dans le palmier queue-de-poisson près de la barrière en bois, au fond du jardin.

Un couple y a fait son nid et j'ai pu assister à l'arrivée des bébés perruches.

Chaque oisillon possédait son propre gazouillis.

Je suis presque sûre que seule la maman perruche à croupion vert et moi-même en étions conscientes.

Quand le plus minuscule oisillon a été poussé du nid, je l'ai secouru et je l'ai appelé Tombé.

En le nourrissant à la main, nuit et jour au début, j'ai réussi à l'élever comme une mère perruche.

Quand Tombé a été assez fort pour voler, je l'ai réintroduit dans sa volée.

Ç'a été incroyablement gratifiant.

Mais également déchirant.

D'après mon expérience, les choses gratifiantes et déchirantes vont souvent de pair.

À l'école primaire Rose, j'ai eu une véritable camarade.

Elle s'appelait Margaret Z. Buckle.

Elle avait ajouté le Z parce qu'elle n'avait pas de second prénom et qu'elle tenait beaucoup à ce qu'on la considère dans son individualité.

Mais Margaret (ne l'appelez surtout pas Maggie) a déménagé l'été suivant notre année de CM2. Sa mère, ingénieur dans l'industrie pétrolière, avait été mutée au Canada.

Je croyais que, malgré la distance, Margaret et moi resterions très proches.

Et au début, ç'a été le cas.

Cependant, je suppose que les gens sont beaucoup plus ouverts au Canada parce que, à Bakersfield, c'était Margaret et moi contre le reste du monde.

Là-bas, elle a toutes sortes d'amis.

Désormais, les rares fois où nous correspondons, elle

mentionne le nouveau pull qu'elle vient d'acheter. Ou un groupe qu'elle aime. Des trucs comme ça.

Elle n'a pas envie de parler de cheiroptérophilie, à savoir la pollinisation des plantes par les chauves-souris. Elle est passée à autre chose.

Comment le lui reprocher ?


Margaret étant partie au Canada, j'espérais que le collège Séquoia m'offrirait de nouvelles opportunités amicales.

Ça ne s'est pas passé comme ça.

Je suis petite pour mon âge, mais j'attendais avec impatience de devenir un « Séquoia Géant ».

Le simple fait qu'un établissement ait un arbre pour mascotte me paraissait prometteur.

Le collège se trouvait de l'autre côté de la ville et devait me permettre de prendre un nouveau départ, puisque les élèves de mon école primaire allaient tous au collège Emerson.

Mes parents ont obtenu une autorisation spéciale du district pour m'envoyer à Séquoia.

Ils croyaient que je ne trouverais jamais un professeur qui me comprendrait vraiment. Selon moi, il aurait été plus juste de dire que je ne comprendrais jamais aucun de mes professeurs.

Il y a une différence.

Juste avant la rentrée, à l'automne, j'ai éprouvé la même hâte que quand j'attendais la floraison de mon *Amorphophallus paeoniifolius*.

À une époque, je cultivais de manière obsessionnelle des « fleurs-cadavres » rares.

C'était leur fleur étrange qui m'avait attirée au premier abord.

Les pétales d'un pourpre profond ressemblent aux habillages en velours qui garnissent parfois les cercueils. Et le long stigmate jaunâtre et agressif qui jaillit de son centre évoque le doigt d'un vieil homme aigri.

Mais cette plante doit sa réputation à son odeur. Quand la fleur s'ouvre, c'est comme si un cadavre sortait de terre.

Elle dégage une puanteur tout simplement indescriptible. Vraiment, il faut un moment pour s'y habituer.

Aucun animal ne veut s'en approcher, et encore moins croquer ce végétal exotique et nauséabond, couleur de vin.

C'est l'inverse d'un parfum.

Je croyais qu'aller au collège changerait ma vie. Je me voyais comme une plante rare, prête à dévoiler ses profondeurs cachées.

Mais j'espérais vraiment que je n'empuantirais pas l'atmosphère.


J'ai essayé de m'adapter.

J'ai fait des recherches sur les adolescents, ce qui était intéressant puisque je m'apprêtais à en devenir une.

J'ai lu des articles sur les adolescents au volant, les adolescents fugueurs et le taux d'adolescents abandonnant leurs études. Et ç'a été un choc.

Cependant, mes recherches ne m'ont apporté aucun éclaircissement sur le domaine qui m'intéressait au premier chef : l'amitié adolescente.

Si l'on en croit les médias, les jeunes de cet âge sont trop occupés à enfreindre la loi et à essayer de se tuer ainsi que les gens qui les entourent, pour former des liens d'attachement.

À moins, bien sûr, que ces liens ne débouchent sur une grossesse adolescente.

J'ai trouvé beaucoup de documentation à ce sujet.

Juste avant la rentrée, je suis allée passer une visite médicale.

L'examen s'est bien, bien mieux déroulé que prévu puisque, pour la première fois, on m'a diagnostiqué un véritable problème de santé.

J'avais attendu douze longues années que ce moment arrive.

J'avais besoin de lunettes.

Certes, l'indice de correction était faible.

Et en effet, ce trouble aurait pu être causé en partie par de la fatigue oculaire. (Apparemment, je fixe trop longtemps mon regard sur ce qui se trouve juste en face de moi, par exemple un livre ou un écran d'ordinateur, et je ne regarde pas assez au loin pour refaire le point.)

Je me suis donc félicitée pour cette réussite : j'avais espéré une forme de myopie, et désormais je l'avais.

Après la consultation, nous sommes allés chez l'opticien pour que je choisisse mes lunettes. J'ai opté pour des montures qui ressemblaient à celles de Gandhi.

Rondes, en acier et très « old-school », selon la dame qui s'occupait de moi.

Elles me convenaient parfaitement, puisque j'entrais en paix dans le meilleur des mondes.

Une semaine avant le premier jour de classe, j'ai pris une autre grande décision.

Au petit déjeuner, après avoir avalé une grosse bouchée de mon « Réveil sain », qui se compose de pousses de betterave parsemées de graines de lin (le tout du jardin), j'ai annoncé :

– J'ai décidé de ce que j'allais porter pour mon premier jour à Séquoia.

Debout devant l'évier, mon père grignotait en douce un beignet nappé de chocolat. J'avais beau m'efforcer de détourner mes parents de ce genre de cochonneries, ils me dissimulaient un bon nombre de leurs pratiques alimentaires.

Il déglutit rapidement et me demanda :

– Quoi donc ?

J'étais aux anges.

– Je vais porter ma tenue de jardinage.

Il avait sans doute pris un trop gros morceau, parce qu'on aurait dit qu'il lui était resté en travers de la gorge. Il parvint néanmoins à ajouter :

– Tu es sûre ?

Évidemment que je l'étais. Cependant, j'ai gardé mon calme.

– Oui. Mais je ne mettrai pas mes jumelles autour de mon cou, si c'est ce qui t'inquiète.

Ma mère, occupée jusque-là à vider le lave-vaisselle, s'est retournée. J'ai vu une expression peinée sur son visage. Un peu comme si elle venait de se rendre compte qu'elle venait de ranger la vaisselle sale, ce qui lui était déjà arrivé.

Ses traits se défroissèrent et elle dit :

– Quelle idée intéressante, ma chérie ! Mais je me demandais… Les gens feront-ils le lien ? Il vaudrait peut-être mieux porter une couleur vive. Du rouge, par exemple. Tu adores le rouge.

Ils ne comprenaient pas.

Mon premier jour au collège représentait une chance de repartir de zéro. Il fallait que je communique mon identité au groupe, tout en laissant dans l'ombre certains éléments basiques de ma personnalité.

Je n'ai pas pu m'empêcher de le leur expliquer :

– Je veux exprimer mon engagement envers la nature.

Je les ai vus échanger un bref coup d'œil.

Mon père avait du glaçage sur les dents de devant, mais je n'ai pas voulu le lui faire remarquer, surtout après qu'il a dit :

– Bien sûr. Tu as absolument raison.

J'ai baissé les yeux sur mon bol et j'ai commencé à compter les graines de lin, les multipliant par 7.

| 7 | 14 | 21 | 28 | 35 | 42 | 49 | 56 | 63 | 70 |
|---|---|---|---|---|---|---|---|---|---|
| 77 | 84 | 91 | 98 | 105 | 112 | 119 | 126 | 133 | 140 |
| 147 | 154 | 161 | 168 | 175 | 182 | 189 | 196 | 203 | 210 |
| 217 | 224 | 231 | 238 | 245 | 252 | 259 | 266 | 273 | 280 |
| 287 | 294 | 301 | 308 | 315 | 322 | 329 | 336 | 343 | 350 |
| 357 | 364 | 371 | 378 | 385 | 392 | 399 | 406 | 413 | 420 |
| 427 | 434 | 441 | 448 | 455 | 462 | 469 | 476 | 483 | 490 |
| 497 | 504 | 511 | 518 | 525 | 532 | 539 | 546 | 553 | 560 |

C'est une technique pour fuir la réalité.

Le lendemain après-midi, un magazine pour ados apparaissait sur mon lit.

À cette époque de l'année, toutes ces publications se concentraient sur « la rentrée ».

Sur la couverture, une adolescente aux cheveux couleur banane arborait le plus large sourire que j'aie jamais vu. J'ai lu le gros titre : TA TENUE FAIT-ELLE PASSER LE BON MESSAGE ?

Personne n'a reconnu l'avoir posé là.

# chapitre 4

Mes parents m'ont soumis d'autres suggestions étranges avant le premier jour de classe.

J'en ai conclu qu'ils devaient tous les deux avoir été traumatisés par leur adolescence.

En cette première matinée dans un établissement complètement nouveau, j'ai rempli ma valise à roulettes rouge (conçue pour les grands voyageurs d'affaires, mais achetée pour transporter mes livres et mes fournitures), et nous sommes sortis de chez nous.

Mes parents avaient tous deux insisté pour me déposer en voiture. Mais ni l'un ni l'autre, à ma demande expresse, ne m'accompagnerait à l'intérieur.

J'avais passé en revue le plan des bâtiments et tout mémorisé, de la hauteur des plafonds aux sorties de secours en passant par la localisation des prises de courant.

J'étais préinscrite en anglais, maths, espagnol, éducation physique, sciences sociales et sciences.

À l'exception de l'EPS, j'étais très calée dans ces matières.

J'avais calculé le temps qu'il me faudrait pour parcourir les couloirs, ainsi que le volume des placards de rangement.

Je pouvais réciter le manuel de l'élève de Séquoia dans son intégralité.

Alors que nous quittions notre allée, malgré mon anxiété, je savais une chose avec certitude : j'étais prête pour le collège.

Je me trompais.

Cet endroit était tellement bruyant.

Les filles hurlaient et les garçons s'agressaient physiquement.

Du moins, c'est l'impression que j'ai eue.

J'ai dû ôter mon panama rouge, et ça m'a contrariée.

Il s'agissait de ma couleur emblématique, mais après tout, ce chapeau était conçu pour me protéger du soleil.

Je n'avais fait que quatre pas dans la foule, quand une fille m'a approchée.

Elle a foncé droit sur moi et a lancé :

– Le deuxième cabinet des toilettes est cassé. C'est carrément répugnant.

Elle a agité le bras en direction d'autres carnassiers, puis elle a filé.

Il m'a fallu un moment pour traiter cette déclaration.

M'avait-elle simplement donné un tuyau, pour mon information ?

Je la voyais maintenant parler à deux filles près d'une rangée de casiers et elle avait perdu toute sa véhémence.

En scrutant la masse, j'ai aperçu un homme mince aux cheveux noirs, qui tirait un chariot à roulettes. Chargé de produits d'entretien. Avec deux balais à franges attachés à l'arrière.

En l'observant, je me suis rendu compte que nous étions habillés de la même façon.

Cependant, lui tirait un chariot de nettoyage, pas une valise dotée de roulettes pivotant à trois cent soixante degrés.

J'ai eu alors une pensée pénible : il était possible que cette fille m'ait prise pour un quelconque agent d'entretien.

J'ai tenu moins de trois heures.

Cet endroit m'a gravement donné la nausée. Pour des raisons de santé et de sécurité, je suis allée au bureau de la vie scolaire et j'ai insisté pour qu'on me laisse appeler chez moi.

J'ai attendu dehors, sur le trottoir, et rien qu'en voyant la voiture de ma mère au loin, j'ai pu respirer plus facilement.

Dès que je suis montée, ma mère a dit :

– C'est toujours dur, le premier jour.

Si j'étais du genre à pleurer, je n'aurais pas manqué de le faire, mais ce n'est pas dans mon caractère. Je ne pleure presque jamais. Au lieu de ça, j'ai simplement hoché la tête en regardant par la fenêtre.

Je peux disparaître en moi comme ça.

De retour à la maison, j'ai passé le reste de l'après-midi dans mon jardin.

Je n'ai pas bêché, arraché les mauvaises herbes des plates-bandes ou tenté de greffer une branche d'arbre ; je me suis assise à l'ombre et j'ai écouté mon cours de japonais.

Ce soir-là, je me suis retrouvée à contempler le ciel par la fenêtre et à compter de 7 en 7, jusqu'à atteindre ce qui s'est avéré un nouveau record.

J'ai essayé d'encaisser.

Mais ce que j'apprenais et ce qu'on m'enseignait ne se recoupaient jamais.

Pendant que mes professeurs s'étendaient lourdement sur les subtilités arides de leur matière de prédilection, j'étais assise au fond et je m'ennuyais à mourir. Je savais déjà tout, alors je m'occupais en étudiant les autres élèves.

J'en ai tiré quelques conclusions sur l'expérience collégienne :

La tenue vestimentaire est très importante.

Dans mon monde idéal, tout le monde porterait des vestes de laboratoire en milieu scolaire mais, de toute évidence, cela ne risquait pas d'arriver.

L'adolescent moyen est disposé à revêtir un accoutrement très inconfortable.

D'après mes observations, plus on vieillit, plus on aime le mot « douillet ».

C'est pourquoi la plupart des personnes âgées portent des pantalons avec des ceintures élastiquées. Quand ils en portent encore. Cela pourrait expliquer pourquoi les grands-parents adorent offrir des pyjamas et des robes de chambre à leurs petits-enfants.

Les tenues de mes camarades étaient, selon moi, soit bien trop serrées, soit bien trop lâches.

Apparemment, posséder un vêtement de la bonne taille n'était pas acceptable.

Les coupes de cheveux et les accessoires tenaient un rôle décisif.

La couleur noire jouissait d'une grande popularité.

Certains élèves faisaient beaucoup d'efforts pour sortir du lot.

D'autres en fournissaient tout autant pour se fondre dans la masse.

La musique était une sorte de religion.

Elle semblait rassembler les gens, et les déchirer. Elle servait à identifier un groupe et, apparemment, prescrivait sa façon de se comporter et de réagir.

Les interactions entre les espèces mâle et femelle étaient variées, intenses et extrêmement imprévisibles.

Les élèves se touchaient plus que je ne l'aurais cru.

Certains n'avaient aucune inhibition d'aucune sorte.

Personne ne se préoccupait de la nutrition.

Plus de la moitié des garçons ne comprenait toujours pas le mot « déodorant ».

Et le mot « énorme » était utilisé à tort et à travers.

Pas plus tard que le 7ᵉ jour de cette nouvelle mésaventure éducative, Mme Kleinsasser a fait une annonce quand je suis entrée en cours d'anglais :

– Ce matin, tout le monde va passer un test de connaissances commun à tous les élèves de l'État de Californie. Vous trouverez sur votre bureau un crayon à papier numéro 2 et un livret que vous n'ouvrirez que quand je vous l'aurai demandé.

Elle nous a fait signe qu'elle était prête et a déclenché un chronomètre.

Et soudain, j'ai décidé de me concentrer.

J'ai pris le crayon et j'ai commencé à noircir les ovales correspondant aux bonnes réponses.

Au bout de 17 minutes et 47 secondes, je me suis levée et j'ai marché jusqu'à l'avant de la classe, où j'ai tendu le formulaire de réponses et le livret au professeur.

Je suis sortie discrètement et il se peut que j'aie entendu toute la classe murmurer.

J'ai obtenu un score parfait.

La semaine suivante, quand je suis entrée dans la classe de Mme Kleinsasser, elle m'attendait. Elle a dit :

– Willow Chance. La principale Rudin veut te voir.

À cette nouvelle, mes homologues collégiens se sont mis à bourdonner comme des abeilles ouvrières gonflées de pollen.

Je me suis dirigée vers la porte mais, au dernier moment, je me suis retournée.

Il a dû être évident que je voulais parler, car la classe est devenue silencieuse alors que je faisais face à mes camarades.

J'ai retrouvé ma langue et j'ai dit :

– La fleur-cadavre humaine a éclos.

Je suis presque certaine que personne n'a compris.

Je me suis assise dans le bureau de la principale Rudin, bien moins impressionnant que je ne l'avais espéré.

Cette femme anxieuse s'est appuyée sur son bureau et, alors qu'elle fronçait les sourcils, un motif de rides s'entrecroisant selon des angles étranges est apparu sur son front.

J'ai éprouvé la certitude qu'en l'observant suffisamment longtemps, j'y trouverais une théorie mathématique.

Mais les rides ont repris une forme normale avant que je puisse élucider leur dynamique et la principale a demandé :

– Willow, sais-tu pourquoi tu es ici ?

J'ai pris la décision de ne pas répondre, espérant que cela provoquerait un nouveau plissement de la peau de son front.

Elle me dévisageait sans ciller.

– Tu as triché.

Je me suis surprise à répondre :

– Je n'ai triché à rien du tout.

Elle a expiré.

– D'après ton dossier, on t'a détecté, il y a plusieurs années, des aptitudes élevées. Tes professeurs n'ont rapporté aucun élément le confirmant. Personne dans tout l'État n'a obtenu un score parfait à ce test.

J'ai senti que mon visage s'échauffait.

– Vraiment ?

Mais ce dont j'avais vraiment envie, c'était de hurler : « Votre coude gauche présente des symptômes de psoriasis de cinquième type, une pathologie érythrodermique caractérisée par de grosses plaques d'un rouge intense. Pour vous soulager, je vous recommanderais un traitement à base d'application de crème à la cortisone deux et demi pour cent combinée à une exposition régulée au soleil – sans coup de soleil, bien sûr. »

Pourtant je me suis retenue.

J'avais très peu d'expérience avec l'autorité. Et aucune en tant que médecin en exercice.

Alors je ne me suis pas défendue.

Je me suis juste fermée comme une huître.

Il s'est ensuivi un interrogatoire à sens unique de 47 minutes.

La principale, incapable de prouver la tromperie, mais certaine qu'elle s'était produite, a fini par me laisser partir.

Mais pas avant d'avoir fait une demande officielle pour que je consulte un conseiller spécialisé dans les troubles du comportement, au siège du district.

C'est là-bas qu'on envoyait les vrais enfants à problèmes.

Mon conseiller s'appelait Dell Duke.

# chapitre 5
# Dell Duke

*Un ignare tire sur la mauvaise cible, et la touche.*

Dell Duke n'en revenait pas d'avoir échoué dans une communauté agricole tentaculaire.

Ce n'était pas à la hauteur de ses rêves.

À sa naissance, on l'avait affublé du nom de famille de sa mère, Delwood, en guise de prénom. Heureusement, personne ne l'avait jamais appelé comme ça.

Depuis le début, il était Dell.

S'il détestait son prénom, il tirait une certaine fierté de son patronyme, Duke.

Seuls quelques parents savaient que, deux générations plus tôt, la famille s'était nommée Doufinakas; mais en ce qui le concernait, George, son ancêtre grec, avait fait le bon choix.

Dell soufflait à qui voulait bien l'entendre que sa famille était liée à la fondation de la célèbre université américaine. Et qu'elle avait à une époque porté la couronne des ducs.

Très tôt, Dell Duke avait voulu devenir médecin parce qu'il aimait les séries télévisées peuplées de personnes héroïques qui, chaque semaine, sauvaient des gens tout en exhibant une dentition parfaite et de superbes coupes de cheveux.

Et puis, docteur Dell Duke, ça sonnait bien. Ça faisait trois D. C'était mieux que deux.

Il avait donc étudié la biologie à l'université, ce qui ne s'était pas très bien passé, vu qu'il n'arrivait pas à mémoriser les faits.

Ils se modifiaient, se déplaçaient puis s'évaporaient rapidement de sa conscience.

Et quand bien même ils auraient été enfouis quelque part dans son inconscient, il n'avait pas accès à cette zone de son esprit.

Si bien qu'au deuxième semestre, il changeait de spécialité pour la quatrième fois, passant des sciences dures aux sciences molles.

Finalement, après un cursus étiré sur six ans et demi, il avait obtenu un diplôme de psychologie.

De là, après beaucoup de recherches, il avait trouvé un emploi dans un centre pour personnes dépendantes, en tant que directeur des activités.

On l'en avait renvoyé au bout de trois mois seulement.

Les personnes âgées ne l'aimaient pas. Il manquait de réelle compassion et n'avait pas envie de s'occuper de leurs problèmes de santé. À plus d'une occasion, on l'avait vu s'enfuir à toutes jambes de la salle d'activités, dans un état de panique totale.

Comme il avait trop peur de travailler avec des détenus, il avait visé le système scolaire public.

Il avait suivi des cours du soir et, après trois ans d'études supplémentaires, il avait passé un certificat de conseiller psychopédagogique pour adolescents ; il était donc en bonne voie pour travailler dans l'éducation.

Mais personne n'embauchait.

Il avait envoyé des centaines de CV, littéralement, et après trois ans de travail comme commis de bar, à porter des bassines de verres sales à des plongeurs aigris, il avait fini par y ajouter une expérience bidon de conseiller, et il avait eu une touche.

Bakersfield.

Sur le papier, cela semblait incroyable.

La carte indiquait que cette ville se situait en Californie du Sud. Il s'était imaginé une vie remplie de planches de surf et de personnes bronzées mangeant des chips de maïs moyennement épicées sur son balcon en bord d'océan.

Mais dans la Vallée Centrale, les mois où la température frôlait tous les jours les quarante degrés s'enchaînaient. Tout était plat, sec et sans accès à la mer.

Bakersfield, ce n'était pas Malibu.

Ce n'était même pas Fresno.

Dell avait accepté le poste, chargé sa vieille Ford à peine en état de marche, et mis le cap au sud.

Il n'avait pas organisé de fête de départ avant de quitter Walla Walla, dans l'État de Washington, parce que tout le monde se moquait qu'il s'en aille.

En tant que conseiller du district scolaire de Bakersfield, Dell était chargé de gérer les cas difficiles.

Et par « cas difficiles », le district entendait les collégiens qui s'attiraient des ennuis, presque exclusivement pour des raisons de comportement. Les jeunes qui causaient suffisamment de problèmes pour qu'on s'occupe d'eux en dehors de leur établissement.

Sa journée typique consistait à passer en revue les dizaines de mails que les chefs d'établissement lui adressaient chaque semaine.

Certains élèves faisaient l'objet d'un rapport parce qu'ils avaient eu recours à la violence physique. Il s'agissait d'enfants prenant d'autres enfants pour cible. Cela entraînait une exclusion immédiate si l'incident se produisait dans l'enceinte scolaire.

Vous pouviez tabasser quelqu'un, mais il fallait d'abord vous assurer que ce n'était pas dans la cafétéria ou sur le parking.

Le trottoir convenait parfaitement.

Dans d'autres cas, il était question d'absentéisme.

Dell trouvait ironique que l'on punisse ces jeunes qui n'allaient pas en classe en les menaçant justement de les exclure.

En plus des élèves violents et de ceux qui séchaient les cours, il y avait ceux qui prenaient de la drogue et ceux qui volaient.

Néanmoins, tous ceux-là n'arrivaient jamais jusqu'à Dell. Le système se chargeait lui-même des jeunes criminels. (Dell n'appréciait pas qu'on le prive de ce face-à-face avec les vraies brutes, qui avaient beaucoup de personnalité et pouvaient se montrer très divertissantes.)

C'était le reste des ratés qu'il fallait conseiller.

Trois psychologues scolaires se partageaient tous les cas. Dell, la nouvelle recrue, remplaçait Dickie Winkleman, qui avait pris sa retraite après quarante-deux ans de service. (Dell ne l'avait jamais rencontré, mais, à ce qu'il avait entendu, c'était un homme brisé quand il était enfin parti.)

À cause de son statut de petit nouveau, Dell recevait tous les gamins dont les deux autres conseillers ne voulaient pas.

Il voyait les choses ainsi : on lui refilait les losers d'entre les losers.

Mais cela ne le dérangeait pas parce que, au moins, ils ne risquaient pas d'aller raconter qu'il se débrouillait comme un pied. Ils s'étaient déjà retournés contre le système avant d'entrer dans son bureau.

Bingo !

Dell avait maintenant une bonne trentaine d'années, et bien qu'il ne soit ni perspicace ni même réfléchi, il savait que cet emploi à Bakersfield serait décisif pour son avenir.

Mais il avait toujours eu des problèmes d'organisation. Il n'arrivait pas à jeter parce qu'il avait du mal à déterminer ce qui avait de la valeur et ce qui n'en avait pas.

Et puis il aimait le réconfort que lui procuraient ses biens. S'il ne pouvait pas appartenir à quelque chose, au moins quelque chose lui appartenait.

En feuilletant les vieux dossiers de Dickie Winkleman, datant de l'époque où tout n'avait pas encore été informatisé, Dell s'était rendu compte que le conseiller avait placé les enfants dans différentes catégories.

Apparemment, il les avait classés suivant trois critères :
niveau d'activité,
patience,
capacité à prêter attention.

Le conseiller Winkleman avait pris des notes élaborées et rédigé avec minutie des rapports détaillés où il s'efforçait de quantifier les compétences et les déficiences de chacun.

Dell était impressionné, et horrifié.

Il n'était pas question qu'il essaie d'imiter la méthode de son prédécesseur. Cela semblait demander bien trop de travail.

Il lui faudrait trouver sa propre façon de faire le tri parmi l'ivraie des élèves ratés.


Il lui fallut seulement trois mois pour mettre en forme le Système de conseil Dell Duke.

Il répartit tous les jeunes qu'il voyait en quatre groupes de GENS BIZARRES.

D'abord, il y avait les INADAPTÉS.

Puis les EXCENTRIQUES.

Ensuite, les LOUPS SOLITAIRES.

Et pour finir, les CINGLÉS.

Évidemment, Dell n'était pas censé les trier selon une quelconque classification, mais un bon système d'organisation ne pouvait se passer d'une méthode de différenciation !

Les étiquettes, c'était important. Et très efficace. Ç'aurait été de la folie de considérer ces enfants sur une base individuelle.

D'après le Système de conseil Dell Duke, les Inadaptés correspondaient aux gamins un peu dingos qui ne pouvaient pas s'empêcher de s'habiller différemment et de se comporter comme des poissons hors de l'eau.

Les Inadaptés n'étaient pas dans une dynamique de pouvoir. Et certains d'entre eux avaient peut-être glissé des bras de leurs parents, bébés. Selon toute probabilité, les Inadaptés essayaient vraiment de se conformer, mais n'y arrivaient tout simplement pas.

Le deuxième groupe se distinguait du premier dans la mesure où les Excentriques, plus originaux, avaient en général une longueur d'avance.

Ils aimaient leur bizarrerie. On trouvait parmi eux les artistes et les musiciens. Ils avaient tendance à faire les malins et à manger épicé. Ils arrivaient presque toujours en retard, portaient souvent de l'orange et n'étaient pas doués pour les finances.

Venaient ensuite les Loups Solitaires.

Il s'agissait du groupe des francs-tireurs. Ils se considéraient comme des protestataires ou des rebelles.

Le Loup Solitaire était souvent un loup en colère, alors qu'un Inadapté était souvent calme et satisfait. Et les Excentriques allaient juste pique-niquer entre eux pour le déjeuner.

Finalement, dans sa classification des Gens Bizarres, il y avait les Cinglés.

Les Cinglés incluaient les Zombies, ces gamins qui regardaient droit devant eux et ne laissaient rien paraître, quels que soient vos efforts pour leur extirper une émotion.

On pouvait compter sur les Cinglés pour mâchonner leurs cheveux filandreux et fixer sans ciller une tache sur la moquette alors qu'un incendie faisait rage juste derrière eux.

Ils se rongeaient les ongles et aimaient se gratter. Ils gardaient des secrets et avaient sans doute été propres sur le tard. En gros, les Cinglés étaient carrément louches à cause de leur imprévisibilité. Et d'après Dell, ils pouvaient se montrer dangereux. Il valait toujours mieux laisser un Cinglé tranquille.

Jeu.

Set.

Et match.

Comme ces dossiers risquaient de se retrouver entre les mains de personnes plus haut placées que Dell, relégué dans une salle sans fenêtre occupant la moitié d'un mobile home sur la propriété de l'administration du district scolaire, il avait inventé un code pour son système unique, auquel il pensait comme au 4GGB, à savoir :

LES QUATRE GROUPES DE GENS BIZARRES.

Le 4GGB se décomposait ainsi :

1 = INADAPTÉS

2 = EXCENTRIQUES

3 = LOUPS SOLITAIRES

4 = CINGLÉS

Après mûre réflexion, il avait aussi élaboré un code couleur.

LES INADAPTÉS étaient jaunes.

LES EXCENTRIQUES étaient violets.

LES LOUPS SOLITAIRES étaient verts.

LES CINGLÉS étaient rouges.

Dell avait ensuite changé la couleur de la police dans ses dossiers personnels pour qu'elle corresponde avec sa classification.

Cela lui permettait de savoir en un coup d'œil à quoi il avait affaire.

Le nom Eddie Von Snodgrass apparaissait sur l'écran et,

avant même que ce gamin nerveux vêtu d'une veste trop large ne se glisse dans son fauteuil, Dell savait qu'il pourrait surfer en douce sur son ordinateur pendant quarante-deux minutes et hocher la tête de temps à autre.

Les Loups Solitaires nécessitaient peu de réactions de sa part parce qu'ils aimaient se lancer dans des diatribes impétueuses.

Et ainsi, tandis qu'Eddie V. fulminait contre le goût chimique du soda en bouteille plastique, Dell consultait un site Internet qui vendait à des prix très abordables des figurines de joueurs de base-ball dodelinant de la tête.

Alors que les produits dérivés du sport ne l'intéressaient même pas !

Mais le Système de conseil Duke était efficace, même si ce n'était pas le cas de Dell.

Parce qu'une fois qu'un enfant avait été évalué, Dell pouvait remplir à toute vitesse le formulaire du district, donnant la même évaluation à tous les membres d'un groupe identique.

Les mois passèrent. Les enfants allaient et venaient dans le bureau de Dell. Les trains remplis des Gens Bizarres circulaient à l'heure.

Et puis, l'après-midi où Willow Chance vint le voir, toutes ses classifications s'arrêtèrent dans un grincement de freins, comme si une fourche avait été coincée dans l'engrenage d'une machine périmée.

# chapitre 6

Assise dans le bureau-mobile home privé d'air, je dévisageais M. Dell Duke.

Il avait une tête très ronde. La majorité des têtes humaines ne sont pas rondes. En fait, très, très peu d'entre elles possèdent une réelle qualité sphérique.

Mais cet homme potelé et barbu aux sourcils broussailleux et aux yeux sournois faisait exception.

Il avait des cheveux bouclés et épais, une peau rougeaude et j'avais l'impression qu'il était du moins en partie d'origine méditerranéenne.

J'étais très intéressée par le régime alimentaire des pays méditerranéens.

De nombreuses études ont démontré que la combinaison d'huile d'olive, de légumes en grande quantité et de fromage de chèvre, associée à des portions raisonnables de poisson et de viande, contribuait à la longévité.

Néanmoins, M. Dell Duke ne semblait pas en très bonne santé.

Selon moi, il ne faisait pas assez d'exercice. Je distinguais un ventre conséquent sous son ample chemise.

Et le poids porté autour de la taille est encore plus nocif que quelques grammes en trop dans le popotin.

Pourtant, culturellement, les hommes qui de nos jours affichent de grosses fesses sont jugés moins désirables qu'un homme avec une bedaine, ce qui est sans conteste une erreur d'un point de vue évolutionniste.

J'aurais aimé prendre sa tension.

Il a commencé par dire qu'il ne voulait pas discuter des résultats de mon test.

Pourtant, c'est tout ce dont il a parlé.

Pendant un long moment, je n'ai pas prononcé un seul mot.

Et cela l'a fait parler encore plus.

À propos de rien, à profusion.

J'avais chaud dans ce petit bureau étouffant et, comme je l'observais, je me suis rendu compte qu'il suait à grosses gouttes.

Même sa barbe commençait à paraître mouillée.

Il s'agitait de plus en plus. À mesure qu'il bavassait, de petits points de salive se formaient aux commissures de ses lèvres.

Ils étaient blancs et écumeux.

M. Duke avait un gros bocal de bonbons haricots sur son bureau.

Il ne m'en a pas proposé.

Je ne mange pas de bonbons, mais j'aurais juré que lui ne s'en privait pas.

J'ai supposé qu'il les avait placés là pour donner l'impression qu'il en offrait aux enfants, alors qu'en réalité il se contentait de s'en goinfrer en solitaire.

J'ai envisagé de calculer combien en contenait le pot en verre.

Le volume d'un bonbon haricot = h(pi)(d/2)^2 = 2 cm × 3 (1,5 cm/2)^2 = 3,375 ou 27/8 centimètres cubes.

Mais ces friandises ne forment pas vraiment de parfaits cylindres. Ils sont irréguliers.

Alors cette formule n'était pas correcte.

J'aurais trouvé plus amusant d'essayer de les compter de 7 en 7.


Je n'avais pas dit à mes parents que j'avais rencontré la principale Psoriasis de Séquoia.

Ou que je devais aller voir une sorte d'agent de probation scolaire du nom de Dell Duke.

Je ne sais pas trop pourquoi.

C'était eux qui avaient eu l'idée de me faire changer d'école, et je voulais qu'ils pensent que les choses se passaient bien pour moi.

Ou aussi bien que possible.

De sorte que j'étais désormais officiellement fourbe.

Ce n'était pas agréable.

Les années collège (à en croire la littérature sur le sujet) symbolisaient une séparation émotionnelle d'avec les parents. Je m'étais dit que mentir préparerait bien le terrain.

Mais j'avais l'impression de souffrir d'indigestion. Et cette sensation de brûlure se propageait au-delà de mon estomac, pour aller se loger dans ma gorge.

Pile à l'endroit où je déglutissais.

Mes parents n'étaient pas au courant du drame du test de connaissances parce que j'avais détruit toutes les preuves.

J'avais effacé le message du collège sur le répondeur de notre téléphone fixe. De toute manière, mes parents oubliaient toujours de le consulter, alors ce n'était pas bien grave.

Mais le plus perfide, c'est que j'avais piraté les mails de ma mère et répondu au message de la principale l'informant que je devais aller consulter un conseiller du district.

Alors il faudrait bien que j'endure ces maux de ventre, parce que je les méritais.


Le conseiller-gardien de prison à tête ronde a fini par se taire.

Il était épuisé.

Il a plié ses bras courtauds sur la boule qui lui servait de ventre, dans une posture défensive, puis après un autre moment de silence moite (de notre part à tous les deux), il a quand même eu une idée.

– Je vais dire un mot, et tu vas répondre par le premier mot qui te passera par la tête. Il n'y a pas de bonne ou de mauvaise réponse ; il s'agit d'autre chose. On va essayer de faire ça très vite.

Il a inspiré beaucoup d'air et ajouté :

– Imagine que c'est un jeu.

Dell Duke ne savait pas que je disposais d'une expérience très limitée en la matière.

Mais il se trouve que je possède un terrible esprit de compétition.

Pour la première fois depuis mon arrivée, j'ai éprouvé un léger enthousiasme.

Il voulait jouer sur les mots. J'étais certaine de pouvoir le battre aux échecs en moins de six coups. Cela dit, je n'avais jamais affronté qu'un ordinateur, et pas souvent, parce que les échecs font partie de ces choses qui peuvent finir par vous obséder.

Je sais de quoi je parle.

Un jour, j'ai joué pendant vingt-quatre heures d'affilée et ressenti des signes de psychose légère.

M. Dell Duke s'est penché en avant et a lancé sur un ton théâtral :

– Chocolat.

J'étais intéressée par les bienfaits du chocolat et j'ai répondu :

– Antioxydant.

Alors il a tapé du pied, comme s'il appuyait sur l'accélérateur, et il a dit :

– Piano.

J'ai répondu :

– Concerto.

La veille, dans un couloir du collège, j'avais entendu un élève crier à un groupe de garçons : « À vous de jouer ! »

J'avais envie de crier ça à mon tour, mais cela ne me semblait pas approprié.

M. Dell Duke essayait de tout noter, mais il avait du mal.

Finalement, il a abandonné et décidé de simplement jouer le jeu.

Il a dit « espace ». J'ai dit « temps ».

Il a dit «noir». J'ai dit «matière».

Il a dit «*big*». J'ai dit «*bang*».

Il a dit «carte». J'ai dit «ographie».

Il a dit «souris». J'ai dit «sans fil».

Il a dit «blanc». J'ai dit «globule».

Il a dit «simple». J'ai dit «nombre».

Il a dit «graine». J'ai dit «embryon».

Il a dit «pie».

J'ai dit «3,1415926535897932384626433 8327».

Mais j'ai prononcé ce nombre très, très, très vite et je me suis arrêtée au deuxième 7, bien sûr, puisque c'était mon chiffre préféré.

Soudain, M. Dell Duke a hurlé :

– Espèce d'animal !

Ça m'a fait peur.

Je n'aime pas les gros bruits. J'ai gardé le silence un long moment, et puis j'ai fini par retrouver ma langue.

J'ai dit :

– Lémurien.

Alors, ses yeux se sont brouillés un instant et il a marmonné :

– Les femelles lémuriens sont responsables de la troupe.


C'était tout à fait juste.

En cas de conflit dans le groupe, ce sont les femelles lémuriens qui le résolvent par la violence. Pour cette raison, la femelle dominante a droit aux meilleurs aliments et au couchage le plus confortable.

Je regardais désormais Dell d'un œil nouveau.

Tout le monde ne sait pas qu'un lémurien est un primate que l'on ne trouve que sur l'île de Madagascar.

Peut-être n'était-il pas aussi crétin qu'il en avait l'air.

Il a passé les deux mains dans sa tignasse bouclée, ce qui l'a fait doubler de volume.

Cela m'était déjà arrivé.

Alors je comprenais.

Je suis sortie perplexe de cette séance.

Je savais qu'il savait que j'étais différente.

M. Dell Duke n'avait pas l'étoffe d'un ami, à cause de son âge et du fait que, femelles lémuriens mises à part, nous semblions n'avoir absolument rien en commun.

Cependant, alors que je m'éloignais à pied du siège du district, j'ai décidé que je reviendrais le voir.

M. Dell Duke me testait.

Mais pas comme il le pensait.

J'avais l'impression que, pour une raison ou une autre, il avait besoin de moi.

Cette sensation me plaisait.


Ce soir-là, au dîner, mes parents m'ont (évidemment) demandé comment je me sentais à Séquoia.

J'ai répondu :

– L'expérience évolue.

Ils ont tous les deux souri, mais leur regard demeurait inquiet. La voix de ma mère était plus tendue que d'ordinaire quand elle a demandé :

– As-tu rencontré quelqu'un que tu apprécies particulièrement ?

L'espace d'un instant, je me suis demandé s'ils étaient au courant pour le test d'aptitude.

J'ai pris une bouchée de soufflé à l'artichaut et j'ai attendu d'avoir fini de mâcher pour répondre :

– J'ai rencontré quelqu'un qui m'intéresse.

Ça les a ragaillardis. Pour eux, c'était une grande nouvelle.

Ma mère a essayé de dissimuler son enthousiasme.

– Est-ce que tu peux nous en dire plus ?

Il fallait que je fasse attention. Si je ne voulais pas hériter d'un terrible mal de ventre, il fallait que je leur serve une version de la vérité.

– La première rencontre a eu lieu cet après-midi. Si l'on considère ça comme un essai clinique, j'en suis à la phase zéro, c'est-à-dire à l'étape du microdosage. Je vous tiendrai au courant des prochains développements.

Et j'ai demandé la permission de sortir de table.

# chapitre 7

Dell ne voyait pas beaucoup de filles.

À l'école, c'était surtout les garçons qui s'attiraient des ennuis.

Il avait supposé que Willow était un surnom. Qu'en réalité, c'était de l'argot de gang, et qu'on écrivait ça Will-Low.

Au lieu de ça, une fille de douze ans était assise en face de lui.

Quelque chose ne tournait pas rond chez elle.

Il le vit tout de suite.

Elle parcourut furtivement la petite salle du regard, avant de venir poser les yeux sur le ventre de Dell, ce qui n'était pas poli.

Il savait qu'il transpirait ; c'était l'une de ses caractéristiques.

Mais il avait l'impression qu'elle le jugeait.

Ce n'était pas l'endroit pour ça.

C'était *lui* qui jugeait.

Il fallait qu'il la range le plus vite possible dans une catégorie des Gens Bizarres de manière à pouvoir se déconnecter de ce qui se passait dans cette pièce.

Il jeta un coup d'œil à son ordinateur pour relire le mail que lui avait envoyé la principale Rudin.

Apparemment, cette fille était une tricheuse. Il n'en recevait pas beaucoup, de ce genre-là.

Alors comme ça, elle était sournoise.

Eh bien, lui aussi.

Il allait découvrir le fin mot de l'histoire.

Ce n'était ni une Cinglée, ni une Louve Solitaire, ni une Excentrique, ni une Inadaptée. Mais elle était super-bizarre, cela ne faisait aucun doute.

Il parlait, parlait et parlait encore et elle restait assise là à le dévisager, muette ; pourtant, il savait qu'elle écoutait.

Il posait des questions, mais elle n'y répondait pas.

Elle était petite, mais elle avait du pouvoir.

Elle possédait une espèce d'énergie, d'aura différente.

Aucun de ses trucs, à supposer qu'il puisse les appeler comme ça, ne fonctionnait avec elle.

C'est alors qu'il repensa aux associations de mots.

Les autres conseillers utilisaient cette technique ; il le savait puisqu'il les entendait par les fenêtres ouvertes, quand les climatiseurs éteints ne tournaient plus dans un bruit de ferraille.

Tous les soirs, Dell s'endormait devant la télévision.

Il possédait des heures entières d'enregistrements : la voix des autres, en particulier de personnes ne lui criant pas dessus, le réconfortait.

Mais rien ne l'endormait aussi vite qu'une émission éducative.

Et c'est pour ça que, quand il commençait à se faire tard et qu'il était prêt à sombrer, il se rabattait souvent sur son enregistrement le plus barbant : un documentaire sur les animaux de Madagascar.

Le reportage, réalisé par des scientifiques, était bourré d'informations et de sentiments, deux choses dont Dell pouvait se passer.

Quitte à regarder un documentaire animalier en intégralité, il ne supportait que ceux où un féroce prédateur s'abattait sur une boule de poils aux yeux terrifiés.

Mais il préférait quand la boule de poils le voyait venir.

Une bonne poursuite, agrémentée de quelques coups ratés de peu, ajoutait de la tension à la scène de crime finale.

Un narrateur masculin doté d'une voix grave, rauque (presque diabolique) installait l'ambiance du massacre à venir. La musique montait en puissance.

Et ensuite, *paf!*

Terminé.

Le reportage sur Madagascar n'était pas du tout comme ça. Il se concentrait sur un groupe de singes ressemblant à des écureuils en costume de raton laveur.

Il n'y avait rien d'intéressant là-dedans et Dell s'était assoupi devant à plus d'une reprise depuis qu'il était arrivé à Bakersfield.

Il ne pouvait se rappeler rien d'autre que ce qu'il avait déclaré à Willow à la fin de leur première séance : «Les femelles lémuriens sont responsables de la troupe.»

Alors qu'elle rassemblait ses affaires et sortait en silence,

Dell se rendit compte que ses mains un brin poilues tremblaient.

Il n'avait jamais rencontré une enfant pareille.

Il accéda rapidement au dossier électronique qu'il devait remplir après chaque interaction avec un élève.

Cependant, pour la première fois depuis que son système des quatre groupes de Gens Bizarres était opérationnel, Dell le mit de côté et déterra les trois domaines d'évaluation de Dickie Winkleman :

*Activité*

*Patience*

*Attention*

Willow était capable de prêter attention.

Elle semblait manifester de la patience (elle l'avait écouté déblatérer pendant la première moitié de la séance).

Mais il n'arrivait pas à évaluer son niveau d'activité.

Il recopia un paragraphe de l'un des vieux dossiers de Dickie Winkleman, rédigé au sujet d'un certain Wesley Pipolli.

Il se demanda si les problèmes de Wesley venaient de ce que son nom sonnait comme « pipi au lit ». Cela avait certainement de quoi déstabiliser un individu.

Selon le compte rendu, Wesley paraissait normal, mais il fallait qu'il subisse une évaluation plus poussée pour d'éventuels troubles de l'anxiété.

En réalité, Dell savait que cette fille de douze ans aux grands yeux (qui lui avait conseillé de faire vérifier sa tension artérielle juste avant de partir) était tout sauf normale.

Et pour la première fois de sa carrière, il ne se sentait pas seulement motivé.

Il se sentait presque inspiré.

Le conseiller devait ajouter un nouveau groupe à son système.

Il devait accéder à la roue chromatique de son ordinateur pour tenter fébrilement de créer une teinte à l'aspect métallique.

Quelque chose qui ressortirait aussi vivement que de l'encre dorée dégoulinante.

Car Dell Duke pensait avoir trouvé une nouvelle catégorie parmi les Gens Bizarres : LES GÉNIES.

# Chapitre 8

Après mon exclusion du cours de Mme Kleinsasser et ma convocation dans le bureau de la principale Eczéma, mes professeurs et les autres élèves m'ont traitée différemment.

Certains de mes camarades, supposant que j'étais une sorte de tricheuse, m'ont demandé les réponses aux contrôles.

Un élève de quatrième affublé, m'a-t-il semblé, d'une véritable barbe, a exigé mes devoirs de maths du mardi précédent.

Sous le coup de l'étonnement, je lui ai donné mon classeur entier, que j'ai ensuite retrouvé sur une poubelle, à côté des toilettes des garçons, près du gymnase.

Il avait laissé à l'intérieur un demi-paquet de pastilles mentholées pour rafraîchir l'haleine, mais je pense que c'était un accident, pas un cadeau.

Je me suis surprise à attendre avec impatience la longue marche du collège Séquoia jusqu'aux bureaux du district, où aurait lieu mon second rendez-vous avec M. Dell Duke.

Savoir que j'avais un endroit où aller me donnait un objectif nouveau.

Même si cela revenait à raconter de nouveaux bobards à mes parents.

Mais j'ai eu moins de mal à mentir la deuxième semaine que la première, ce que j'ai trouvé triste.

J'en ai conclu que toute conduite, bonne ou mauvaise, pouvait devenir une habitude.

Cela expliquait sans doute pourquoi des personnes supportaient de vider des toilettes portables ou d'ajuster la qualité de la pâtée pour chats industrielle en la goûtant.

Cette fois, quand la dernière sonnerie de la journée a retenti et que le collège a explosé subitement (car c'est l'impression que cela donnait), j'ai rassemblé mes affaires avec une allégresse nouvelle. (J'aime le mot « allégresse ». On devrait l'employer plus souvent dans la vie quotidienne.)

Les portes du collège se sont ouvertes à toute volée et les élèves ont jailli des bâtiments comme si des déchets toxiques venaient de s'y déverser.

Désormais, je faisais partie de ça.

Moi aussi, j'avais un endroit où aller et je disposais d'un temps limité pour y parvenir.


Quand je suis arrivée dans son bureau, j'ai vu tout de suite que Dell Duke s'était préparé différemment.

Certes, il semblait toujours avoir dormi toute la semaine dans ses vêtements, mais sa barbe avait été taillée, ou du moins nettoyée.

Et sa salle très encombrée avait été rangée.

Cependant, ce qui m'a fait sourire, alors que je me tenais

dans l'embrasure de la porte, c'est qu'il avait posé un petit cadre en argent sur une table derrière son bureau.

Et ce cadre exhibait, telle une sorte de parent disparu, une photo de lémurien.

Il était nerveux.

Il s'est efforcé de faire la conversation, et puis il a fini par lâcher :

– Que dirais-tu de repasser un test, comme celui que tu as effectué au collège ?

J'en ai conclu que c'était la raison de son angoisse, et j'y ai donc mis un terme.

– Je peux le passer tout de suite si vous voulez.

Cela l'a rendu très heureux.

Il avait un classeur rempli de livrets de tests derrière son bureau. Soudain, il était tout agité, et j'ai dû l'aider à gérer le crayon et le chronomètre.

J'ai tenté de lui expliquer que je n'aurais pas besoin des cinquante minutes allouées.

Il ne m'a pas crue jusqu'à ce que je finisse le premier test en quatorze minutes.

Après qu'il l'a corrigé, j'ai sorti un autre livret de la pile et je l'ai achevé en douze minutes et 7 secondes.

Si j'avais bénéficié de conditions d'évaluation idéales – une pièce correctement ventilée et du thé vert glacé non sucré –, j'aurais pu gagner encore deux minutes.

Quand je me suis levée pour partir, puisque ma séance était maintenant terminée, Dell Duke souriait. Une expansion buccale continue.

Il a dit que je n'avais pas raté une seule question, dans aucun des tests.

J'ai répliqué, sur un ton très neutre :

– Sans faute.

Il a peut-être cru qu'on jouait à nouveau avec les mots, parce qu'il a serré le poing et l'a abaissé comme s'il tirait sur le cordon d'un parachute (même si je n'en avais jamais fait, j'imaginais bien l'enthousiasme qu'on pouvait éprouver en actionnant le déclencheur.)

Puis il a lancé d'une voix trop forte :

– Willow Chance !


M. Dell Duke ne voulait pas que j'attende encore une semaine pour notre prochain rendez-vous.

Selon lui, il fallait que je revienne le lendemain, dès l'ouverture de son bureau.

Il a dit qu'il m'apporterait une surprise. Je n'ai jamais beaucoup aimé les surprises, mais j'ai gardé ça pour moi.

J'avais prévu de mesurer l'acidité du sol de mon jardin pendant toute la fin de la semaine.

Je tâchais de conserver un pH de 6,5, mais j'ai tout de même accepté parce qu'il semblait tout excité par les tests d'aptitude et je me suis dit qu'il souffrait peut-être de dépression.

Il était possible que sa santé mentale bénéficie un peu de nos rendez-vous.


Le lendemain après-midi, je suis arrivée cinq minutes en avance et j'ai tout de suite su que quelque chose avait changé.

La porte du mobile home était ouverte, mais pas en grand comme d'habitude. Seulement de quelques centimètres.

J'ai donc jeté un coup d'œil à l'intérieur et j'ai vu deux corps.

Mais pas des cadavres.

Des gens vivants.

J'ai reculé, mais l'un des deux, une adolescente, m'a aperçue. Et elle a dit :

– C'est bon, tu peux entrer.

Je ne savais pas si je devais m'exécuter.

La pièce était exiguë et, même s'il restait une chaise de libre, j'avais l'impression de m'imposer.

Mais alors, la fille s'est levée, a poussé la porte complètement et a ajouté :

– On a presque fini.

Je distinguais maintenant un garçon plus âgé penché sur un livre de coloriage, qui remplissait les espaces vides avec beaucoup d'attention.

Je n'ai jamais compris les livres de coloriage.

Soit on fait un dessin, soit on n'en fait pas. Mais pourquoi perdre son temps à colorier l'œuvre de quelqu'un d'autre ?

Je savais que Dell Duke suivait d'autres élèves du district, mais la vue de ces deux ados plus âgés que moi m'a mise mal à l'aise.

Soudain, la fille a dit :

– Mon frère ne veut pas partir tant qu'il n'aura pas fini son travail. Désolée. Sa séance s'est terminée il y a dix minutes.

Le garçon lui a lancé un regard hostile, mais il s'est remis à colorier fébrilement. Elle a continué :

– M. Duke est allé se chercher un soda. Du moins, c'est ce qu'il a dit. Mais je ne le crois pas, ça fait trop longtemps qu'il est parti.

J'ai hoché la tête, mais je n'ai rien dit.

J'admirais sa méfiance et je ne pouvais qu'espérer que Dell Duke ne se pointerait pas avec un Pepsi Light à la main.

J'ai noté mentalement qu'il faudrait que j'évoque avec lui le sujet des boissons gazeuses.

Ce n'est pas bon pour la santé.


Comme j'étais fatiguée d'avoir esquivé le ballon de volley en cours de sport, j'ai pris le dernier siège disponible dans le bureau de Dell.

Je ne voulais pas la dévisager, mais l'adolescente assise à côté de moi était très intéressante d'un point de vue visuel.

Comme moi, il semblait impossible de l'identifier facilement en termes d'origine ethnique.

Au premier regard, on aurait pu la prendre pour une Afro-américaine. Elle avait la peau sombre et des cheveux noirs et brillants tombant en une cascade de boucles.

Tout en gardant le visage de face et complètement immobile, j'ai tourné les yeux au maximum pour mieux l'observer.

Suite à cet examen périphérique plus poussé, je me suis brusquement demandé si elle n'était pas amérindienne.

Je m'intéressais énormément à la culture des peuples indigènes.

Et si cette fille était membre de la tribu cahuilla ?

Les Cahuillas vivaient en Californie du Sud et avaient autrefois prospéré à Bakersfield.

C'était possible.

Mais peu probable.

Soudain, je n'ai pas pu me retenir. J'ai pivoté vers elle et j'ai demandé :

– Est-ce que tu parles le takic ?

# chapitre 9
## Mai et Quang-ha

*Un leader pousse tout le monde à tirer
dans la même direction.*

Nguyen Thi Mai avait quatorze ans et était en seconde au lycée Condon qui, par rapport à la maison de Willow Chance, se situait de l'autre côté de Bakersfield.

Son frère s'appelait Nguyen Quang-ha et avait un an de plus qu'elle.

Quang-ha était un fauteur de troubles.

Pas Mai.

Quoi qu'elle fasse, elle était résolue et réfléchie et cette qualité attirait les gens à elle.

Elle jouissait d'une réelle confiance en elle. Ou, comme elle aimait à le penser, elle était née avec de la volonté dans un monde plutôt mollasson.

Les adultes ne l'intimidaient pas, pas plus que les inconnus de tous âges.

Parce que, comme sa mère le rappelait à tous, Mai était née dans l'année du dragon, synonyme de noblesse, de puissance et de force.

À partir de la deuxième semaine de classe, les deux adolescents prirent le bus le mardi après-midi pour se rendre aux bureaux du district scolaire, où Quang-ha avait son rendez-vous dans l'unité mobile sans fenêtre de Dell Duke.

Mai portait l'argent pour le bus, une bouteille d'eau et deux goûters. Même si elle avait un an de moins que son frère, elle était depuis longtemps sa gardienne.

Elle attendait la fin de la séance de thérapie de Quang-ha, puis ils rentraient tous les deux *Au Bonheur des ongles*.

C'était le salon que dirigeait leur mère.

Bien sûr, Mai savait qu'elle et son frère ne passaient pas inaperçus à Bakersfield.

Sa mère était née au Vietnam d'un soldat noir américain. À cause de ça, cette dernière, qui s'appelait Dung, avait été rejetée.

Quand le gouvernement américain avait donné sa chance à la jeune Dung, elle était partie de chez elle et avait traversé la moitié de la planète, jusqu'en Californie. Au cours des dix années suivantes, elle avait eu deux enfants avec un homme originaire du Mexique (qui, peu après la naissance de Mai, était allé voir son frère malade et n'était jamais revenu.)

Elle avait changé de prénom, prenant celui de Pattie, quand elle avait appris que *dung* signifiait « fumier » en anglais. Mais alors même qu'elle vivait aux États-Unis depuis vingt et un ans, il arrivait encore que certains courriers soient adressés à Dung. Ses enfants n'aimaient pas ça.

Dell avait négligé (encore plus que d'habitude) ses cas réguliers.

Il avait donné à ce casse-pieds de Quang-ha un livre de coloriages géométriques et lui avait ordonné d'en faire trois pages.

À sa grande surprise, au lieu de se plaindre, l'adolescent hostile avait paru ravi d'utiliser des crayons de couleur pour remplir des espaces blancs.

Puis, après s'être assuré que personne ne le regardait, Dell était monté dans sa voiture et avait filé. Il avait cinquante minutes pour s'occuper de ses petites affaires.

Dell Duke revint dans la pièce sans canette de soda, mais avec une cage pour transporter les animaux. D'une voix étrangement aiguë et criarde, il lança :

– Quang-ha, tu devrais déjà avoir fini. Je t'ai demandé de partir à quatre heures moins dix.

Quang-ha continua de colorier sans même prendre la peine de lever les yeux.

Mai et Willow Chance fixaient toutes deux du regard la grille à l'avant de la boîte en plastique beige, qui évoquait une porte de prison, et derrière laquelle se trouvait un chat roux extrêmement gros.

Dell Duke insista :

– Vous devez partir. Mon prochain rendez-vous est arrivé !

Quang-ha s'acharnait comme si chaque coup de crayon couleur moutarde lui rapportait de l'argent en bonus.

Cela n'aurait pas dû surprendre Dell, puisque ce jeune était justement suivi parce qu'il n'obéissait pas aux instructions données en classe et avait du mal à se contrôler.

Mais c'était plutôt Dell qui semblait avoir un problème de contrôle. Son visage s'empourpra et il posa la cage sur son bureau en haussant le ton.

– Fini ! Terminé ! On arrête de colorier !

Willow eut un mouvement de recul, comme si son siège l'avait aspirée.

Et quand elle vit cela, Mai bondit sur ses pieds. On aurait dit une tigresse sauvage relâchée dans la pièce privée d'air.

– N'élevez pas la voix sur nous ! Mon frère n'a rien fait de mal. S'il veut finir son dessin, il finira son dessin !

Elle inspira profondément et poursuivit :

– Il était censé se faire conseiller, mais vous avez disparu pendant toute la durée de la séance. Ça ne se fait pas ! Et vous arrivez en retard à votre rendez-vous avec cette petite fille. Ça ne se fait pas non plus ! Et tant que j'y suis, voici un autre sujet à méditer : je ne crois pas que vous soyez autorisé à introduire des animaux dans l'enceinte scolaire. On pourrait vous dénoncer !

# chapítre 10

J'ai senti que ma tension artérielle augmentait.

Mais de façon positive.

L'adolescente aux allures exotiques qui se tenait debout devant moi était hardie.

Elle criait sur M. Dell Duke et le ton de sa voix exigeait que le monde entier l'écoute alors qu'elle nous défendait, son frère et moi.

C'est là, dans ce petit mobile home encombré, posé sur le bitume brûlant en bordure du parking du district scolaire de Bakersfield, que j'ai rencontré une fille plus âgée qui n'avait de décevant que son incapacité à parler la langue presque éteinte du peuple cahuilla.

J'ai rencontré Mai Nguyen.

Dell Duke nous a dévisagés, mais n'a rien dit.

Au lieu de ça, il a sorti le seul lapin qu'il avait dans son chapeau, en l'occurrence un chat dans une cage.

Nous adressant un faible sourire, il a ouvert la porte en métal de la cage en plastique.

Puis il a annoncé :

– Voici mon chat, Cheddar. Je me suis dit que tu aimerais faire sa connaissance.

Alors c'était ça, ma surprise.

Je lui avais dit que mon père était allergique aux poils d'animaux, raison pour laquelle je ne pouvais pas avoir de chien ou de chat, ni même de chèvre naine.

C'était sa façon d'essayer de me faire plaisir. De nouer des liens. Il avait apporté son chat. C'était bizarre, mais franchement, dans cette pièce, à ce moment précis, qu'est-ce qui ne l'était pas ?

Le chat a fait plusieurs pas (comme au ralenti) sur le bureau. Je savais que les chats se comportaient de cette manière nonchalante parce qu'ils n'avaient pas besoin d'affection.

Ils ne courent faire la fête à personne en bavant de joie.

Ils ne recherchent pas l'approbation ou la reconnaissance.

Ils ne rapportent pas ce qu'on leur envoie, ne tremblent pas devant leur maître et n'ouvrent pas de grands yeux qui demandent : « Aime-moi, s'il te plaît. »

Leur incapacité à se soucier de nous n'est pas seulement attachante, mais aussi séduisante.

Parce que les chats vous demandent des efforts.

Nous avons tous regardé Cheddar alors qu'il parcourait la surface du bureau d'un pas paresseux, frottant son corps anormalement gros contre les trois niveaux du classeur (où Dell Duke empilait la paperasse officielle qu'il se contentait, j'en ai soudain eu la certitude, de balancer ensuite sans l'avoir lue dans la grande armoire qui trônait derrière son fauteuil).

L'énorme chat a ensuite reniflé à plusieurs reprises et n'a pas trouvé l'endroit à son goût.

Sans que rien de manifeste l'y ait poussé, il a sauté par terre et bondi hors du local, tel un ballon de foot recouvert de fourrure de couleur vive.

Nous l'avons vu foncer en direction du parking et, quelques instants plus tard, l'énorme chat avait disparu.

Pendant 37 minutes consécutives, nous avons tous cherché ce gros morceau de Cheddar sous les voitures, derrière les haies et autour des bâtiments de l'administration du district scolaire.

En vain.

Dell a prétendu qu'il avait de la peine, mais bizarrement, cela semblait bien pire pour Mai et moi.

Finalement, après avoir convenu de l'arrêt des recherches, nous sommes tous retournés dans le bureau de Dell pour fabriquer des affichettes CHAT PERDU.

Dell ne possédait aucune photo de son chat, ce que j'ai aussi trouvé étrange car, à en croire tout ce que j'avais lu sur le sujet, photographier les animaux domestiques était ce qui procurait le plus de joie à leurs maîtres.

Mais Quang-ha a résolu le problème en réalisant au crayon un croquis parfait de Cheddar, qui a ensuite servi d'image centrale à nos affichettes « CHAT PERDU – MERCI DE NOUS AIDER – RÉCOMPENSE ».

Dell n'a pas voulu préciser le montant exact de la récompense.

Selon moi, une incitation financière représente un facteur de motivation crucial, en particulier dans une société de consommation.

Mais je n'ai pas polémiqué.

Rassemblés autour de la photocopieuse du bureau principal, nous avons contemplé l'image qui se reproduisait.

C'est à ce moment-là que j'ai pu identifier une nouvelle sensation.

Je n'avais jamais participé à un véritable effort groupé avec des ados plus âgés que moi.

Et même si nous n'avions pas réussi à retrouver le chat de Dell Duke dénommé Cheddar, je n'ai pas pu m'empêcher d'éprouver une impression d'accomplissement alors que je me tenais à côté de Mai, quatorze ans, et de son grand frère maussade.

Je n'essayais pas de me faire passer pour quelqu'un d'autre que moi-même, et pourtant ils m'acceptaient dans leur troupe.

Je me suis sentie humaine.

Je n'aurais pas pu le décrire autrement.


M. Dell Duke nous a reconduits chez nous.

Il a dit qu'il devait me ramener en premier, sans doute parce qu'il aurait été inconvenant qu'il se retrouve seul dans son véhicule avec une enfant.

Il fallait l'autorisation des parents pour qu'un élève quitte l'enceinte de l'école avec toute personne travaillant pour le district.

Mais je ne voulais pas lever le drapeau rouge, même s'il s'agissait de ma couleur emblématique.

Pendant un moment, je me suis perdue dans mes pensées, mais elles ne portaient pas sur des sujets tels que la structure cellulaire, par exemple.

Je me suis surprise à imaginer l'endroit où Mai et Quang-ha vivaient.

Peut-être dans une maison, avec un proche atteint de maladie chronique qui trouverait intéressant de se faire examiner régulièrement par une jeune personne disposée à écouter inlassablement la liste de ses maux en prenant des notes précises.

Ou alors dans un appartement avec toit-terrasse doté d'un observatoire construit à la main abritant un télescope au pouvoir réflecteur incroyablement puissant.

Assise à l'arrière, je voulais échanger des informations basiques vitales avec cette adolescente fascinante prénommée Mai.

Le temps d'un pur fantasme, je me suis vue m'éloigner de cette voiture crasseuse avec une fiole minuscule remplie d'un échantillon de son sang, pour en séquencer le génome.

Parce que, même si Mai avait mentionné pendant que nous cherchions le chat que sa mère venait du Vietnam, je n'avais pas tout à fait abandonné l'idée qu'elle puisse être liée à la tribu cahuilla.

C'était l'un de mes secrets. Petite, je m'étais imaginée en princesse indienne.

Tout en contemplant par la vitre cette rue que j'avais connue toute ma vie, j'ai compris que les origines étaient très importantes.

Même quand on ne connaissait pas les siennes.

J'étais regonflée à bloc.

De retour à la maison, je suis allée me préparer dans la

cuisine une boisson à base d'eau chaude mélangée à une cuillerée à soupe de miel (issu de ma ruche dans le jardin) et une cuillerée à soupe de vinaigre maison (que je concocte moi-même à partir de pommes acides, de sucre brun et d'eau distillée).

Alors que je sirotais ce breuvage piquant, j'ai eu la certitude que cette journée, malgré la perte du chat du conseiller, avait été un triomphe.

Avoir une amie – même une amie plus âgée qui allait au lycée – m'ouvrirait la porte d'un autre monde.

Cet après-midi-là, j'ai pris une décision.

J'apprendrais tout ce qu'il était possible d'apprendre sur les chats perdus et sur le Vietnam.

J'avais l'impression d'escalader une barrière après avoir passé bien trop de temps à foncer droit dessus.

# chapitre 11

Mai regarda Willow descendre du siège arrière et remonter son allée, tirant sa valise à roulettes derrière elle.

Quang-ha marmonna :

– Quelqu'un devrait lui dire de s'acheter un sac à dos.

Mai lui lança un regard mauvais qui, elle le savait, le ferait taire.

La maison de cette fille étrange avait été peinte de la couleur du curry aux crevettes que cuisinait leur mère. Un jaune vif qui ressortait dans ce morne quartier.

Mais ce qui intéressait vraiment Mai se trouvait derrière la maison.

Parce que c'était très vert par là-bas.

D'un côté dépassait un bosquet de bambous de la taille de deux étages. À l'autre bout de la propriété, un grand palmier et plusieurs eucalyptus bleu argenté, plus petits, tremblaient les uns contre les autres dans le vent de cette fin d'après-midi.

Mai observa la maison et les propriétés voisines : on aurait dit qu'une jungle poussait derrière chez Willow.

Personne d'autre ne possédait un truc pareil. Pas dans une ville privée de pluie deux cents jours par an.

Peut-être, spécula-t-elle, que les parents de Willow tenaient une jardinerie.

Son frère n'avait pas du tout l'air intéressé, ni par Willow ni par sa maison, mais Dell, le nez touchant presque le pare-brise, regardait avec intensité la petite fille qui sortit une clé de la poche zippée de son bagage de cabine.

N'importe quelle enfant normale se serait retournée et aurait fait coucou, ou salué d'une manière ou d'une autre les occupants de la voiture à l'arrêt.

Mais Willow se contenta d'ouvrir la porte et de se glisser à l'intérieur, disparaissant dans les ombres de la maison couleur curry, comme si elle était soudain devenue invisible.

C'était intrigant.

Dell Duke redémarra brusquement la voiture, appuyant si fort sur l'accélérateur que la Ford fit un bond en avant, comme le wagon d'un manège cassé.

Mai plissa les yeux, suspicieuse.

Était-il si pressé que ça de se débarrasser d'eux ?

Intéressant.

Elle n'avait jamais eu une très bonne opinion du conseiller mais, pendant cette dernière heure, elle avait éprouvé de la peine pour lui à cause de son chat disparu.

Elle revint rapidement à son avis initial : Dell Duke n'était pas doué pour ce travail.

Après avoir déposé le fauteur de troubles et son lance-flammes de sœur, Dell Duke rentra chez lui.

Pour ce faire, il devait longer les bureaux du district scolaire, et c'est là qu'il aperçut Cheddar, assis au soleil encore chaud sur le couvercle d'une benne à ordures autrefois verte, du côté sud du parking.

Il ne freina même pas pour mieux le voir.

Il y avait des rats dans les bâtiments de l'administration. C'était un fait.

En ce qui le concernait, Cheddar pouvait bien traîner son poids jusque là-bas. Et peut-être perdre quelques centaines de grammes au passage.

Dell était allé le chercher après avoir lu une annonce en ligne signalant qu'un chat avait été retrouvé.

Comme il ne s'agissait pas d'un refuge, il n'avait rien eu à payer. Il avait juste réclamé ce sac à puces et avait même accepté la cage en plastique que la vieille dame lui avait proposée.

Elle avait paru ravie d'avoir réuni l'animal et son maître. Dell s'était presque senti coupable.

N'empêche qu'il allait jeter les affichettes à la poubelle. Il avait promis aux gamins qu'il les accrocherait, mais c'était juste pour qu'ils restent tranquilles. La disparition de Cheddar les avait drôlement perturbés.

Les affichettes reposaient sur le plancher de la voiture, côté passager.

Alors qu'il attendait que le feu passe au rouge, il lui fallut bien admettre que ce dessin ainsi que le coloriage imaginatif auquel Quang-ha s'était livré avec ferveur pendant sa séance, étaient déstabilisants.

Ce gamin était un Loup Solitaire.

Il lui avait attribué le code vert.

Il n'était pas normal que ce délinquant possède un quelconque talent artistique.

Pourtant, il suffisait de voir le portrait de Cheddar pour comprendre que ce gosse maussade possédait un certain sens esthétique.

Dell se fit la remarque qu'il faudrait le changer de catégorie.

Quang-ha allait passer au violet, la couleur des Excentriques.

Dell en vint à se demander si beaucoup de ses présomptions pouvaient être remises en question.

Et ça, c'était pour le moins bizarre.


De retour dans son appartement enseveli sous ses biens, Dell retira sa chemise puante et se servit un grand verre de vin rouge.

Il fourra ensuite au micro-ondes un pain de viande congelé, censé être pauvre en calories.

Selon le paquet, c'était une portion pour trois personnes.

Il essayait de faire un régime, mais il finissait toujours par le manger en entier.

Puis il zigzagua entre ses tas de bric-à-brac et s'assit sur son mobilier de jardin, qu'il utilisait à l'intérieur, dans la salle de séjour.

Il ne comprenait pas pourquoi les gens ne se rendaient pas compte qu'une chaise longue de bonne qualité était bien plus facile à transporter et tout aussi confortable qu'un canapé.

La plupart des fauteuils de jardin inclinables étaient équipés de roulettes, pour la mobilité, et l'on pouvait ôter la housse des coussins quand on renversait un bol de sauce mexicaine, ce qui arrivait à tout le monde de temps à autre… Pas vrai?

Habituellement, Dell allumait la télévision, regardait une quelconque émission de télé-réalité et, après avoir consommé le pain de viande et une quantité suffisante de vin, il s'endormait, le plus souvent la bouche ouverte, ses lèvres servant alors inévitablement de bec verseur à sa salive teintée de rose.

Laquelle salive aurait taché un meuble classique, mais passait pile entre l'armature en plastique tissé de la chaise longue, ce qui représentait encore un plus.

Dell se réveillait des heures plus tard et, s'il en trouvait l'énergie, il se frayait un chemin dans le labyrinthe de ses affaires, jusqu'à sa chambre, où il se glissait dans un sac de couchage.

Il s'agissait d'un autre de ses choix en matière de style de vie.

Une fois par an, il déposait le sac de couchage à la blanchisserie. Oubliés, les draps, les couvertures, les couettes et les housses de couette! La vie moderne présentait bien assez de défis sans qu'on y ajoute l'obligation de faire son lit.

Mais ce soir-là, Dell ne s'endormit pas dans un petit rond de salive. Allongé, bien éveillé, dans son sac de couchage qui, pensait-il, dégageait la même odeur qu'un ours brun (un mélange de fourrure mouillée, de feuilles mortes et de bouteilles de vin vides), il repensa aux événements de la journée et à ce petit génie.

# Chapitre 12

J'avais un plan.

Jusque-là, je m'étais rendue à pied à mes rendez-vous avec M. Dell Duke, mais maintenant que je savais que Mai et son frère y seraient avant moi, je voulais y arriver plus tôt.

Je suis donc allée sur Internet et j'ai commandé un taxi qui viendrait me chercher à la fin des cours.

Pour moi, c'était un acte très courageux et audacieux.

J'ai attendu devant le panneau SÉQUOIA GÉANT et le taxi est arrivé pile à l'heure.

J'en ai déduit que nous partions du bon pied.

J'ai tiré ma valise à roulettes jusqu'au véhicule et, passant la tête par la fenêtre ouverte du conducteur, j'ai dit :

– Je souhaiterais connaître votre numéro de licence de taxi et voir une preuve de conformité à la réglementation en vigueur concernant le réglage des freins et des phares.

Le chauffeur s'appelait Jairo Hernandez et cela faisait 7 ans qu'il conduisait pour Mexicano Taxi.

J'étais nerveuse, mais il semblait l'être lui aussi.

Néanmoins, il n'avait pas l'air du genre à me kidnapper et à me découper en morceaux.

Après avoir examiné tous ses papiers (qu'il avait localisés au prix d'efforts considérables), je suis montée à l'arrière.

Alors que nous nous éloignions du trottoir, il a décroché son combiné radiotéléphone et s'est mis à parler à voix basse (peut-être à quelqu'un de sa société).

Il ne savait pas que je parle couramment espagnol, puisque c'est la première langue que j'ai apprise après l'anglais.

Voilà ce qu'il a dit :

– D'abord, je crois que je vais devoir conduire une personne de petite taille à l'aéroport, parce qu'elle a une valise. Mais, alors, je me rapproche et je vois que ce n'est qu'une petite fille. Je te le dis, mon pote, c'est une opération sous couvert, un coup monté. Elle a demandé à voir tous mes papiers ! J'aurais bien appuyé sur l'accélérateur et filé, mais elle avait rentré la tête par la fenêtre. C'est rude, mon ami. Si une gamine peut nous tendre un piège devant un collège, à quoi peut-on s'attendre ensuite ?

Deux choses.

Je n'avais jamais pris le taxi auparavant.

Et je n'étais jamais montée dans la voiture d'un parfait inconnu.

Je me transformais soudain en exploratrice ayant le goût du risque.

Mon cœur battait la chamade. C'était agréable. Un sourire s'est épanoui sur mon visage.

J'étais en route pour aller voir une nouvelle amie.

D'accord, la personne en question avait deux ans de plus que moi et semblait avoir quelques difficultés à maîtriser sa colère (en plus d'un frère rencontrant des problèmes avec l'autorité et la discipline).

Mais aucun être vivant n'est parfait.

Tous les scientifiques le savent.


Quand nous sommes arrivés devant le parking de l'administration du district scolaire, et après que j'ai eu payé la course négociée au préalable, augmentée d'un pourboire de dix-huit pour cent, j'ai éprouvé un grand contentement, parce que j'avais accompli ça toute seule.

J'ai regardé Jairo Hernandez droit dans les yeux et j'ai dit :

– Ne laissez jamais personne vous dire que vous n'y arriverez pas.

Puis j'ai fermé la portière.

Je faisais allusion à mon propre projet, mais à en juger par l'expression de son visage, je pense qu'il a cru que je parlais de lui.

Alors que je tournais au coin de la rue, j'ai aperçu Mai, assise sur la plus haute des marches menant au bureau de Dell Duke.

Je me faisais peut-être des idées, mais j'ai eu l'impression qu'elle était contente de me voir.

J'ai accéléré le pas tout en gardant le contrôle de ma valise rouge, option roulettes pivotantes à trois cent soixante degrés.

Arrivée à la caravane, j'ai pu lui assener la question que j'avais attendu de lui poser toute la semaine :

– *Chị có khoẻ không?*

Elle a dit que je l'avais saluée avec une intonation parfaite.

Ces 7 derniers jours, j'avais appris quatre-vingt-cinq expressions vietnamiennes, ainsi qu'un grand nombre de conjugaisons.

J'en ai essayé plusieurs sur elle.

Elle était extrêmement impressionnée : pas seulement parce que je savais dire tout ça, mais aussi parce qu'elle avait passé deux semaines à tenter d'apprendre quatre mots de vietnamien à une amie de sa mère, sans succès.

Alors l'effort en valait la peine.


Le temps a filé à toute vitesse.

Nous avons conversé, d'abord en anglais, puis en bribes de vietnamien.

D'ordinaire, ce qu'on appelle le papotage m'ennuie.

J'aime les grandes discussions, qui abordent des théories et des concepts, associés à des faits et à des quantités connues.

Mais nous n'avons eu aucun mal à trouver des choses à nous dire, car Mai m'a interrogée d'emblée sur le jardin derrière ma maison.

Toute cette verdure l'avait intriguée.

Je lui ai parlé de certaines de mes plantes et lui ai expliqué simplement quelques-unes de mes expériences botaniques.

Et en un clin d'œil, quarante minutes s'étaient écoulées, la porte du mobile home s'ouvrait et Dell Duke apparaissait, Quang-ha à ses côtés.

Le conseiller a écarquillé les yeux en nous voyant ensemble.

Il a voulu savoir depuis combien de temps j'étais là et de quoi nous avions discuté.

Il ne s'est pas montré aussi sympathique que je l'aurais cru. Et j'ai un peu eu l'impression qu'il avait envie de pousser les Nguyen en bas des marches.

Avec un sourire figé et emprunté, il a lancé :

– Très bien. C'est l'heure de la séance de Willow. Au revoir, les enfants.


J'ai insisté pour qu'il laisse la porte du mobile home, de façon que je puisse voir s'éloigner Mai et Quang-ha.

Au tout dernier moment, juste avant que le duo ne disparaisse au coin de la rue, Mai s'est retournée et a fait coucou dans ma direction.

Vu l'angle de la porte, j'étais certaine qu'elle ne pouvait pas me voir.

Mais elle savait que j'étais là.

Soudain, j'ai senti qu'une boule étrange se formait dans ma gorge.

Je m'étais fait une nouvelle amie, plus âgée que moi. Une fille qui allait au lycée.

Je m'étais trouvé une sorte de protectrice.

Comme par magie.


Je me suis installée dans le fauteuil et j'ai écouté Dell Duke.

Aujourd'hui, je n'allais pas passer de tests.

Il a dit que nous allions reprendre le jeu sur les mots.

Cette fois, il citerait des secteurs économiques et il faudrait que je réponde «prévisions de croissance financière à court terme ou à long terme».

Je lui ai expliqué avant de commencer que je n'avais que très peu de connaissances en économie.

Je considérais réellement qu'il s'agissait d'une science sociale, pas d'une science exacte, et comme les choses imprécises ne m'intéressaient pas, je ne m'étais pas penchée là-dessus.

Mais il ne m'a pas écoutée.

Il s'était préparé pour notre séance et avait griffonné des notes sur une planchette à pince.

Comme je lis très facilement à l'envers, j'ai vu tout de suite qu'il manquait complètement de sens de l'organisation.

Ses listes étaient pleines de ratures, de flèches et de signes divers le redirigeant vers des bulles remplies de pensées en désordre.

J'ai décidé de les ignorer.

Il a commencé par :

– Entreprises pharmaceutiques.

Il m'avait donné pour instruction de répondre « croissance haute », « croissance moyenne », « pas de croissance » ou « marché en déclin ».

C'était vraiment minable, comme jeu.

Je me suis dit que les entreprises pharmaceutiques connaissaient probablement une croissance continue, puisqu'on développait constamment de nouveaux médicaments ; sans compter que la médecine progressait à toute vitesse.

C'était un fait.

Il fallait donc répondre « croissance haute », d'autant plus que la population vieillit.

Mais j'ai dit « marché en déclin », parce que j'avais décidé que je préférais jouer à l'envers.

Seulement, je ne l'ai pas prévenu.

J'allais voir s'il était attentif.

Néanmoins, et c'est bien triste, il n'a jamais percuté et crié : « Tu joues à l'envers ! »

Il a juste continué à écrire mes bêtises.


Sur le chemin du retour, j'ai évalué la situation.

Devenir un Séquoia Géant avait représenté une déception colossale.

Mais le fait de fréquenter ce nouvel établissement m'avait conduite à aller voir le conseiller à la tête ronde, et cela m'avait permis de rencontrer Mai, ma nouvelle amie.

Tout se passait mieux au collège depuis que je m'étais rendu compte qu'il suffisait de se plaindre d'une migraine pour être dispensé d'EPS (et de ce sport violent qu'on appelle le volley-ball).

Je racontais que la douleur me rendait aveugle, et l'on m'envoyait m'allonger dans le bureau de l'infirmière, Mlle Judi.

Je savais qu'elle m'aimait bien parce que nous discutions de sujets tels que les épidémies de grippe et les statistiques sur les saignements de nez spontanés.

Si bien que, quand j'ai remonté Citrus Court jusqu'à la porte de notre maison, je me sentais très heureuse.

# chapitre 13
# Jairo Hernandez

*Un pèlerin est un voyageur
qui se rend dans un lieu spirituel.*

Jairo examina ses papiers sur le siège passager. Sa licence. Les documents relatifs à l'inspection de son véhicule.

Lorsqu'il avait commencé à conduire un taxi, il ne devait s'agir que d'un emploi temporaire.

Et pourtant des années avaient passé.

Il décrocha le combiné radio et annonça au bureau qu'il prenait une pause.

Puis il conduisit tout droit jusqu'à l'université de Bakersfield, où il se procura une brochure sur le programme de formation continue qui permettait aux personnes ayant dépassé trente ans de reprendre leurs études.

Il allait se renseigner sur les conditions nécessaires pour devenir technicien médical.

La fille qu'il avait prise en charge aujourd'hui avait secoué sa prison mobile.

Il s'était rendu compte qu'il avait affaire à une sorte de

chaman quand elle avait dit : « Ne laissez jamais personne vous dire que vous n'y arriverez pas. »

Elle était un feu d'avertissement clignotant.

Et Jairo prêtait attention aux signes.


Ce soir-là, pour la première fois de sa carrière, Dell pensa à son travail en rentrant chez lui.

Le destin avait placé Alberta Einstein dans sa vie et il devait trouver un moyen d'en tirer profit.

Peut-être pourrait-elle le rendre plus intelligent ?

En tout cas, il semblait certain qu'elle pouvait améliorer sa situation financière.

Une chose était sûre : avec elle dans sa vie, tout allait si vite !

# chapitre 14

La semaine suivante, je suis allée sur Internet et j'ai de nouveau commandé un véhicule chez Mexicano Taxi. Dans la case destinée aux commentaires/requêtes spéciales, j'ai demandé à ce qu'on m'envoie Jairo Hernandez.

Il est arrivé à l'heure; sa licence et les bilans de contrôle technique étaient posés sur le siège avant, prêts pour mon inspection.

Je les ai encore vérifiés parce que, selon moi, il est important de toujours se montrer rigoureux.

Alors que la voiture s'éloignait du trottoir, j'ai remarqué deux choses.

La première, c'est qu'il venait de se faire couper les cheveux. La seconde était plus alarmante.

Ses cheveux étant désormais plus courts sur l'arrière, j'ai repéré un nævus sur sa nuque.

Cela signifie que j'ai vu un grain de beauté.

Mais pas un grain de beauté ordinaire. Selon moi, celui-ci présentait des signes inquiétants : il était asymétrique et marqué de mouchetures bleues et rouges sur ses bords irréguliers.

Un nourrisson sur cent naît avec des grains de beauté. Je doute que ce soit amusant pour les parents.

Qui veut d'un enfant taché ?

Mais presque tous apparaissent dans les vingt premières années de la vie.

Voilà pourquoi, si un nouveau grain de beauté apparaît, ou si un spécimen déjà existant se transforme, il faut diriger son attention de ce côté-là (d'un point de vue médical).

Je ne voulais pas faire peur à Jairo Hernandez.

Néanmoins, il existait une réelle possibilité qu'il ne soit pas conscient de ce vilain grain de beauté, puisque celui-ci se situait sur sa nuque et qu'il ne pouvait pas la voir facilement.

Alors, tandis qu'il me conduisait à mon rendez-vous avec Dell Duke, je n'ai pas quitté des yeux son problème cutané.

Et je me suis sentie obligée d'écrire ce qui suit sur une fiche cartonnée :

Vous devez demander à un dermatologue de procéder à une biopsie cutanée du grain de beauté (nœvus) situé sur votre nuque. Si cela ne constituait pas une trop grande violation de votre vie privée, j'aimerais beaucoup jeter un coup d'œil au rapport de pathologie. Je prendrai le taxi la semaine prochaine à la même heure. C'est important, alors veuillez ne pas prendre cette suggestion médicale à la légère.

Willow Chance

Je lui ai tendu le message en sortant du taxi.

Désormais, Mai et moi pouvions parler plus aisément en vietnamien.

97

J'avais réussi à maîtriser les intonations et les accents en écoutant de manière obsessionnelle, la nuit, les leçons audio conçues pour les employés du Département d'État.

On pouvait les télécharger avec un mot de passe qui n'était pas dur à obtenir à condition de savoir comment s'y prendre.

C'était comme un langage secret puisque, dans les bureaux du district, personne à part Quang-ha ne parlait vietnamien.

Nous avons fait le tour des bâtiments et du parking en cherchant plus ou moins Cheddar, mais surtout en discutant.

La botanique nous intéressait toutes les deux, et j'ai tenté de partager certaines de mes connaissances sans m'exprimer comme une présentatrice de Discovery Channel.

Nous étions assises sous l'un des quelques arbres s'élevant devant le bâtiment principal de l'administration quand je lui ai dit, en vietnamien :

– Tu es ma nouvelle meilleure amie.

Mai a gardé le silence. Je savais qu'elle avait beaucoup de copines au lycée, et qu'elle considérait une certaine Alana comme son amie la plus proche.

Pour elle, je n'étais qu'une gamine, et je me suis rendu compte que j'étais allée trop loin.

Quelle sorte de personne déclarait une chose pareille quelques semaines seulement après avoir rencontré quelqu'un ?

Alors j'ai ajouté :

– Vu que je viens d'arriver dans un nouveau collège, pour l'instant tu es ma seule amie, alors cette distinction n'est peut-être pas très significative.

Et ça l'a fait sourire.

# chapitre 15

## Roberta et Jimmy Chance

*Dans la langue des signes américaine,
le geste représentant le mot «parents»
consiste à faire suivre* maman *du signe* papa.

Roberta Chance était enfin à son rendez-vous chez le médecin.

Cela faisait plus d'un an qu'elle avait remarqué une minuscule fossette sur le côté gauche de sa poitrine.

Elle comptait évoquer ce petit creux lors de l'examen, mais le docteur Pedlar le repéra avant qu'elle n'en ait eu l'occasion.

Et sans préavis, voilà qu'on l'envoyait au centre d'imagerie de Bakersfield, un peu plus loin dans la rue.

Ils ne voulaient même pas envisager de lui prendre un rendez-vous pour plus tard.

Ils voulaient qu'elle y aille sur-le-champ.

Comme le centre ne se trouvait qu'à trois pâtés de maisons, elle laissa sa voiture sur le parking et s'y rendit à pied.

La technicienne médicale du centre d'imagerie semblait avoir été prévenue de son arrivée, mais elle ne sourit pas en lui tendant une blouse lavande.

Pourtant, presque tout le monde souriait à Roberta ; elle provoquait ça chez les gens.

C'est seulement en se rhabillant, après l'échographie, qu'il lui vint à l'esprit que quelque chose ne tournait pas rond. Quand le médecin l'invita à entrer dans son bureau.

Ne se trouvait-elle pas déjà dans son bureau ?

Parlait-il d'un autre endroit où il tenait ses comptes et déjeunait de plats à emporter ?

Elle suivit le docteur Trocino dans un couloir étroit, jusqu'à une petite pièce décorée d'images d'anges roses encadrées.

Sur le bureau se dressait un vase de fleurs en soie qui, à supposer qu'elles aient jadis été belles, avaient depuis amassé de la poussière et s'étaient décolorées du côté faisant face à la fenêtre.

C'est là, après qu'elle se fut installée dans un fauteuil rembourré qui lui parut humide, comme s'il n'avait jamais vraiment séché après que quelqu'un avait fait pipi dessus, que le docteur lui annonça la nouvelle.

Son creux était une tumeur.

La bouche du médecin remuait et elle entendait ses paroles, mais elles ne voulaient rien dire parce que cela ne lui arrivait pas à elle.

Une autre personne était assise dans ce fauteuil.

Alors, le docteur se leva, déclara qu'il allait lui laisser un moment d'intimité et lui conseilla d'appeler son mari.

Jimmy Chance conduisait des engins de chantier, et c'est comme ça que Roberta et lui s'étaient rencontrés.

Juste après le lycée, ils s'étaient tous les deux inscrits à un cours d'initiation pour passer le permis poids lourd.

Roberta était la seule fille à suivre ce cours, mais Jimmy l'aurait remarquée même dans une pièce remplie de beautés, parce qu'elle était ouverte et sûre d'elle.

Mais ce qui l'avait vraiment attiré, c'est qu'elle était heureuse et que cela se voyait.

Alors qu'il quittait le travail pour aller la retrouver au centre médical, il avait l'impression que c'était lui le malade.

Qu'est-ce que tout cela signifiait ? Ils avaient dit qu'il fallait programmer l'opération sur-le-champ. Roberta avait parlé d'une voix si morne au téléphone.

La seule fois où il lui avait entendu ce ton-là, c'était le jour où l'homme de la clinique spécialisée dans le traitement de la fertilité leur avait annoncé qu'ils ne pourraient pas avoir d'enfants.

Il avait alors fallu dix bonnes minutes à sa femme pour décider qu'ils adopteraient, et sa passion pour la vie lui était aussitôt revenue.

Ils avaient dû attendre quatre ans, mais ça avait marché. Alors cette fois aussi, ça marcherait. Ils trouveraient une solution. Il le fallait. Pour lui. Pour Willow. Pour elle.

Oui. Pour elle.

Parce qu'il ferait n'importe quoi…

Pour elle.

Roberta et Jimmy s'assirent sur un banc en bois sale, devant le centre médical.

Quand elle ramena ses épaules en arrière, elle se rendit compte qu'elle s'appuyait sur des fientes d'oiseau séchées.

Les oiseaux attrapaient-ils le cancer ?

Jimmy lui tenait la main, mais ils gardaient tous les deux le silence.

Elle préférait ça.

Il y avait tant de choses à dire, et en même temps si peu. Cela faisait bien longtemps qu'ils s'étaient dit ce qui comptait vraiment.

Roberta posa la tête sur son épaule et assise là, silencieuse, elle ne pensa pas à elle. Ni à son mari. Elle pensa à Willow.

À cet instant précis, son amour pour sa fille entravait littéralement sa respiration.

Elle ferma les yeux pour emprisonner ses larmes derrière ses paupières. Puis elle prit sa décision.

Ils ne lui diraient rien. Pour l'instant, Willow s'intéressait bien trop à la médecine pour pouvoir gérer cette situation.

Ils lui en parleraient quand ce serait terminé.

Après un moment qui leur parut durer cinq minutes, mais qui en réalité dura plus d'une heure, ils se levèrent.

Ils décidèrent de laisser la voiture de Roberta au parking et de prendre le pick-up de Jimmy pour aller ensemble au rendez-vous suivant, à l'autre bout de la ville.

Ils ne se sépareraient pas, tant que cette histoire ne serait pas réglée.

Plus jamais.

Le soleil du milieu d'après-midi cognait brutalement. Dans

les rues congestionnées, les conducteurs grincheux pilotaient sans céder d'un pouce. C'était du chacun pour soi.

Mais Jimmy et Roberta évoluaient dans leur propre monde, sur le siège avant du pick-up. Ils descendaient Eye Street et, devant eux, le feu était au rouge.

Jimmy ralentit, mais avant qu'il se soit complètement arrêté, le feu passa au vert.

En temps normal, il aurait vérifié que personne ne s'engageait dans l'intersection.

Mais pas aujourd'hui.

Pas maintenant.

Il tendit la main et toucha le bras de sa femme et, au moment exact où ce contact se produisait, le monde vola littéralement en éclats.

Ils furent percutés de plein fouet, en plein milieu de l'intersection, par un livreur de fournitures médicales. Son fourgon transportait un chargement de bouteilles d'oxygène et il avait déjà quarante minutes de retard.

Il vit le feu passer à l'orange, mais il appuya sur l'accélérateur, croyant qu'il aurait juste le temps de se faufiler avant le feu rouge.

Au lieu de ça, il fonça tout droit sur un pick-up.

Jimmy mourut sur le lieu de l'accident, mais on le mit quand même dans l'ambulance qui emmenait sa femme à l'hôpital.

Roberta cessa de respirer trois heures plus tard, pendant l'opération d'urgence.

Le chauffeur sombra dans le coma.

La seule pièce de métal qui ne fut ni déchiquetée ni brûlée dans la collision était un triangle jaune fixé sur le pare-chocs arrière, dont l'inscription en lettres noires indiquait :
LA SÉCURITÉ EST NOTRE PRIORITÉ !
Des remarques sur ma conduite ?
Appelez le 800 Med-Supp. Je suis le fourgon numéro 807.

# chapitre 16

Ce jour-là, Mai et moi étions assises sur les marches du bureau-mobile home.

Quand la porte s'est ouverte sur Dell Duke et Quang-ha, je me suis levée et j'ai suivi Mai qui descendait les marches.

Dell a plissé son front.

– Qu'est-ce que vous faites ?

Mai lui a adressé un sourire narquois.

– Willow ne veut pas de séance, aujourd'hui. Mais on s'est dit qu'on pourrait tous aller manger une glace. Des cônes enrobés de chocolat, ce serait sympa.

On aurait dit que Dell venait de perdre le contrôle de ses intestins. Il bégaya :

– Willow a un ren-rendez-vous. Ce n'est pas fa-facultatif.

J'ai porté mon regard au loin. Quang-ha n'a pas pu retenir un ricanement.

Dell s'est tourné vers moi.

– Willow, on t'a ordonné de venir ici en raison de troubles du comportement. Ce n'est pas facultatif.

Je l'ai regardé droit dans les yeux.

– On m'a envoyée ici sous un prétexte fallacieux.

Pour la première fois, Quang-ha avait l'air intéressé par la situation. Il a dit :

– Pourquoi a-t-elle besoin d'un conseiller ? Elle traîne avec ma petite sœur, alors ça ne peut pas être une gamine à problèmes.

Dell semblait paniqué. Il se mit à balbutier :

– Tu… Je… Nous devons… ça au… jourd'hui…

Mai est venue à la rescousse. Elle a dévisagé le conseiller (qui battait bizarrement des bras désormais, comme s'il essayait de s'envoler) et a annoncé :

– On veut aller au *Fosters Freeze*. Vous pourriez nous y conduire. Vous et Willow pourrez parler de ses problèmes dans la voiture.

J'ai vu à l'expression de Dell qu'il était choqué par son insolence.

Alors, elle m'a parlé en vietnamien et je lui ai répondu. Elle a dit qu'elle trouvait qu'on s'en tirait bien. J'ai répliqué que j'étais d'accord avec elle.

Dell et Quang-ha ont tous deux paru surpris. Je suppose qu'ils ne s'attendaient pas à ce que l'on communique dans cette langue.

Et voilà que nous nous retrouvions tous dans la voiture poussiéreuse de Duke, quittant le parking, en route pour le *Fosters Freeze*.

Et c'est là que tout a commencé, en réalité.

Parce qu'en regardant disparaître les bureaux du district scolaire dans le lointain, j'ai eu la certitude que l'ancienne dynamique entre Dell, Mai et moi était terminée.

Et les fins sont toujours le commencement de quelque chose d'autre.

# chapître 17

## Retour au présent

Personnes apparentées.

Voilà ce qu'ils veulent savoir. Le parent le plus proche. Qui s'exprime comme ça ?

Pourtant c'est bien ce qu'ils me demandent.

L'une de ces personnes apparentées vit au Village Vaillant, un centre de soins pour patients atteints de démence.

Ce « parent » est la mère de mon père.

Grand-mère Grace passe son temps assise dans un fauteuil de l'entrée, devant une cheminée qui ne fonctionne pas. Elle y prend même ses plateaux-repas.

Une auxiliaire la nourrit.

Le mari de grand-mère Grace est mort d'une crise cardiaque le jour de son soixante-sixième anniversaire et après ça, elle a commencé à perdre le fil.

Devrais-je leur en parler ?

Mon père avait un frère, mais il était plus âgé que lui et s'est éloigné de sa famille quand il a trouvé un travail à l'étranger consistant à passer des contrats privés pour le compte de l'armée.

Cela faisait des années que plus personne n'avait de ses nouvelles ; mon père ne savait même pas si son propre frère était encore vivant.

À l'âge de dix ans, j'ai essayé de le retrouver et, en me basant sur les faits que j'ai pu faire concorder, je suis quasiment certaine qu'il est mort dans un accident impliquant un avion-cargo.

Mais je ne l'ai pas dit à mes parents.

Quant à ma mère, elle était fille unique. Ses deux parents sont décédés quand elle avait une grosse vingtaine d'années. Je ne les ai même pas connus.

Je n'ai pas de tantes, d'oncles ou de cousins. Nous ne sommes pas ce genre de famille. Nous avons eu de la malchance et beaucoup de problèmes de santé. Et maintenant, ça.

Penser aux antécédents médicaux de ces personnes apparentées était la seule chose qui me consolait d'avoir été adoptée.

Désormais, je ne peux plus penser.

Je ne peux plus me concentrer.

Je ne peux plus respirer.

Non.

Non.

Non.

Non.

Non.

Non.

Non.

Après de nombreuses questions, tout ce que je dis aux policiers, c'est :

– J'ai une grand-mère qui pense que tous les jours c'est mardi.

Les ombres s'allongent.

Je m'assieds sur le perron.

Les larmes ne s'arrêtent pas.

Et moi qui ne pleure presque jamais.

Mais je ne suis plus moi-même.

Je serai à jamais quelqu'un d'autre.

Les deux personnes que j'ai le plus besoin de joindre, les deux personnes à qui j'ai le plus besoin d'apprendre cette nouvelle atroce ne sont pas là.

Je me mets à claquer des dents.

Je veux fermer les yeux pour que tout s'arrête.

Désormais, je me fiche que mon cœur batte ou que mes poumons se soulèvent.

Pour qui se soulèveraient-ils, de toute façon ?

Mai s'assied près de moi et agrippe mon épaule.

Elle se met à roucouler tout bas. On dirait le cri prolongé d'une colombe. Qui vient de très profond, à l'intérieur.

J'essaie de me concentrer tout entière sur ce son.

Cela me rappelle, l'espace d'un instant, le minuscule couinement que le petit bébé perruche à croupion vert a émis quand il est tombé de son nid dans notre jardin, il y a plusieurs années.

Je lui jette un coup d'œil et je vois qu'elle pleure aussi.

Les agents de police passent des coups de téléphone, les mains sur les hanches, Dell Duke sur les talons. Au commissariat. Aux services sociaux. À une dizaine de personnes et d'agences différentes, cherchant quelqu'un qui leur indiquera quoi faire.

Je n'écoute pas.

Mais je les entends.

Je n'arrive plus à compter de 7 en 7.

J'entends une voix dans ma tête et elle dit : « Faites que tout ça s'arrête. »

C'est tout ce que je sais.


Doivent-ils me mettre en « détention provisoire comme mesure de protection », comme ils disent ?

S'ils n'arrivent pas à localiser le plus proche parent, peuvent-ils me confier à un ami de la famille ?

Il faut que j'aille aux toilettes, et finalement, ce besoin prend le dessus.

Je sors ma clé et la donne à Mai, qui ouvre la porte.

Quand j'entre, je suis certaine que ma mère sera dans la cuisine.

Que mon père apparaîtra, sortant du garage, affublé des lunettes de lecture de ma mère.

Tout cela n'est qu'une grosse erreur.

Mais il fait sombre et il n'y a personne.

Cette maison n'est peuplée que de fantômes, désormais.

Ce n'est plus qu'un musée du passé.

Nous

n'existons

plus.

# chapitre 18

Willow avait enfin accepté d'entrer, pour utiliser les toilettes.

Mai lui donna une serviette mouillée à l'eau froide pour qu'elle la presse contre son visage.

Elle trouva ensuite un sac d'épicerie en papier dans un tiroir de la cuisine. Elle emprunta le couloir jusqu'à la chambre de Willow, et elle se tint un instant dans l'embrasure de la porte, les yeux écarquillés.

Cela ne ressemblait pas à la chambre d'une enfant de douze ans.

Tous les murs étaient tapissés de bibliothèques pleines à craquer. Il y avait plus de choses à lire dans cette pièce que dans certaines librairies.

Juste au-dessus du bureau (doté d'un microscope et d'un équipement informatique sophistiqué) se dressait un panneau d'affichage recouvert de photographies de plantes.

Mai s'approcha du lit, où un pyjama rouge était plié soigneusement sur un édredon couleur café. Elle le fourra dans le sac en papier. Puis, alors qu'elle se retournait pour partir, elle remarqua un livre au sommet d'une pile d'ouvrages, sur la table de nuit.

Il était ouvert, face vers le bas.

À en juger par sa position, il était presque terminé.

Elle se rapprocha et vit qu'il venait de la bibliothèque municipale de Bakersfield et s'intitulait *Comprendre les coutumes et traditions vietnamiennes*.

Et c'est à ce moment-là qu'elle sut que Willow viendrait avec elle.

Elle mentit.

Elle raconta à la police qu'elle connaissait Willow depuis plusieurs années, et non depuis quelques semaines seulement.

Elle dit que sa mère accepterait de signer n'importe quel papier, leurs familles étant très, très proches.

Dell Duke ne la contredit pas parce qu'elle était tellement convaincante qu'il avait lui-même à moitié avalé son histoire.

Quang-ha, troublé par les policiers, n'était pas sorti de la voiture de Dell. Il n'avait pas bougé d'un poil.

Si bien que c'est Mai qui fit autorité.

Alors que Dell démarrait sa voiture, il vit des voisins sortir sur le trottoir. Mais Willow, assise à l'arrière, les yeux fermés, ne voyait rien.

Dell conduisait plus lentement que jamais, traversant la ville en direction du salon de manucure, la voiture de patrouille derrière lui.

Personne ne le sut, mais ils passèrent à l'endroit même où Jimmy et Roberta Chance avaient été percutés.

Un véhicule officiel s'attardait encore sur les lieux, mais ce qui restait du pick-up et du fourgon avait été enlevé.

Quatre anneaux gris maculaient la chaussée, là où les feux avaient été éteints.

La voiture de Dell roula en plein sur les cendres.

La voiture vira pour entrer dans le parking du *Bonheur des ongles*, et Mai ouvrit aussitôt la portière. On aurait dit qu'elle et Quang-ha faisaient la course pour entrer dans le salon.

Mais Willow ne bougea pas.

Dell décida d'attendre avec elle, mais c'était de la torture.

De toute évidence, la véritable action se déroulait de l'autre côté de la baie vitrée, sur laquelle des lettres violettes en forme de saucisses proclamaient :

*RÉDUCTIONS SUR*
*LES MAN + PÉD À L'EUROPÉENNE !*
*AVEC OU SANS RENDEZ-VOUS !*

Dell lut ce message une bonne dizaine de fois sans parvenir à le comprendre.

Il fallait qu'il se concentre.

Non seulement deux personnes étaient mortes, mais toutes sortes de rapports officiels seraient rédigés et il apparaîtrait clairement que M. Dell Duke avait fait sortir trois gosses du district de l'enceinte scolaire pour les emmener manger de la glace et des frites et admirer des oies.

Quel timing épouvantable !

La police était sur le coup et les travailleurs sociaux avaient déjà déclenché l'alerte rouge.

C'était un cauchemar.

À bien des égards.

Il fallait absolument que Dell se comporte comme un professionnel, l'une des choses les plus difficiles pour lui.

Il jeta un coup d'œil à Willow dans le rétroviseur.

Des larmes s'échappaient du coin de ses yeux fermés et roulaient par intervalles sur ses joues sombres.

Il aurait aimé trouver des paroles réconfortantes. Après tout, il était psychologue de formation.

Alors, il se tourna vers elle et bredouilla :

– Quelle perte terrible !

Puis il expira et d'autres mots dégoulinèrent de sa bouche, comme de la purée de celle d'un bébé. Rien de plus que de la bouillie verbale :

– Je sais que c'est une bien mince consolation, mais dis-toi que tu ne subiras plus jamais une aussi grande perte.

Il continua, incapable de s'arrêter :

– D'un côté, c'est réconfortant : tu sais que le pire est déjà derrière toi. Enfin, quand ce sera vraiment derrière toi. Ce qui prendra un petit moment, évidemment.

Il se rendit compte avec horreur que la détresse de Willow semblait s'amplifier à chacun de ses mots.

Qu'est-ce qu'il racontait ?

Il se racla la gorge et tenta de raffermir sa voix pour conclure :

– Parce que c'est la vie. Et ces choses-là arrivent, voilà tout…

*Waouh!* Venait-il vraiment de dire ça?

Combien d'enfants apprenaient en rentrant de l'école que leurs deux parents étaient morts? Dans un pays déchiré par la guerre, comme la Somalie ou un endroit comme ça, il aurait à la limite été légitime de déclarer: «Ces choses-là arrivent.»

Mais ici?

À Bakersfield?

Quelle boulette!

Il se mordit l'intérieur de la joue gauche et garda bouche close jusqu'à ce qu'il détecte le goût du sang.

Il fallait ça pour le faire taire.

# chapitre 19

# Pattie Nguyen

*Un leader organise les autres,*
*qu'ils en aient conscience ou non.*

C'était un après-midi tranquille au salon et Pattie faisait l'inventaire, ce qui n'était jamais une partie de plaisir.

Mais il fallait bien le faire. Des flacons de vernis à ongles disparaissaient presque tous les jours. Elle avait la certitude que cela résultait des vols commis à la fois par ses employées et par ses clients, si bien qu'il était essentiel qu'elle garde le contrôle de la situation.

La propriétaire d'une petite affaire devait montrer qu'elle se souciait de ces choses-là, même si le vernis à ongles, acheté en gros, ne lui coûtait au final que soixante-neuf cents l'unité.

C'était l'un des secrets de la réussite : se préoccuper des grosses *et* des petites choses.

Ou, dans le cas de Pattie, se préoccuper de tout.

Elle aurait aimé que toutes ses clientes ne veuillent que du vernis rouge. Le rouge portait bonheur.

Mais elle proposait plus d'une centaine de teintes dans leurs petits flacons en verre trapus.

Elle reposa un pot rouge pompier et en prit un bleu canard, une nouvelle teinte très populaire, mais qui ne portait pas chance.

Ce bleu agaçant à la main, elle jeta un coup d'œil par la vitrine juste au moment où une berline poussiéreuse se garait sur le parking.

Une voiture de police la suivait de près.

Mauvais signe.

Cela ne serait peut-être pas arrivé si elle avait gardé le vernis rouge à la main. Elle savait bien que ce raisonnement n'était pas logique, mais quand même.

Et alors, son rythme cardiaque s'accélérant, elle vit ses deux enfants sortir de la Ford crasseuse et se précipiter vers le salon.

Très mauvais signe.

Elle jeta le petit flacon en verre à la poubelle. Elle ne proposerait plus ce funeste bleu canard.

Dès la première semaine de classe, Quang-ha avait séché les cours et s'était disputé avec ses professeurs. Il risquait de se faire renvoyer.

Pattie avait demandé au principal d'envoyer son fils chez un conseiller psychopédagogique. Elle croyait fermement qu'il avait besoin d'une voix autoritaire qui lui ferait peur et le ramènerait sur le droit chemin.

Mais il n'avait pas besoin des autorités !

Et certainement pas de la police.

Avant même qu'elle puisse deviner ce qu'il avait fait, ses enfants entraient dans le salon et se mettaient tous les deux à parler en même temps.

Quang-ha voulait que sa mère sache que Mai avait menti.

C'était un moment important pour lui, car soudain, sa sœur et lui se retrouvaient sur un pied d'égalité.

Il n'était plus le seul à avoir déformé la vérité pour s'adresser à des responsables.

Mais Mai, à coups de rafales en vietnamien, éleva la voix au-dessus de la sienne.

Il n'était pas question de mensonges.

Il était question d'un accident de voiture et d'une fille qui avait perdu ses parents. Pour Mai, c'était tout ce qui comptait.

Quang-ha répliqua qu'ils ne connaissaient même pas cette gamine. Se mêler de cette histoire ne pourrait que leur attirer des ennuis.

Pattie tenta de tirer les choses au clair, mais déjà les officiers de police se tenaient devant elle, prêts à la bombarder de questions.

Sans leur en laisser le temps, Mai prit la main de sa mère et l'entraîna vers la porte. Pattie la suivit, les laissant plantés là.

Mai la conduisit jusqu'à la voiture de Dell, dont elle ouvrit sans un mot la portière arrière afin que sa mère se retrouve face à face avec Willow.

Pattie vit un grand chagrin.

Ses yeux firent le point sur une version rajeunie d'elle-même, et de tant d'autres enfants vietnamiens qui avaient grandi sans leurs parents, certains abandonnés à cause de leur appartenance ethnique, d'autres à cause de la tragédie.

Et elle ouvrit grand les bras.

Après que Pattie eut signé au bas des papiers lui confiant la responsabilité légale de Willow pour les prochaines vingt-quatre heures, la voiture de patrouille sortit en trombe du parking, comme si elle transportait des criminels en fuite.

Il ne restait plus que Dell Duke.

Il voulait qu'ils l'invitent chez eux. Il était maintenant vraiment impliqué dans cette affaire.

Mais Pattie l'ignorait, s'affairant à fermer le salon plus tôt, aboyant des ordres en vietnamien à ses deux manucures.

Dell traînait autour de la caisse, essayant de se faire passer pour l'homme de la situation.

En vain.

Alors que Pattie dépassait à peine un mètre cinquante, contre plus d'un mètre soixante-dix pour lui, elle ne cessait de le repousser vers la porte.

– On parle demain.

Elle le répéta plus d'une fois, et puis soudain, elle le prit et le mit carrément à la porte.

Il parvint à articuler :

– Il faudrait sans doute que je prenne le numéro de votre domicile. Enfin, je l'ai dans le dossier de Quang-ha, au bureau, mais je…

Soit elle ne l'écoutait pas, soit cela ne l'intéressait pas.

Elle sortit un gros trousseau de clés et, laissant Dell sur le trottoir, retourna à l'intérieur et commença à verrouiller le bas de la lourde porte.

Dell se trouvait du mauvais côté de l'épaisse baie vitrée.

Mais il continuait de parler comme s'il était toujours dans la pièce, haussant la voix :

– Bon, je ferais mieux d'y aller, alors. D'ailleurs, j'y vais. Je suis parti. Ç'a été une longue journée. Pour nous tous…

Il s'efforçait de mieux voir Willow, mais elle était accroupie à côté de Mai.

Il ne lui avait même pas dit au revoir.

Pattie éteignit alors brusquement les néons. Comme les vitres étaient teintées, on avait du mal à distinguer quoi que ce soit à l'intérieur.

Dell marcha jusqu'à sa voiture. Quand il jeta un coup d'œil par-dessus son épaule, le salon n'était plus qu'une masse d'ombre. Ils devaient sûrement emprunter une porte à l'arrière pour rentrer chez eux.

Il envisagea de suivre leur voiture quand ils partiraient, mais il fut soudain accablé par le poids de ce qui s'était passé, par l'énormité de la situation.

Il grimpa dans sa Ford, glissa la clé dans le démarreur et fondit en larmes.

On aurait dit que les muscles de son cou avaient cédé et, comme il sanglotait, sa tête tomba en avant et heurta le volant.

Et c'est alors que le klaxon retentit et le fit sursauter, ainsi que le monde autour de lui, les ramenant à une conscience nouvelle.

# chapitre 20

C'est la première fois de ma vie que je vois cette personne.

Pourtant, elle me prend dans ses bras.

Et elle me serre contre elle.

Cette femme est si forte qu'on pourrait craindre que son étreinte ne me fasse suffoquer.

Au lieu de ça, c'est la première fois que je peux inspirer à pleins poumons depuis que j'ai appris la nouvelle.

Ils vivent derrière le salon, dans un garage.

Un vrai garage, pas converti en quoi que ce soit. On pourrait toujours y faire entrer une voiture en déplaçant quelques objets.

Il n'y a pas de salle de bains.

Ils doivent traverser la ruelle pour retourner dans le salon, qui possède un cabinet de toilette et une minuscule cabine de douche en plastique moulé.

Ils ne trouvent pas ça bizarre, de vivre dans un garage.

Parce qu'ils y sont habitués.

Ce local ne dispose que d'une seule fenêtre qui, semble-t-il, ne faisait pas partie de la construction originelle.

Je suis certaine que quelqu'un a simplement découpé un carré dans le mur non isolé en contre-plaqué recouvert de stuc.

Un climatiseur d'allure désuète est accroché au rebord de cette fenêtre pirate et la vitre surplombant l'engin est recouverte d'un bout de tissu décoratif.

L'étoffe s'est complètement décolorée du côté exposé à la lumière du dehors, si bien que les motifs, quels qu'ils aient été, ont disparu. Brûlés par le soleil.

Malgré l'air conditionné, il fait une chaleur incroyable.

Alors même qu'il est réglé au maximum.

Des nattes couvrent le sol en béton craquelé, dans un patchwork disparate de rotin coloré et de plastique tressé.

Deux matelas, un deux places et un individuel, ont été repoussés à un bout du garage. C'est le coin chambre.

Le reste de l'espace est occupé par une longue table en métal où deux plaques de cuisson et un micro-ondes trônent à côté de boîtes de pousses de bambou et de châtaignes d'eau.

Un assortiment de faitouts et de poêles est suspendu à des crochets fixés sur les montants en bois du mur, sur lesquels sont posées des louches, des passoires et de grosses boîtes de céréales pour le petit déjeuner, qui doivent venir de chez Costco.

Maman aussi en achète.

Et à cette simple pensée, mon cœur se met à battre de façon désordonnée.

Un petit réfrigérateur est branché à un adaptateur qui alimente six appareils électriques différents, tous reliés à la même prise.

Je sais pertinemment que c'est dangereux.

Et alors, mes pensées déraillent.

Ce serait peut-être une bonne chose que le garage prenne feu.

Si j'étais toute seule là-dedans.

Parce que, si je me retrouvais piégée dans un incendie déclenché par la formation d'un arc dû à une surcharge électrique dans le mur du garage, la douleur cuisante d'avoir perdu mes parents s'envolerait en fumée avec moi.

Alors, je serais soulagée.

Je serais libérée.


Mai veut savoir si je veux m'allonger.

Mais je ne peux pas parler.

Dans aucune langue.

Pattie prépare une soupe d'un blanc trouble sur laquelle flottent des anneaux bouclés de ciboule.

Et puis soudain, un plat rempli de fines tranches de porc salé apparaît, sorti de nulle part.

La dysphagie est le terme médical correspondant à l'incapacité d'avaler, et je sais qu'il existe deux types de dysphagie : oropharyngée et œsophagienne.

Mais il en existe peut-être un troisième qui se manifeste quand votre cœur se brise en morceaux.

Je ne peux pas avaler parce que je souffre de celui-là.


Mai demande à son frère de retourner de l'autre côté de la ruelle.

Il se contente de grogner.

Il demande en vietnamien :

– Pourquoi tu me dis toujours ce que je dois faire ? C'est pas juste.

Il prend tout son temps, mais il finit par s'en aller.

Alors, Pattie et Mai m'aident à quitter mes chaussures et mon pantalon ample.

Elles me mettent mon pyjama rouge. Je ne sais pas comment il est arrivé là.

Je n'arrive toujours pas à manger.

Et pas seulement parce que je suis végétarienne.

La mère de Mai verse un peu de soupe dans une tasse à café et la porte à mes lèvres.

Comme pour amadouer un oisillon. Elle me fait boire de toutes petites gorgées.

Je sais à quel point c'est difficile car j'ai déjà joué le rôle de maman perruche.

Je bois donc de minuscules lampées au goût salé, telles des larmes troubles.

Et ensuite, Pattie allume de l'encens en forme de cône et le place sur une assiette rouge.

Elle incline la tête, les yeux luisants, puis elle me prend la main et nous pleurons ensemble.

Mai s'appuie contre sa mère et, pour la première fois de ma vie, ma mémoire s'efface.

Je sais que je ne me rappellerai rien de cette nuit parce que je ferai tout mon possible pour ne plus jamais y repenser.

Je gagnerai cette bataille.

# Chapitre 21

Quang-ha était furieux.

Ça, c'était normal. Mais cette colère toute fraîche résonnait plus profondément en lui que la plupart de ses soudains éclats de frustration.

Parce qu'il ne jouissait déjà d'aucune intimité.

Il dormait calé dans un coin, à côté de sa sœur et de sa mère. Qu'est-ce que ça changeait, qu'il ait son propre matelas ?

De qui se moquait-on ?

Ils vivaient dans la même pièce, en l'occurrence un garage, et pour couronner le tout, voilà qu'ils permettaient à une inconnue de voir à quoi ils en étaient réduits et, pire encore, de se joindre à eux ?

C'était trop, voilà tout.

Cette petite fille était bizarre. Était-il le seul à s'en rendre compte ?

Il suffisait de regarder ses vêtements et ses cheveux et ses lunettes et sa valise à roulettes. D'entendre sa voix chuchotante et son rire qui ressemblait au bruit de quelqu'un qui s'étouffe.

Non, mais franchement, elle parlait vietnamien ! Et puis quoi, encore ?

Peut-être s'agissait-il d'une sorte d'espion ou, à tout le moins, d'une intello finie. On ne pouvait apprendre une langue étrangère que si on vous la faisait avaler de force, comme tout le reste, d'ailleurs.

Il n'allait pas avoir de la peine pour elle sous prétexte que ses parents étaient morts dans un accident de voiture.

Bon, il avait peut-être eu un peu pitié d'elle quand il avait appris la nouvelle, et qu'elle tremblait, mais c'était bien fini.

Pas question.

Sûrement pas.

Il allait plutôt s'apitoyer sur son sort.

Parce qu'il n'avait pas demandé à naître. Il n'avait pas demandé que son père parte dans un camion et ne revienne jamais.

Il n'avait pas demandé que tout dans sa vie sente le vernis à ongles. Ses vêtements et même ses chaussures empestaient le produit chimique.

Et ce qui le rendait furieux, aussi, c'est qu'il dormait en caleçon.

Comment était-il censé faire, maintenant ?

Il y avait des robots sur son caleçon. Comme sur ceux des petits garçons. Alors qu'il allait au lycée !

Sa mère ne semblait pas faire la différence entre un truc cool et un truc pour idiots, puisque tout ce qui comptait pour elle, c'était que ce soit soldé.

Eh bien maintenant, il allait devoir enfiler un bas de pyjama parce qu'il ne voulait pas que cette fille voie les robots.

Or il détestait ça, parce que son bas de pyjama s'entortillant autour de ses jambes, il lui devenait presque impossible de plier les genoux et de se mettre sur le côté, dans la position la plus confortable.

Comme si ça ne suffisait pas de dormir sur le sol d'un garage dans un quartier pauvre de Bakersfield.

Le lendemain matin, Willow annonça à Mai qu'elle n'irait pas à l'école. Elle n'ajouta pas «plus jamais», mais Mai le comprit ainsi.

Elle était plutôt catégorique.

Quang-ha tenta lui aussi de refuser de suivre des études secondaires, sans succès.

Quang-ha et Mai rassemblèrent donc leurs affaires et s'éloignèrent dans la ruelle déjà chaude. Mai promit à Willow qu'elle se hâterait de rentrer dès la fin des cours.

On avait donné à Pattie le numéro du département des services de l'enfance du comté de Kern. Elle était censée les appeler à la première heure, car une assistante sociale allait se charger de Willow, dont le dossier serait officiellement ouvert.

Pattie supposait que des proches arriveraient par le premier avion ou que des amis de la famille, une fois prévenus, prendraient le relais.

Tout le monde avait un réseau de connaissances.

Elle espérait seulement que le groupe formé pour prendre soin de cette drôle de petite fille aux yeux sombres et humides ferait du bon travail.

# chapitre 22

Je veux éteindre le soleil et vivre dans l'obscurité.

Je me réveille sur un matelas, à même le sol du garage séparé par une ruelle du salon de la mère de Mai.

J'espère rêver.

Je ne rêve pas.

La journée d'hier a bien eu lieu.

Une force bien plus puissante que la gravité pèse sur moi. Elle m'écrase.

J'ai douze ans et j'ai déjà perdu deux fois mes parents.

Si l'on analyse les probabilités d'être abandonné à la naissance puis de perdre un ensemble entier de tuteurs légaux 147 mois et 7 jours plus tard, je suis tout en bas de la courbe.

Parmi le un pour cent de un pour cent.

Je peux toujours marcher, parler et respirer, mais ça ne rime plus à grand-chose.

C'est juste ce que fait mon corps.

Je ne retournerai pas au collège.

Inutile de regarder beaucoup de documentaires animaliers pour savoir que le troupeau n'accepte pas l'individu solitaire.

Et de toute façon, à l'exception de Margaret Z. Buckle, le troupeau ne m'a jamais acceptée, alors je ne perds pas grand-chose.

Quand les collèges ont-ils supprimé les concours hebdomadaires d'orthographe ? C'est la seule activité à laquelle je me serais volontiers inscrite.

Une seule personne me manquera maintenant que je ne suis plus un Séquoia Géant.

Mlle Judi.

L'infirmière scolaire.

Elle me voyait plus souvent que n'importe quel autre élève et nous partagions le même amour de l'éradication des microbes.

Je lui souhaite le meilleur.


Je suis assise au fond du salon, à côté du placard.

J'ai trouvé une couverture de déménagement et je l'ai roulée de manière à pouvoir m'y installer.

Je voulais rester dans le garage, de l'autre côté de la ruelle, parce que j'aime l'obscurité qui y règne, mais Pattie a insisté pour que je sois dans son champ de vision.

Je n'allais pas discuter.

Je la connais à peine, cette femme.

Je n'ai pas pris mon petit déjeuner Réveil sain, non pas parce qu'ils n'en ont jamais entendu parler, mais parce que j'ai toujours du mal à avaler.

J'ai une assistante sociale.

Pattie Nguyen m'annonce ça après avoir raccroché le téléphone.

Je demande une feuille et un stylo. Deux des manucures arrivent. Je les remarque à peine.

Je décide de noter mes pensées. Mais pas mes véritables pensées. Je ne peux pas mettre sur papier mon envie de hurler, le plus fort possible, jusqu'à ce que ma gorge rompe.

Alors je fais une liste.

J'essaie de me concentrer là-dessus.

Une heure plus tard, une femme entre dans le salon.

Mais elle ne veut pas de manucure.

Sa posture suggère une douleur lombaire basse. Elle passe sans doute trop de temps assise dans un fauteuil. Et ne possède pas une force abdominale suffisante.

Je lui en aurais parlé si je ne m'en moquais pas autant.

Tout le monde, je m'en rends compte maintenant, vit dans un monde de souffrance. Mais je suis certaine que la mienne est plus grande que la sienne.

La femme au dos en vrac parle à Pattie, à l'avant du salon.

Je ne sais pas pendant combien de temps.

J'ai cessé de tout mesurer.

Je n'entends que des bribes de discussion.

Même si ça me concerne, ça n'a pas d'importance.

Rien de ce qu'elles pourront dire ne changera le fait fondamental de ma vie, si accablant que je ne peux pas l'exprimer.

Mais je l'entends bien affirmer à Pattie qu'elle s'est souvent occupée de « ce type de cas ».

Cela ne me semble pas exact.

Parce qu'honnêtement, combien d'enfants de douze ans vivant à Bakersfield ont perdu leurs deux parents en un après-midi ?

Je l'entends aussi expliquer que le centre pour enfants Jamison a été créé par le comté de Kern «afin de fournir aux enfants en besoin d'hébergement d'urgence et de protection un environnement sûr, chaleureux et encourageant».

Voilà qui n'augure rien de bon.

La femme fait les frais de la conversation, et Pattie ne répond rien.

Elle ne lâche même pas un «hum, hum» ou un «je comprends».

Elle est comme moi.

Silencieuse.

J'admire ça chez les gens. La capacité de se taire est souvent un signe d'intelligence.

L'introspection nécessite de la réflexion et de l'analyse.

Deux choses difficiles à faire quand on bavarde bêtement.


Finalement, Pattie désigne l'arrière du salon et, quelques secondes plus tard, la femme à l'allure officielle se penche sur moi et dit :

– Je m'appelle Lenore Cole et je suis là pour t'aider.

Je lui tends la feuille de papier.

Elle paraît surprise, mais elle se redresse (en grimaçant un peu, ce qui confirme mon diagnostic de douleur dans la région lombaire) et lit :

1. Mes parents n'ont pas de proches susceptibles d'assumer la responsabilité légale de ma personne.

2. Je ne pense pas que quiconque dans le cercle d'amis réduit de mes parents soit en mesure de m'intégrer dans sa vie. Nous n'appartenions à aucune Église ni à aucune autre organisation pouvant éventuellement posséder un groupe de soutien.

3. Je souhaite ne jamais retourner, sous aucun prétexte, dans la maison où j'ai vécu, sur Citrus Court. J'aimerais que vous appeliez Harito Ito, le propriétaire des Services de jardinage Ito, pour lui dire que notre jardin est désormais sous sa responsabilité. Il comprendra.

4. J'aimerais récupérer mon ordinateur et mon imprimante, qui se trouvent dans ma chambre. Vous verrez un grand fichier à tiroirs contenant mes fiches médicales. Il me les faudra. Et j'aimerais aussi qu'on me rapporte tous mes carnets bleus, ainsi que mes vêtements, la boîte en métal rangée sous mon lit, qui contient mes économies, la serviette orange dans la salle de bains, mon humidificateur et mon exemplaire de l'*Atlas d'anatomie humaine*, de Frank H. Netter et Sharon Colacino. Et aussi ma calculatrice graphique TI-89 Titanium-Plus, qui se trouve sur mon bureau. Merci de la manipuler avec soin.

5. J'aimerais que toutes les photographies de mes parents soient stockées pour moi, pour plus tard.

6. J'aimerais demander officiellement qu'une autopsie médico-légale soit réalisée sur mes deux parents. J'aurai besoin d'une copie du rapport, bien que je ne compte pas le lire dans l'immédiat.

7. J'aimerais mon DVD du film *Adaptation*. Il se trouve dans la salle de séjour, dans le placard sous la télévision.

8. Il faut que les photographies et les documents fixés à mon panneau d'affichage soient décrochés et rangés dans une grande enveloppe. Veuillez faire particulièrement attention à la photo de lémurien signée par les légendes du monde animalier Beverly et Dereck Joubert.

9. J'aimerais qu'on me prescrive un sédatif pour m'aider à gérer mon anxiété. J'aurai peut-être besoin d'un traitement pour la dépression ultérieurement, mais je voudrais d'abord consulter des recherches approfondies menées sur ses effets à long terme sur les adolescents. Et j'aimerais aussi un complexe multivitaminé conçu spécifiquement pour les jeunes.

10. Pour l'instant, je vais rester au salon *Au Bonheur des ongles*. J'espère que la famille Nguyen le permettra et qu'elle recevra une compensation pour prendre soin de moi.

11. J'ai emprunté 7 livres à la bibliothèque. Il faudra les rapporter. Je n'ai jamais eu de pénalité de retard. Je ne veux pas commencer maintenant.

Bien respectueusement,

Willow Chance

Mon assistante sociale semble ébahie par la clarté de cette communication.

À moins que l'expression très intense de son visage ne soit normale.

Quoi qu'il en soit, je suis soulagée qu'elle ne sourie pas.

Pendant un moment, incommensurable maintenant que plus rien ne peut être quantifié, elle tente par tous les moyens de me convaincre de partir avec elle.

Je ne dis rien.

Et je ne bouge pas un muscle, sauf pour prendre de toutes petites inspirations, presque imperceptibles.

Je sais que cela peut déstabiliser.

Je ne peux plus compter de 7 en 7, mais je peux conjuguer des verbes latins irréguliers, et c'est ce que je fais pendant qu'elle me parle.

Finalement, quand il devient évident qu'aucun de ses arguments ne fonctionnera, elle laisse entendre qu'elle pourrait recourir à la force.

Elle ne va pas jusqu'à dire qu'elle me traînera par les cheveux jusqu'à sa voiture s'il le faut.

Mais je saisis le message.

Et donc, pour finir, je n'ai pas d'autre choix que de la suivre.

Je suis surprise d'avoir autant de mal à dire au revoir à Pattie Nguyen.

Elle me serre très fort dans ses bras et je voudrais qu'elle ne me relâche jamais.

Mais évidemment ce n'est pas possible.

Je ne dis rien, mais je suppose que les larmes qui coulent sur mes joues parlent pour moi, car Pattie se détourne brusquement et part à l'arrière du salon. Je n'ai jamais vécu d'adieux aussi durs.

Hier à la même heure, je ne la connaissais même pas.

# chapítre 23

Le centre pour enfants Jamison est un foyer d'accueil d'urgence géré par le comté.

Lenore me donne leur brochure.

Je la lis, mais j'ai la nette impression que ce lieu est plutôt destiné aux enfants battus ou mal nourris par des parents trop occupés à se droguer ou à voler.

Alors que nous remontons l'allée menant au bâtiment, je pose l'index et le majeur sur mon artère carotide, juste derrière mon oreille, pour prendre mon pouls.

Je sais pertinemment que mon rythme cardiaque se situe dans une zone à risques.

Nous entrons.

Ils sont en train de traiter mon dossier.

Je remarque qu'il y a des verrous de chaque côté des portes. Elles se referment dans un clic.

Il y a des caméras de surveillance dans toutes les pièces.

On nous observe.

C'est une grossière erreur de m'avoir amenée ici.

Tout à coup, j'ai du mal à respirer. Je n'arrive plus à inspirer. Et je n'arrive plus à expirer.

Je m'assieds sur un canapé citron vert et violet, et je m'efforce de reprendre le contrôle de mes poumons.

Quelqu'un a laissé un exemplaire de l'édition matinale de la *Gazette de Bakersfield* sur la table basse métallique en forme d'éléphant.

Une photographie prend presque toute la place au-dessus du pli du milieu.

Je lis le gros titre :

UN TERRIBLE ACCIDENT DE LA ROUTE
CÔUTE LA VIE À DEUX PERSONNES
*Une troisième personne dans le coma.*

Sous le sous-titre, je vois le pick-up démoli de mon père, réduit en pièces, calciné, ne faisant plus qu'un avec un fourgon médical déchiqueté.

Et alors, tout ce qui se trouve dans mon champ de vision disparaît.

Je me suis cogné la tête sur la table basse en forme d'éléphant quand j'ai fait une syncope, ou perte de connaissance brève, plus communément appelée évanouissement.

Oui, je suis tombée dans les pommes.

Et à ce moment-là, la pointe de la trompe du pachyderme a tranché ma glabelle.

Il y a du sang partout parce que les blessures à la tête saignent abondamment.

J'oscille entre conscience et inconscience, et cette confusion me fait du bien.

Soudain, toutes sortes d'annonces retentissent dans le système de sonorisation.

Et puis j'entends dire qu'il me faut des points de suture car cette coupure profonde, située au beau milieu de mes sourcils, risque de laisser une cicatrice.

Je murmure :

– Ma glabelle…

Mais le personnel du centre ignore que la glabelle est le nom de l'espace intersourcilier.

J'entends chuchoter :

– Elle réclame Belle !

Je referme les yeux.

Il y a tellement de choses bouleversantes dans la vie.

Le front est précisément conçu pour protéger la tête de ce genre de blessures.

C'est de l'os et, comme le pare-chocs d'une voiture, il est fait pour prendre des coups.

Si bien qu'il est vraiment improbable de perdre connaissance, puis de s'écrouler de manière à se faire couper entre les deux yeux par la trompe étonnamment dangereuse d'un éléphant-table basse.

C'est pourtant ce que j'ai fait.

Et maintenant il y a du sang.

Mon sang.

L'hémoglobine est une protéine contenant du fer qui constitue quatre-vingt-dix-sept pour cent du contenu de chaque globule rouge sec.

Mais mélangée à de l'eau, forme sous laquelle elle circule dans le corps humain, elle n'en représente plus que trente-cinq pour cent.

L'oxygène s'attache à l'hémoglobine.

Maintenant que Jimmy et Roberta Chance sont partis, qu'est-ce qui m'attache à ce monde ?

Ils vont me conduire à l'hôpital Mercy parce qu'ils ne veulent pas qu'une fillette de douze ans soit défigurée.

Du moins, c'est ce que j'entends dire dans le couloir.

L'infirmière de Jamison pose un bandage sur la plaie et me demande de tenir dessus une compresse glacée, ce que je fais.

Et ensuite Lenore Cole et moi remontons dans sa voiture et nous rendons ensemble à l'hôpital.

Elle me demande deux fois si je saigne encore, et je me demande si elle s'inquiète pour ses sièges autos.

Pour une assistante sociale, ça ferait mauvais genre d'avoir un véhicule taché de façon permanente par du sang d'enfant séché.

Ils n'ont pas appelé d'ambulance, pas pour ce genre de blessure, mais ça ne m'aurait pas dérangée d'en prendre une.

À Mercy, je m'assieds dans la salle d'attente des urgences et je ne mets pas longtemps à me rendre compte qu'ici, contrairement à Jamison, il n'y a pas de doubles verrous sur les portes ni de caméras de surveillance omniprésentes.

Il me faut neuf points de suture.

L'ancienne moi en aurait demandé 7, parce que c'était mon chiffre fétiche.

Mais le médecin m'en fait neuf.

Je ne réponds rien quand il me l'annonce.

Maintenant, on dirait que j'ai une chenille entre les yeux.

Cependant, ce n'est pas l'événement majeur suivant mon effondrement sur la table basse désormais clairement identifiée comme dangereuse.

En effet, après avoir bu un verre d'eau et examiné pour la quatrième fois mon dossier médical, je demande à aller aux toilettes.

Je dis à Lenore Cole que je reviens tout de suite.

Et elle me croit.

Je n'emprunte pas le couloir qui mène aux toilettes.

Au lieu de ça, je prends un ascenseur jusqu'au deuxième étage, puis je marche jusqu'à l'autre aile de l'hôpital et je prends l'escalier de service qui descend à la cafétéria.

Là, je demande à une femme accablée de chagrin (je reconnais cette expression), vêtue d'un peignoir vert duveteux et d'après-ski, si je peux me servir de son téléphone portable.

Elle ne dit pas oui, mais elle ne dit pas non.

Et après un moment embarrassant pendant lequel je me contente de la dévisager, elle finit par me le tendre.

Je compose le numéro de Mexicano Taxi et je demande expressément qu'on m'envoie Jairo Hernandez.

Comme je connais le numéro de sa licence de taxi, je la communique au répartiteur. J'indique que je veux qu'il vienne me chercher devant l'agence immobilière Century 21, au coin de Truxton et de A Street.

Elle se situe à un pâté de maisons de l'hôpital.

Quand je rends son téléphone à la femme en peignoir, je remarque qu'elle porte un bracelet d'hôpital au poignet.

Il s'agit donc d'une patiente.

Avant que toute ma vie ne change, je me serais assise avec elle pour parler de sa pathologie.

Mais aujourd'hui, je me contente de lui dire d'une voix d'automate :

– Reposez-vous. C'est primordial pour guérir.

Et je m'en vais.

# chapitre 24

Jairo avait la trouille.

Cette fille était une sorte de mystique.

Suivant ses conseils, il était allé consulter un médecin. Et le grain de beauté sur son cou avait été retiré dans la foulée. Maintenant, il attendait le rapport. La biopsie.

Mais le médecin avait été très clair : le hideux morceau de peau noire n'augurait rien de bon.

Il n'en avait parlé à personne au travail et portait une écharpe pour cacher le pansement.

Il posa les yeux sur sa main droite et se rendit compte qu'elle tremblait.

Il ferma les yeux et articula une prière silencieuse. Cela ne lui arrivait jamais. Mais cette fois, c'était sérieux.

Même un non-croyant se serait mis à croire.

Alors qu'il s'arrêtait le long du trottoir, il vit qu'elle avait eu un accident : une rangée de points de suture s'étendait entre ses yeux rouges et bouffis.

Elle semblait avoir beaucoup pleuré.

Il voulait savoir ce qui s'était passé.

Quelqu'un l'avait-il blessée ?

Une vague de colère déferla sur lui. Si quelqu'un lui avait fait du mal, il aurait affaire à lui.

La fille de petite taille monta dans son taxi et annonça dans un filet de voix qu'elle n'avait pas de quoi payer sa course.

Elle lui demanda si elle pourrait lui donner de l'argent plus tard dans la semaine, ou le lui envoyer par courrier; ce qui l'arrangerait le mieux.

Il répondit que oui, bien sûr, il la conduirait où elle voudrait.

Gratuitement.

Elle désirait se rendre à la bibliothèque Beale Memorial.

Ce n'était qu'à quelques kilomètres de là, mais il faisait chaud et elle ne se sentait pas d'attaque pour marcher.

Quand Jairo lui demanda si elle se sentait bien, elle se contenta de hocher la tête, puis elle ferma les yeux.

Il mit le clignotant et se réinséra dans la circulation. Il se rendit compte qu'il avait beau vivre à Bakersfield depuis onze ans, il n'avait jamais mis les pieds à la bibliothèque.

Ce n'était pas bien.

Cet endroit destiné au public débordait de savoir.

Tout en conduisant, il comprit qu'il devait arrêter d'écouter des fous se crier dessus dans des émissions sportives à la radio et commencer à réfléchir à des choses concrètes, importantes, et qui avaient des conséquences.

Elle le guidait.

Il le savait désormais.

Oui.

Elle était son ange.

Alors qu'ils approchaient de leur destination, Jairo jeta un

coup d'œil dans le rétroviseur. L'ange/inspecteur/fantôme/
prophète rongeait une espèce de bande en plastique attachée
à son poignet.

Un bracelet d'hôpital ?

Ça y ressemblait.

Pourquoi ne le voyait-il que maintenant ?

Il allait devoir apprendre à mieux observer le monde qui
l'entourait.

Mais plus particulièrement sa propre vie.

Quand elle descendit de son taxi, elle lui dit qu'il aurait de
ses nouvelles.

Il n'en doutait pas.

Et alors, elle entra dans la bibliothèque.

Elle avait laissé un petit sac de détritus sur le siège arrière.
Il fouilla à l'intérieur et en sortit les restes du bracelet en
plastique.

Il lut : « Willow Chance, numéro d'identification 080758-7 ».

Il jouerait jusqu'à la fin de ses jours ces numéros au loto.

# chapitre 25

Oui, il travaillait pour le Système scolaire unifié de Bakers-field.

Et oui, ah, ça oui, il avait entendu dire, ou plutôt, il *savait* que les parents de l'une des enfants qu'il suivait avaient eu un accident.

Il fallait qu'il se concentre. Qu'il fasse le point. La peur avait le chic pour lui embrouiller le cerveau.

Qu'est-ce que racontait cette femme ?

– Selon le rapport de police, vous l'avez ramenée chez elle…

Dell grinçait des dents, sa mâchoire glissait d'avant en arrière et sa langue collait à son palais, formant une sorte de vase clos plein de salive.

Il parvint à s'arrêter le temps de dire :

– Oui, j'ai travaillé avec elle. Je suis conseiller psychopéda-gogique. C'est une tragédie.

Et alors, il entendit :

– Nous aimerions que vous veniez à Jamison. Vous pour-riez participer aux recherches.

Il eut l'impression que le soleil venait de percer un ciel d'orage. Tout changea de couleur, de ton et d'intensité.

– Les recherches ?

La voix répondit :

– Elle a disparu. Vous pourriez nous être utile.

Des cloches s'étaient peut-être même mises à carillonner au loin.

Malgré lui, sa voix monta de deux octaves :

– Vraiment ?

Dell quitta son travail et rallongea son trajet de dix pâtés de maisons pour passer devant le pavillon des Chance, où plusieurs dizaines de bouquets de fleurs déposés par des voisins et des collègues avaient fané sur le perron, à cause de la chaleur.

Quelqu'un avait fabriqué une bannière où l'on pouvait lire : JIMMY ET ROBERTA, REPOSEZ EN PAIX.

Mais le vent de la veille au soir devait l'avoir emportée, car elle se trouvait désormais sur la pelouse desséchée des voisins.

Un groupe de bougies votives consumées trônait dans l'allée menant à la maison, non loin d'une demi-douzaine de bouteilles de bière vides renversées.

On aurait dit, pensa Dell, les vestiges d'une fête ratée.

Selon les autorités réunies (en faisait-il partie désormais ? Ça en avait tout l'air !), Willow Chance n'avait pas de proches susceptibles de la prendre en charge.

Mais pour l'instant, elle avait disparu.

Ils avaient envoyé une voiture de patrouille *Au Bonheur des ongles*, et elle n'y était pas.

La femme responsable jouait à la chasse aux coupables, rejetant la faute sur tout le monde.

Il connaissait bien ce jeu, étant depuis sa plus tendre enfance du genre à pointer les autres du doigt.

En cas de doute, tracez la route. Ou portez de fausses accusations.

Mais dans toute cette confusion, une chose était claire : on lui demandait son aide.

Il percevait son propre pouvoir dans la pièce. Cette sensation nouvelle lui faisait littéralement tourner la tête.

Et s'il réussissait bel et bien à retrouver la disparue ?

Ils se concentraient sur la piste criminelle. Des ravisseurs auraient pu être filmés par des caméras ou repérés par d'autres moyens de surveillance.

Mais tout au fond de lui, Dell savait que la petite de douze ans n'avait croisé le chemin d'aucun criminel.

Il était plus vraisemblable qu'elle soit occupée à assister un chirurgien pendant une opération à cœur ouvert plutôt qu'elle n'ait été enlevée par un déséquilibré.

Mais il cacha bien son jeu.

Et donc, tandis que Lenore et d'autres employés se réunissaient pour remplir des rapports de police et exiger des entretiens avec le personnel de l'hôpital, Dell s'excusa et se connecta au site Internet du district scolaire.

Puis il fila en voiture jusqu'au lycée de Mai.

# chapitre 26

Si c'était une option envisageable, je vivrais ici, à la bibliothèque Beale Memorial.

Mais la vraie vie ne ressemble pas à ce livre célèbre dans lequel deux enfants fuguent et vont se cacher dans un musée à New York.

Je sais que j'ai besoin d'un lit, et que j'aime prendre des bains et des douches fréquemment. J'attache beaucoup d'importance au fait de me brosser les dents, et pas seulement en raison du lien prouvé entre mauvaise hygiène buccale et attaques cardiaques.

Pour autant, alors que j'entre par la porte à deux battants, je regrette que ce ne soit pas possible. Parce que : livres = réconfort.

Pour moi, en tout cas.

Et le réconfort appartient au passé.

J'ai du mal à me concentrer, mais j'essaie quand même de trouver de la lecture traitant du décès d'un parent.

Je ne trouve pas de documents ou de données empiriques destinés aux collégiens.

Si j'étais éditrice, je lancerais immédiatement une série de livres pour les enfants qui doivent faire face à la mort de leur père ou de leur mère.

Et je dédierais un volume entier à ceux qui ont perdu leurs deux parents en même temps.

Mais malgré ma propre situation, je doute qu'il existe une grande demande d'informations utiles pour personnes ayant perdu deux fois deux parents.

Je trouve un bout de papier abandonné sur un bureau, et après avoir emprunté un stylo au guichet, j'écris :

Il doit exister des éléments communs à toutes les expériences de perte d'un père ou d'une mère qui justifieraient le besoin de partager les circonstances précises de chaque cas.
Surtout pour les jeunes.
Les professionnels du secteur doivent proposer une production littéraire plus fournie sur le sujet.
Merci de bien vouloir faire passer cette requête aux personnes compétentes dans le monde de l'édition.

Je plie ensuite le papier en deux et le glisse dans la boîte à idées, qui se trouve près de la fontaine d'eau potable, au rez-de-chaussée.

Puis je monte à l'étage.

On n'a pas le droit de dormir dans la bibliothèque.

Je le sais parce que j'ai déjà vu l'agent de sécurité réveiller des gens.

Cette règle sert à empêcher que les sans-abri ne la prennent d'assaut.

Je ressens soudain une empathie immense pour ces personnes.

Nous sommes pareils.

Mais je connais bien le bâtiment.

Et à l'étage, dans un coin tout au fond, il y a de gros fauteuils qui ressemblent à des doughnuts.

Je me faufile à quatre pattes derrière l'un d'entre eux, de couleur rouge.

Je replie les genoux contre ma poitrine et seules mes chaussures dépassent.

Le camouflage est une forme de *crypsis*, à savoir la capacité à se cacher.

La peau de mes chevilles est sombre et je porte une paire de grosses chaussures marron.

La moquette a elle aussi des teintes brun clair et chocolat. Son motif de tourbillons et de points a sans doute pour but de camoufler les saletés.

Je me cache au vu et au su de tous, ce qui est souvent le meilleur moyen de se dissimuler.

Et en quelques secondes seulement, je m'endors.

# chapitre 27

Dell se présenta à l'accueil et demanda à parler à Mai Nguyen.

Il montra ses références et, malgré quelques sourcils haussés, l'adolescente redoutable, en dépit de son jeune âge, fut escortée hors de sa classe en quelques minutes seulement.

Ses yeux flamboyants se plissèrent quand elle vit Dell.

Qu'est-ce qu'il fabriquait ici, celui-là ?

Malgré une légère appréhension à la vue du conseiller barbu, elle se sentait tout excitée. On n'était encore jamais venu la chercher comme ça en plein cours.

Tous ses camarades l'avaient dévisagée alors qu'elle sortait de la salle étouffante. Elle se demanda s'ils avaient pensé que c'était lié à son frère un peu louche.

Elle devait bien admettre que cela lui avait traversé l'esprit.

Mais non. C'était elle que M. Duke voulait voir.

Avant de passer aux choses sérieuses, le conseiller attendit que la réceptionniste curieuse les ait enfin laissés seuls dans la petite pièce encombrée (qui dégageait la même odeur que les affaires imprégnées de sueur qui manquaient de faire déborder le coffre à objets trouvés).

Puis il lâcha :

– Willow a disparu.

Mai n'était pas portée sur le mélodrame. C'est d'une voix indifférente qu'elle répliqua :

– Mais encore ?

Dell sentit que sa mâchoire se contractait.

Cette fille avait besoin qu'on la remette à sa place ! Elle aurait dû se sentir intimidée par lui et en même temps manifester une profonde inquiétude pour son amie disparue.

Il ne voyait rien de tout ça chez elle.

Il se racla la gorge en se rappelant qu'il ne devait pas s'emporter.

– Une femme des services sociaux est passée la chercher au salon de ta mère. Willow se trouvait dans leurs locaux quand elle est tombée et s'est coupée au front. Elle avait besoin de points de suture et les urgences de l'hôpital Mercy s'en sont occupées. Mais avant de repartir, elle a dit qu'elle devait aller aux toilettes et, depuis, personne ne l'a revue.

Mai plissa les yeux.

– Comment ça, elle est tombée ?

Dell écarquilla les siens. Pourquoi fallait-il qu'elle l'interroge sur les faits ?

Il tenta de garder le contrôle.

– Elle s'est évanouie.

Mai continua d'une voix suffisante :

– Ce n'est pas la même chose. Tomber, c'est un accident. S'évanouir, c'est médical.

Dell sortit un vieux morceau de viande de bœuf séchée de la poche intérieure de sa veste et en arracha un bout d'un grand coup de dents tachées par le café.

Il se maudit en silence d'avoir pensé qu'une effrontée de quatorze ans, sœur du fameux provocateur Quang-ha, pourrait lui être du moindre secours.

Il se rendit compte qu'il mâchait bruyamment, avec une vigueur destructrice, et espéra que cela lui donnait l'air d'un dur, pas seulement d'un affamé.

– Sa blessure n'est pas le problème. Je ne me suis peut-être pas bien fait comprendre. Le problème, c'est qu'elle est introuvable.

Mai ne put s'empêcher de sourire. Willow leur avait filé entre les doigts.

– C'est vous qui l'avez emmenée à l'hôpital?

Dell fut soulagé d'au moins pouvoir répondre :

– Non. Ils ne m'ont appelé qu'après sa disparition, pour que je les aide à la retrouver.

Que la première idée qu'il ait eue soit de venir lui demander son aide ravissait Mai. Elle sourit en disant :

– Elle finira sans doute par retourner au salon. Mais j'ai quelques idées d'endroits où elle aurait pu aller en attendant. Il faut que vous me signiez une autorisation de sortie.

Dell n'aimait pas ça. Il ne s'agissait pas d'un épisode des *Experts : Bakersfield.* Ils n'étaient pas soudain devenus partenaires contre le crime! Il voulait que Mai lui donne quelques pistes. Point final.

Il bredouilla :

– Euh, je ne… Ce n'est pas ce que je…

Mais Mai s'était déjà levée de sa chaise et se dirigeait vers la porte.

# chapitre 28

J'ouvre les yeux et je me rends compte que je regarde une paire de chaussures vertes sans lacets.

Je connais ces pieds.

L'un d'eux donne un petit coup dans ma bottine gauche pour ce qui doit être la seconde fois.

Mais je suis coincée entre le fauteuil-doughnut et le mur, et je dois me tortiller pour sortir.

Alors, je vois mon amie adolescente, qui murmure :

– Ils te cherchent.

L'ancienne moi aurait été submergée par la honte, l'inquiétude ou un sentiment de culpabilité.

Mais plus maintenant.

Mai m'observe de plus près.

– Tu as des points de suture. Combien de temps dois-tu les garder ?

Je porte la main à ma glabelle. J'avais oublié l'attaque d'éléphant.

Je marmonne :

– Ils sont en Vicryl, c'est-à-dire en acide polyglycolique.

Ils seront absorbés par hydrolyse. Alors je n'aurai pas besoin qu'on me les enlève.

Mai semble comprendre le principe de l'absorption.

– Ça te fait mal ?

Je ne sens rien entre mes yeux pour l'instant, mais j'ai mal à la hanche à force d'être allongée par terre.

Pour ce qui est du reste, je suis tellement engourdie émotionnellement que je n'ai aucune idée de l'endroit où commence et s'arrête la douleur. Je passe en position assise et porte la main droite à ma joue.

Le motif en tourbillon de la moquette s'est imprimé sur tout un côté de mon visage. J'ai dû dormir pendant un bon moment.

Mai poursuit :

– Dell Duke essaie de te retrouver. Il y a peut-être une récompense, parce qu'il est dans tous ses états.

Son sourire est à la fois bienveillant et malicieux.

J'admire ça chez elle.


Dell appelle immédiatement les services sociaux et je l'entends rapporter la nouvelle.

Il est extrêmement excité.

Je monte dans sa voiture et m'assieds à l'arrière avec Mai, comme si nous prenions le taxi, ce qui n'est pas le cas.

Dell pense qu'il va me ramener directement à Jamison, mais Mai tape du poing, métaphoriquement.

Elle dit que nous devons aller dans un endroit qui s'appelle *Happy Jacks Pie n'Burger Shop*.

Il n'a aucune chance face à elle.

Et pas seulement parce qu'elle le menace d'ouvrir la portière et de sauter de la voiture en marche si elle n'obtient pas ce qu'elle veut.

Elle me chuchote qu'en réalité, elle n'est jamais allée dans ce restaurant qui sert des hamburgers et des tartes, mais qu'elle est passée devant très souvent ; et je suppose qu'elle croit instinctivement qu'un endroit qualifié d'heureux, *happy*, pourrait faire avancer cette voiture dans la bonne direction.

Elle dit qu'elle veut goûter leurs frites.

Mai est fine, mais je commence à me rendre compte qu'elle possède un appétit monstre, en particulier pour les choses dont elle a été privée.

Je ne mentionne pas les problèmes de santé à long terme associés à la consommation de pommes de terre, qui est liée à la prise de poids juvénile.

J'en ai fini avec mon job de défenseur des consommateurs/conseillère santé.


Chez *Happy Jack*, je m'assieds, les yeux bouffis, à côté de Mai qui me commande une part de tarte au chocolat et beurre de cacahouète.

Nous sommes dans un box, les dossiers des banquettes sont très hauts, et je vois tout de suite que Mai se plaît ici.

Elle dit que c'est douillet.

Au prix de quelques efforts, je parviens finalement à communiquer que je voudrais de l'eau chaude avec du miel et trois cuillerées à soupe de vinaigre blanc. C'est plus difficile que cela ne devrait l'être.

Dell commande un café.

Le conseiller scolaire oscille entre des états de grand bonheur et de grande anxiété.

J'ignore ses sautes d'humeur.

J'ignore tout, alors ce n'est pas trop dur.

Après que nous avons été servis, Dell se lève et va aux cabinets. Mais je le vois jeter un coup d'œil par-dessus son épaule avant de s'éclipser derrière la porte grinçante des toilettes pour hommes.

Je lis sur son visage qu'il nous considère comme des fugueuses potentielles.

Il s'inquiète en vain puisque je sais pertinemment que Mai ne partira pas avant d'avoir terminé ses frites.

Et je n'ai plus d'options de fuite.

Pourtant, à peine a-t-il disparu que Mai sort de table.

Je la vois parler à notre serveuse, qui est à coup sûr arrière-grand-mère. Ou du moins assez vieille pour l'être. Elle est très gentille. Je me demande ce qu'elle penserait de s'occuper d'une fille de douze ans.

J'arrive à avaler quelques petites bouchées de tarte.

Le chocolat et le beurre de cacahouète – mis à part le fait que je m'efforce d'éviter la consommation de sucre raffiné – se marient bien.

Mais à cet instant précis, tout a un goût de bois.

Mai me rejoint, et nous parlons en vietnamien. Ou plus précisément, elle parle. Je me contente d'écouter.

Elle n'a pas fini de manger quand Dell revient et hèle la serveuse.

Il demande l'addition et elle répond :

– Il va falloir attendre le reste de la commande, mon gros. Ce n'est pas encore prêt.

Dell regarde Mai, qui reste impassible.

Je fais une fixation sur l'idée qu'on puisse appeler Dell Duke « mon gros ».

Je trouve ça très agressif.

Surtout si la serveuse espère un bon pourboire.

Alors, je me rends compte qu'elle a obtenu l'effet désiré. Il semble plus anxieux maintenant.

Mais je me contente de scruter ma part de tarte au chocolat et beurre de cacahouète amputée de deux bouchées en me demandant comment on en est arrivés là.

Il s'avère que la prochaine étape de mon voyage découle aussi d'une idée de Mai.

Elle découvre qu'il y a deux chambres dans l'appartement de Dell.

Elle parle et je me rends compte qu'elle est en train de lui expliquer pourquoi sa famille ne peut me fournir des conditions de vie convenables.

Dell ignore tout de leur garage aménagé. Et elle ne l'éclaire pas à ce sujet.

Mais avant qu'il puisse comprendre ce qui se passe, elle lui a pris son téléphone et discute avec sa mère dans une langue qu'il ne connaît pas.

Quelques minutes plus tard, la serveuse senior revient, chargée d'un grand sac blanc rempli de boîtes à emporter.

Mai lui adresse un joli sourire en acceptant le sac graisseux.

Dell baisse les yeux sur l'addition, qui vient d'être posée devant lui.

En plus de la nourriture déjà présente sur la table, il y a du poulet frit avec des accompagnements, un plat de *fish and chips*, un plat de fruits frais et six gros cornichons marinés.

Dell finit ma tarte pendant que la serveuse insère sa carte de crédit dans l'appareil.

Et il n'a pas l'air content.

*Une famille d'accueil.*

Voilà ce dont j'ai besoin.

J'ai étudié l'astrophysique et même le système de traitement des déchets dans les navettes spatiales, mais je n'ai jamais pensé à la procédure de garde ou de tutelle d'un mineur dans l'État de Californie.

La vie, j'en ai conscience maintenant, n'est qu'une longue marche dans un champ de mines, et l'on ne sait jamais quel pas va vous faire exploser.

Pour l'instant, je suis de retour à Jamison.

Ils parlent de moi dans d'autres pièces.

Et même si c'est physiquement impossible, je les entends.

On m'a laissée dans le bureau de l'infirmière.

Personne ne veut que je m'évanouisse une seconde fois.

L'éléphant d'attaque était toujours en place dans la salle d'attente tout à l'heure. J'ai pris bien soin de l'éviter.

Je suis assise sur une table d'examen, dans une pièce sombre. À cause du papier de protection blanc qui la recouvre, je ne peux littéralement pas remuer un muscle sans produire le même bruit que si je mangeais des chips.

Heureusement, ne pas bouger, c'est ma spécialité.

Mes amis attendent sur le parking.

Je les aperçois entre les lamelles des stores de la fenêtre.

De loin, ils semblent suspects.

Leurs corps sont trop proches les uns des autres, et leurs postures rigides.

Le soleil de fin d'après-midi à Bakersfield tape fort, se réverbérant sur les voitures et le bitume. Toute personne saine d'esprit serait entrée dans le bâtiment climatisé.

Je vois Mai en train de négocier.

Elle parle à sa mère. J'apprendrai plus tard qu'elle lui dit :

– On inscrira son adresse. Et comme ça, quand ils viendront rendre visite à Willow, on pourra aller chez lui et faire semblant d'y vivre.

Pattie garde le silence, le visage fermé.

Dell ne comprend rien à ce qui se passe. Mai parle tellement vite :

– Si on ne fait pas ça, ils vont la garder ici. Et ensuite, ils la colleront dans une famille d'accueil. Elle finira on ne sait où avec des gens qu'elle ne connaîtra même pas. Elle s'enfuira à nouveau !

Elle regarde sa mère droit dans les yeux.

– Elle a besoin de nous.

Je vois Pattie détourner les yeux et les poser sur les petites mains de Dell. Il a les ongles rongés.

Je suppose qu'elle a horreur de ça. Sans quitter ses cuticules du regard, elle se met à parler.

Elle dit sans doute :

– Je ne veux pas être mêlée à ça.

C'est une étrange déclaration de la part de quelqu'un ayant pris le bus jusqu'à Jamison dès qu'elle a appris que j'avais disparu de l'hôpital.

Si elle ne voulait vraiment pas être mêlée à ça, que fait-elle ici ?

Et alors, je la vois prendre une grande inspiration et croiser les bras dans une posture censée démontrer une détermination de fer.

Je connais bien cette position.

Ma mère la prenait toujours quand elle avait dit son dernier mot.


Des décisions sont prises.

On va officiellement me remettre aux vieux amis de ma famille : les Nguyen.

Temporairement. Pour l'instant.

Existe-t-il encore autre chose que l'instant présent ? Autrefois, il y avait avant. Mais ce monde a explosé dans une intersection.

J'entends qu'on parle logistique.

Le personnel de Jamison croit que les Nguyen résident aux Jardins de Glenwood, là où habite Dell.

Toutes les décisions prises aujourd'hui sont TEMPORAIRES.

On le répète encore une fois. Pour que tout le monde le comprenne bien.

Temporaire. Bref. Pas permanent. Provisoire. Passager. À court terme. En attendant.

Tout le monde a saisi.

Selon cet arrangement temporaire, je dois me rendre à Jamison une fois par semaine. Et je continuerai mes entretiens avec Dell Duke.

Ils m'ont accordé une autorisation d'absence parce que je leur ai dit que je ne voulais pas retourner au collège. Personne ne veut plus me forcer à faire quoi que ce soit désormais. Ils craignent que je m'enfuie à nouveau.

Dell Duke a accepté de superviser ma scolarisation à domicile. Il prend un air coupable quand ils lui demandent comment je m'en sors à l'école.

Je me demande s'il ne va pas évoquer les tests et la raison pour laquelle j'ai commencé à aller le voir, mais il n'en fait rien.

Je me moque qu'il mente ou qu'il dise la vérité.

Ça ne changera rien pour moi.


Dell nous ramène tous *Au Bonheur des ongles*.

Tout le monde est épuisé et silencieux.

Pattie Nguyen a signé une multitude de papiers au centre. Qui sait ce à quoi elle a consenti ?

L'ancienne moi en aurait décortiqué le moindre mot. La nouvelle moi s'en fiche éperdument.

Je ne suis plus là-bas, c'est tout ce qui compte.

À Bakersfield, la lumière du soleil a tendance à estomper le monde et, alors que je regarde par la fenêtre, j'ai l'impression que tout n'est que la pâle copie d'un original.

Toutes les couleurs sont passées.

Comme un vieux cliché qu'il serait facile de déchirer.

De retour au salon, je m'étonne de le trouver familier.

Même avec la porte fermée, on sent depuis le trottoir la puissante odeur des laques colorées.

Je suis certaine que c'est cancérigène.

Avant que le monde ne se déchire, cela m'aurait inquiétée.

Aujourd'hui, j'inspire profondément et retiens ces vapeurs toxiques dans mes poumons. «Allez-y. Donnez-moi tout. Allez-y.»

Dell reste un moment, mais il ne fait que se mettre dans nos pattes.

Je vois bien qu'il est content de lui quand il finit par nous dire au revoir et se diriger vers sa voiture.

À Jamison, beaucoup de personnes l'ont remercié.

Et il a tout l'air de quelqu'un qui n'a pas été remercié très souvent.

L'une de ses chaussures est défaite mais, son ventre ouvrant la voie, sa démarche a gagné en assurance.

Même si je ne vois plus rien, je ne peux pas m'empêcher de le remarquer.

À en croire Pattie Nguyen, qui semble avoir connu son lot de souffrances, l'activité et un verre d'eau guérissent presque tout si l'on sait se montrer patient.

Alors, elle me fait boire deux verres d'eau.

Puis elle s'assied près de moi et me dit :

– Je vais les aider à trouver un bon foyer pour toi. D'ici là, je ne les laisserai pas t'enlever à nous. Je te donne ma parole. Tu resteras ici jusqu'à ce qu'on ait la solution.

J'aimerais exprimer ma gratitude, mais j'en suis incapable.

Parce que je ne peux plus rien exprimer.

Je me contente de hocher la tête.

Elle se lève de table et commence à ranger des petits flacons carrés de vernis à ongles noir dans le placard du fond.

En général, les gens cherchent un bon foyer pour les chiens errants, ou pour les personnes âgées quand elles ne peuvent plus monter les escaliers ou se servir d'un ouvre-boîte.

Trouver un bon foyer pour une enfant paraît bien plus compliqué.

# chapitre 29

Le deuxième samedi après l'accident, un service à la mémoire de mes parents est organisé dans un centre communautaire du voisinage.

Dell m'y conduit et Mai et Pattie viennent aussi. Quang-ha a autre chose de prévu, et je le regarde s'éloigner dans la ruelle avec ce qui ressemble à une pince coupante dans son sac à dos.

Lenore nous rejoint au centre et j'aperçois l'infirmière de Jamison qui m'a aidée quand je me suis cogné la tête.

Je ne peux pas les regarder.

Je ne peux regarder personne.

Alors que nous nous approchons de la porte, Mai me prend la main. La sienne est toute chaude.

Il fait plus froid que d'ordinaire et une mer de visages inconnus se presse trop près de moi, chacun me présentant ses condoléances.

Je ne suis pas sûre de pouvoir respirer. L'air s'accroche tout en haut et tout en bas de mes poumons.

Ils me mettent au premier rang.

Des ouvriers appartenant au même syndicat que mon père ont organisé cette cérémonie et trois d'entre eux prennent la parole.

Je n'entends pas un seul mot de leur discours.

Sur un chevalet, près de l'estrade, se dresse une photo de la taille d'un poster : mes parents à l'époque où mon père avait encore des cheveux et où ma mère était maigre.

Ils rient, enlacés.

Je connais ce cliché.

Il se trouve sur le bureau de ma mère, dans un cadre en coquillages.

Je me rappelle, petite, avoir demandé à ma mère pourquoi ils semblaient aussi heureux sur cette photo, et elle a répondu que c'était parce qu'ils savaient qu'un jour, j'arriverais dans leur vie.

Ce n'était pas logique, mais ça avait du sens.


Après le service, ils distribuent à toute l'assistance des ballons blancs gonflés à l'hélium avant de nous faire sortir.

Dessus, l'inscription JIMMY ET ROBERTA s'étale en grosses lettres violettes.

Le principe, c'est de les relâcher pendant qu'un type en costume (mais aussi en sandales et chaussettes) chante que l'amour est la réponse à tout.

Je suis horrifiée.

Je sais pertinemment qu'ils finiront emmêlés dans des fils électriques.

Ils se fraieront un chemin dans des fleuves et des ruisseaux, et parcourront même des kilomètres dans les océans, où ils étoufferont des poissons et mettront en danger des mammifères marins.

Mais je ne trouve pas la force de protester contre ces futures calamités, parce que quelqu'un s'est dit que relâcher ces armes flottantes symboliserait l'espoir.

Du coin de l'œil, je vois un petit garçon d'environ quatre ans qui refuse de se séparer de son cadeau plein d'hélium.

Ses parents réussissent enfin à arracher le ruban de son poing fermé.

Alors qu'il pousse des sanglots désespérés, je sais que lui seul comprend.


Un petit article, agrémenté d'une photo de moi, de la taille d'un timbre-poste, paraît dans le journal local, et un fonds est créé pour assurer mon éducation future.

L'employeur de mon père y contribue généreusement.

D'autres noms apparaissent sur la liste des donateurs, des noms que j'ai seulement entendus en passant et que je n'associe pas à des visages facilement reconnaissables.

La seule personne que je connais, c'est Jairo Hernandez, de la compagnie Mexicano Taxi.


J'envoie un mot de remerciement à Jairo et il appelle le *Bonheur des ongles*. Deux semaines et demie se sont écoulées depuis l'accident. Comme je me suis servie du papier à lettres du salon, il s'est dit qu'ils sauraient peut-être où je me trouvais.

Pattie est surprise qu'un homme veuille me parler.

Je lui explique qu'il s'agit d'un vieil ami. C'est effectivement mon ami. Et il est bien plus vieux que moi. Donc je ne
mens pas.

Il me demande comment je vais, puis il dit :

– Je veux que tu m'appelles si tu as besoin d'aller quelque
part.

Je réponds :

– Merci. Je n'y manquerai pas.

Il ne dit rien pendant un long moment, mais je sais qu'il
est toujours en ligne. Pattie m'observe, alors je hoche la tête
et fais semblant d'écouter autre chose que du silence. Finalement, je demande :

– Vous vous êtes inscrit à l'université ?

Il répond :

– Pas encore.

Puis il s'enquiert :

– Et toi, comment ça va à l'école ?

Je pourrais répondre que tout va bien, mais ça ne me
semble pas juste, alors je dis :

– Je fais un break.

Il dit :

– Moi aussi.

J'ajoute :

– Mais je vais aller à la bibliothèque aujourd'hui. C'est
peut-être un début.

Je raccroche et, plus tard dans l'après-midi, je demande
à Pattie la permission de me rendre à la bibliothèque Beale.
Elle accepte.

Une fois sur place, je monte à l'étage et retrouve le petit

coin derrière le fauteuil-doughnut. Je m'y faufile, mais je ne m'endors pas tout de suite. D'abord, j'observe le monde depuis ce sanctuaire.

La bibliothèque a ses habitués.

Beaucoup d'entre eux parlent tout seuls.

Mais ils le font calmement, car ici, on fait respecter le calme.

Après une longue sieste, je descends au rez-de-chaussée.

La salle informatique est la zone la plus fréquentée du bâtiment.

À ma grande surprise, un grand nombre des personnes qui, selon moi, n'ont pas de domicile fixe (à en juger par la quantité de choses qu'elles sont obligées de laisser à l'accueil) va sur Internet.

Je les vois consulter leurs pages Facebook.

Elles font défiler des photos et regardent les mêmes vidéos que les adolescents à l'expression pleine d'ennui qui se pointent après la fin des cours.

Je ne sais pas trop pourquoi je trouve ça rassurant, mais c'est le cas.


Je sors et m'assieds sur les marches.

Je n'attends pas.

Je suis, tout simplement.

Le temps n'existe que dans mon esprit.

Pour une personne en deuil, le défi consiste à aller de l'avant.

Parce qu'après une épreuve extrême, on veut revenir en arrière.

C'est peut-être pour ça que je ne calcule plus rien désormais. Je ne peux prendre en compte que ce qui a été retranché.

Je vis sur une planète différente dorénavant.

Je ne parle que lorsque j'y suis absolument obligée.

Sinon, je m'efforce de me faire invisible et de ne pas gêner le passage.

Malgré tous leurs efforts, les autres ne comprennent pas puisque je suis incapable de communiquer.

Et c'est pour ça que la forme de souffrance la plus profonde se manifeste par le silence.


Quand elle n'est pas au lycée, ou avec ses amis, Mai me parle de sa vie.

Je l'écoute. Mais je ne réponds pas.

Je passe la plus grande partie de la journée avec Pattie.

Elle est là pour moi.

Et une simple présence représente quatre-vingt-dix-neuf pour cent de ce qui importe quand votre monde s'effondre.


Je sais pertinemment que Quang-ha me déteste.

Mais ça ne me dérange pas.

Je n'ai rien apporté de positif dans sa vie. Maintenant, il doit attendre plus longtemps pour se servir de la salle de bains, et on arrive plus rapidement à court d'eau chaude dans la douche.

J'essaie de toujours passer en dernier, mais parfois ça ne fonctionne pas.

Comme je ne veux embêter personne, je n'ai pas mentionné

que j'étais végétarienne. Je me contente de repousser les morceaux de poulet ou de porc sur le côté, avant de les transférer dans une serviette de table puis, à la fin du repas, de les jeter discrètement à la poubelle.

Je sais bien que j'avale des morceaux de viande ayant échappé à cette procédure d'une simplicité tragique, mais le principe de ma décision demeure intact, même si sa réalité se voit compromise.

Toute réalité, décidé-je, est un mixeur où espoirs et rêves se mélangent à la peur et au désespoir.

Seuls les contes de fées et les cartes de vœux ont des fins scintillantes.

Je parviens je ne sais comment à venir à bout du premier mois.

Je m'habille et me brosse les dents quand on me le demande.

Et j'éprouve ce sentiment de creux provoqué par une perte totale qu'on appelle le vide.

Ma vie s'est vidée de tout sens.

Je me force à penser à tout sauf à l'unique chose à laquelle je pense toujours.

Et c'est tellement épuisant que je dors plus que jamais.

Je suis une ombre.

Je ne rêve plus en couleurs.

Je ne compte plus de 7 en 7.

Parce que, dans ce nouveau monde, je ne compte pas.

# chapitre 30

Désormais, il faisait sombre quand Dell rentrait chez lui, aux Jardins de Glenwood, littéralement « Jardins du Vallon boisé ».

Le seul espace vert de toute la résidence se trouvait dans la cour.

Et encore, dans une petite zone circulaire couverte de fragments de roche volcanique rouge qui lui faisaient mal aux pieds, même quand il portait des chaussures à semelles épaisses et tentait simplement de prendre un raccourci pour accéder à la cage d'escalier qui sentait toujours bizarre.

Ce champ de mines en pierre ponce était parsemé de mauvaises herbes tenaces, armées de chardons piquants qui transperçaient la fine couche de plastique noir bon marché tendue sous les bouts de lave couleur brique. Leurs épines s'agrippaient aux chevilles charnues et exposées de Dell et le faisaient beaucoup saigner.

Il n'y avait aucun vallon naturel dans tout Bakersfield. C'était un endroit plat, sec, dont la verdure ne dépendait que des systèmes d'arrosage.

C'était peut-être pour ça qu'autant de résidences portaient le nom de fougères et de sanctuaires humides et boisés.

Il fallait y voir « l'expression des aspirations d'une population confrontée à un climat à faible humidité » ; c'est du moins ce que Willow avait déclaré quand elle lui avait demandé où il vivait et qu'il avait répondu, bouffi d'orgueil, il devait bien l'admettre :

– Aux Jardins de Glenwood.

Il prit l'escalier jusqu'à son appartement situé au premier étage puisque l'ascenseur, pourtant requis par la loi, ne fonctionnait jamais.

Il essayait désespérément de faire la somme des événements de ce mois long et difficile.

Une semaine après l'accident (comme il l'avait prédit), son supérieur avait demandé à voir le dossier de Willow Chance.

Dell avait eu beau retrouver l'enfant disparue le jour où elle avait fui l'hôpital Mercy, il n'avait pas conservé très longtemps son statut de héros.

Alors que plusieurs semaines s'étaient écoulées depuis, il avait peur. Il pouvait bien l'avouer, ne serait-ce qu'à lui-même.

Il avait fait passer tous les examens blancs possibles et imaginables à Willow, des trois heures d'épreuves d'entrée à l'école de médecine à quatorze des tests d'admission à l'université (alors que les futurs étudiants ne pouvaient en préparer que trois au maximum).

Elle les avait tous réussis haut la main.

Mais il avait décidé de ne pas transmettre ces documents.

Il n'avait envoyé à son patron qu'un simple formulaire informatique qui ne révélait presque rien sur elle.

Sans s'en rendre compte, il s'était enlisé dans un tissu de mensonges : Willow Chance n'était pas une tricheuse ; Pattie

Nguyen n'était pas une vieille amie de la famille ; les Nguyen ne vivaient pas aux Jardins de Glenwood (pourquoi ne pouvaient-ils pas utiliser leur propre adresse ?) ; il ne faisait pas classe à Willow à domicile (comme il était censé le faire) ; et il ne s'était jamais impliqué d'aucune façon dans son rôle de conseiller.

Le mardi, Willow quittait le salon de manucure pour se rendre à pied aux bureaux du district.

Elle arrivait toujours à l'heure.

Au lieu de passer des tests ou d'analyser les cours de la Bourse, ils restaient désormais assis en silence.

Dell cherchait des moyens de la motiver, ou à tout le moins d'atténuer sa détresse mais, jusqu'à maintenant, toutes ses tentatives s'étaient soldées par un échec.

La veille, Willow était venue et, pendant cinquante-cinq minutes (qui lui avaient paru durer cinquante-cinq heures), Dell avait travaillé sur un puzzle de mille pièces représentant des bols de bonbons haricots.

Willow n'avait pas placé une seule pièce.

Mais il savait qu'elle n'avait pas essayé.

Et comme lui n'était vraiment pas doué pour les puzzles, cela avait été éprouvant à tout point de vue.

Après son départ, Dell avait ouvert son ordinateur et rédigé un rapport.

Désormais, il savait qu'il était observé. Et s'il y avait une chose dont Dell Duke avait conscience, c'est qu'il ne s'en sortait pas bien quand on le surveillait de près.

Il avait commis une erreur en s'intéressant à ce petit génie.

Parce qu'il était bien plus facile de faire son travail en ne se souciant de rien.

Et maintenant, il se souciait de tout.

Pattie Nguyen ne s'était inscrite à aucun des cours nécessaires pour prendre un enfant en placement, et elle n'était pas allée non plus à la seule session de groupe qu'on lui avait proposée.

Elle en avait eu l'intention.

Pourtant, plus de quatre semaines avaient passé et elle n'avait toujours pas trouvé le temps de faire plus que de donner des nouvelles à Lenore Cole, l'assistante sociale de Willow.

Alors qu'un sombre ciel d'automne pesait sur la vitrine du salon, Pattie posa les yeux sur son calendrier.

Une audience avait été fixée au tribunal de grande instance chargé des affaires familiales, et un juge rendrait une décision concernant Willow dans les deux prochains mois.

Mais Pattie décida que ce n'était pas le moment de penser au futur.

C'était le moment de commander d'autres nuances de vernis à ongles rouge.

Elle trouva le nouveau catalogue de son fournisseur le plus fiable et entoura une couleur qui, selon elle, plairait à Willow.

Elle s'appelait « rouge nature ».

Ce simple geste lui permit de se sentir un peu mieux.

# chapitre 31

Ici, on parle vietnamien.

Je comprends les manucures, même celles qui s'expriment vite.

Les murmures qu'elles échangent ne concernent jamais les ongles de leurs clientes.

Elles parlent de leurs vies.

Pendant qu'elles liment, polissent et vernissent, j'entends leurs histoires, qui tournent presque toujours autour de leurs maris, de leurs enfants et d'autres membres de leurs familles.

Plusieurs d'entre elles ont des liens de parenté. Cousines et sœurs. Belles-mères et belles-filles.

Elles forment une tribu.

Elles ne savent pas que ce que j'entends me fait souffrir. Parce qu'alors même qu'elles se plaignent d'hommes méchants et d'enfants paresseux, cela me blesse de les voir aussi liées.

Les unes aux autres.

Et à leurs familles.

Et au monde.

Ces femmes s'enveloppent dans leurs histoires du moment

où elles passent la porte vitrée jusqu'à celui où elles s'en vont, à la fin de la journée.

Elles se servent des mots pour tisser une chose aussi réelle que de l'étoffe.

Et tandis qu'elles se plaignent les unes des autres à voix basse, elles sont unies par le sang, les circonstances et leurs expériences partagées.

Elles appartiennent à une entité qui dépasse leur propre personne.

Même si elles n'en sont pas conscientes.

J'en suis consciente, moi.


J'ai vu des arbres survivre au feu.

Leur écorce brûlée, ils n'ont plus que des branches mortes.

Pourtant, il demeure une force cachée sous ce squelette, une force qui propulse une unique pousse verte dans le monde.

Si j'ai de la chance, c'est peut-être ce qui m'arrivera un jour.

Mais pour l'instant, j'en suis loin.


Pattie se trouve derrière la caisse, dans l'entrée.

Ici, tout est blanc. L'accueil. Les fauteuils de manucure. Le sol.

Blanc = propre.

Je suis quasiment sûre qu'à l'exception de la couleur rouge, Pattie serait ravie si toutes les teintes du monde disparaissaient.

C'est sa façon de voir les choses.

Elle a des programmes, des règles et des méthodes et, chaque jour, elle s'efforce de les imposer au monde, en réparant un ongle cassé après l'autre.

Ma mère employait la vieille expression : « Une place pour chaque chose et chaque chose à sa place. » Mais elle ne la mettait pas en pratique.

Pattie, si.

Je dirais qu'à l'exception de ma personne assise au fond du salon, elle remporte cette bataille.


Pattie fait une addition sur une calculatrice quand le téléphone sonne. Après son « Allô ! » j'entends :

– Aujourd'hui ?

Je la regarde plus attentivement car je suis devenue experte dans le ton de sa voix, et bien qu'il soit resté neutre et impassible, j'y ai décelé quelque chose de différent.

Son interlocuteur parle pour deux.

Elle jette un coup d'œil vers le fond du salon et nos regards se croisent.

Il doit s'agir de l'appel qui lui annonce qu'elle va officiellement être débarrassée de moi.

Elle dit :

– Je travaille jusqu'à dix-huit heures trente.

Elle regarde par la fenêtre. Elle a du mal à se contenir.

Je veux lui faciliter les choses. Je me lève de mon petit coin et replie la couverture de déménagement. Puis je ferme mon ordinateur et ôte mes lunettes.

J'inspire profondément.

Je sais que je n'ai causé que des problèmes. J'ai essayé de

me rendre invisible, mais ma seule présence a changé la dynamique de la situation.

Quang-ha était déjà furieux auparavant ; maintenant, on dirait un volcan quand vient le moment de traverser la ruelle pour retourner au garage, le soir.

Mai fait bonne figure, mais même elle semble lassée de cet arrangement.

J'ai besoin que ce soit facile pour Pattie.

Elle a été bonne avec moi.

Alors je me tourne vers elle et je fais de mon mieux pour sourire.

Je veux lui dire par ce sourire que je lui suis reconnaissante de ce qu'elle a fait pour moi.

Je veux lui dire que je m'excuse d'être brisée.

Je veux lui dire que je comprends sa situation.

Alors j'essaie. Vraiment, sincèrement.

Mais mes dents restent collées à mes lèvres et toute ma bouche tremble.

Quand elle voit ce rictus sinistre, Pattie se détourne.

Je l'entends annoncer, d'une voix qui vacille désormais :

– Nous n'y serons pas avant dix-huit heures quarante-cinq. Est-ce trop tard ?

Elle raccroche et compose aussitôt un numéro.

Son tempérament égal est l'une de ses plus grandes qualités. Et elle parvient à le conserver. Plus ou moins.

Voilà peut-être ce qui arrive quand on a traversé beaucoup d'épreuves : toutes vos aspérités se lissent, comme du verre poli par la mer.

Sinon, on vole en éclats.

Bakersfield se situe à environ deux cents kilomètres de l'océan Pacifique, mais mes parents m'ont emmenée deux fois à la plage, au niveau de Santa Maria.

Pendant une courte période, j'ai été obnubilée par l'étude de l'océan, qui couvre tout de même plus de soixante-dix pour cent de la planète.

Cependant, à ces deux occasions, j'ai eu peur.

Les courants imprévisibles et le système vaste et complexe de la vie sauvage résidant sous l'eau bouillonnante m'ont donné de l'urticaire.

Au sens littéral.

Je n'étais plus qu'une montagne de boutons.

J'admire donc le sang-froid de Pattie.

Je savais que mon séjour ici ne durerait pas longtemps.

Et aujourd'hui, j'en ai la preuve.

Je me rends compte que j'attends toujours des mauvaises nouvelles ces temps-ci.

Si bien que ça me soulage presque d'en recevoir.


Je marche jusqu'à la caisse. J'entends les paroles de Pattie :

– Une femme des services de l'enfance a appelé. Ils font une visite à domicile. Aujourd'hui.

Quand j'arrive près d'elle, elle me lance un regard puis appuie brusquement sur un bouton ; soudain, la voix de Dell sort du haut-parleur :

– Enfin, c'est franchement évident que vous ne vivez pas chez moi !

Pattie se contente de hausser les épaules en répondant :

– C'est temporaire.

Il réplique :

– Et pourquoi on a donné mon adresse, d'abord ? Qu'est-ce qu'il a, votre logement ?

Pattie ignore cette question. Elle enchaîne :

– Commençons par jeter un coup d'œil à votre appartement.

Un bruit violent se fait entendre. A-t-il donné un coup de poing dans un classeur à tiroirs ? Un coup de tête sur son bureau ?

– Je ne peux pas partir comme ça. Il faudrait que je prenne un jour de congé ou que je…

Pattie coupe brutalement le haut-parleur et la voix de Dell. Puis elle dit :

– Venez nous chercher. On vous attendra ici.

Elle repose le combiné sur son socle et se remet au travail. Elle répète, en ne s'adressant à personne en particulier :

– Temporaire.

# chapítre 32

La Ford de Dell ne met pas longtemps à débouler sur le parking. Il sort de sa voiture comme s'il avait les cheveux en feu.

Je devrais paniquer autant que lui, mais je me surprends à imiter l'attitude de Pattie.

Mes aspérités se sont effacées.

Je suis du verre de mer.

Si vous me fixez bien du regard, vous pouvez voir à travers moi.

Il n'y a pas beaucoup de discussion.

Pattie et moi montons dans la voiture de Dell et nous traversons la ville.

Dix minutes plus tard, nous arrivons au 257 Heptad Lane.

Je lève les yeux sur l'immeuble. Il semble avoir été construit par un entrepreneur aveugle ayant fait l'impasse sur un architecte.

Tout est disproportionné, mais ça n'a rien de provocateur.

On dirait que quelqu'un a pris une énorme boîte et l'a peinte de la couleur de la *Serratia marcescens* (une bactérie rose en forme de baguette qui se développe dans les douches), avant de découper des trous sur les côtés.

D'une certaine manière, je ne suis pas surprise que Dell Duke vive ici.

Nous suivons le conseiller dans une cage d'escalier sombre jusqu'au premier étage, où il ouvre une porte. Il marmonne désormais :

– Je n'attendais pas de visite. Je ne suis pas prêt à recevoir. J'ai besoin de ranger deux, trois choses…

Puis, tel un hamster dressé, il détale dans un incroyable dédale d'objets.

Nous entendons claquer une porte dans un couloir hors de notre vue.

Je me demande ce qu'il éprouve le besoin de cacher, vu qu'il y a largement de quoi le mortifier dans cette salle de séjour.

De toute évidence, Dell Duke fait partie de ces personnes qui ont du mal à jeter.

Peut-être ne souffre-t-il pas de syllogomanie déclarée, à savoir d'accumulation compulsive, mais il joue dans la même catégorie.

L'ancienne moi aurait pris beaucoup de plaisir à observer en direct un trouble émotionnel aussi complexe.

Mais plus maintenant.

Debout dans l'entrée, Pattie et moi regardons les tas de journaux, de magazines et de courrier entourant les meubles de jardin au rabais dont la couleur me rappelle exactement celle des yeux d'un lapin albinos.

Du rose mélangé à une goutte de jaune.

Le set de mobilier complet – qualifié de « saumon viril » sur l'étiquette du fabricant, qui dépasse de l'une des chaises bon marché en métal – a creusé des cercles distincts sur la moquette.

Je m'engage plus avant dans la pièce pour que Pattie puisse fermer la porte, et je me retrouve à côté d'un parasol encore enveloppé dans du plastique.

Il est appuyé contre le mur.

Je sens sa tristesse.

J'emboîte le pas à Pattie qui emprunte un sentier étroit jusqu'à la cuisine.

Des amoncellements de plats à micro-ondes rincés à la va-vite encombrent la majorité des plans de travail. Un peu plus loin, j'aperçois une colonne vacillante de gobelets jetables rouges.

Je me rends compte que je n'ai pas souvent été exposée à d'autres modes de vie que le mien.

Je n'avais jamais vu de garage aménagé comme celui des Nguyen et, en contemplant cet endroit, je prends conscience que ce sont carrément des styles de vie entiers que l'on m'a dissimulés.

Dell Duke trace une voie différente.

Si c'est ce qu'il laisse à découvert, je suis curieuse de jeter un coup d'œil dans l'un de ses placards.


Pattie doit penser la même chose que moi, parce qu'elle sort de la cuisine, traverse la salle de séjour en pagaille et retourne dans l'entrée étroite.

Je la suis.

Avec prudence.

Ça m'a tout l'air du genre d'endroit d'où pourrait soudain surgir un animal exotique – de ces espèces illégales que les gens achètent sur un coup de tête dans l'arrière-boutique d'une animalerie, mais qu'ils relâchent ensuite dans une ruelle parce qu'ils n'arrivent pas à contrôler leurs griffes acérées comme des rasoirs ou leurs exigences alimentaires.

La porte de la première chambre est fermée, mais cela n'empêche pas Pattie de tourner le bouton et d'entrer.

Nous voyons Dell fourrer un sac de couchage d'apparence graisseuse dans une housse en nylon.

Mais il n'y a pas de cadavres, ni rien de ce style.

Du moins, pas en évidence.

Il s'agit juste d'une pièce hyper-désordonnée.

Des bandes dessinées et des magazines sont éparpillés près du lit, qui ne possède ni draps ni surmatelas.

Dans un coin, des goulots de bouteilles de vin vides dépassent d'une poubelle en métal (normalement destinée à un usage extérieur).

Pattie ne met que quelques secondes à trouver la poignée du placard.

Dell hurle :

– Non !

Mais c'est trop tard. Pattie a ouvert la porte à claire-voie sur une montagne de sous-vêtements.

Il y en a des centaines.

J'aimais autrefois estimer les quantités, mais plus maintenant. Je sais avec certitude que, dans le passé, cela m'aurait vraiment intéressée.

Pattie recule alors que Dell bredouille :

– Je… J'ai des lessives en retard !

C'est le moins qu'on puisse dire. Le regard de Pattie passe de Dell à ses sous-vêtements avant de se poser sur moi.

Il semble évident que personne n'avalera jamais que Pattie et ses enfants vivent dans cet appartement.

Pourtant, je me trompe.

J'ignore ce qui a provoqué un déclic chez elle ; peut-être l'ampleur du défi.


De retour dans la Ford poussiéreuse de Dell, nous nous dirigeons maintenant (sur les ordres de Pattie) vers l'Armée du Salut de Ming Street.

Quelques minutes plus tard, nous passons tous à la caisse de ce magasin d'objets d'occasion.

Pattie a choisi une table rouge en Formica et quatre chaises quelconques, un canapé rembourré couleur citron et une chaise longue en cuir qui pivote entièrement sur elle-même.

Elle tient à la main l'étiquette de lits superposés au cadre en métal, vendus avec deux matelas, qui semblent avoir appartenu à un fana de l'armée. Des autocollants fatigués arborant la devise des marines américains, SEMPER FI, recouvrent la plus grande partie des tubes.

Ce n'est qu'après avoir sorti sa carte de crédit que Dell trouve le courage de demander :

– Comment va-t-on ramener tout ça chez moi ?

Sans une explication, Pattie file vers la porte en verre et sort sur le trottoir, lui laissant le soin de terminer la transaction.

Dell et moi la retrouvons à côté d'un pick-up sur lequel il est écrit « NOUS CAMIONNONS ».

Les deux hommes qui en descendent pour nous aider s'appellent Esteban et Luis. Ils ont de solides compétences en déménagement.

Il ne leur faut pas longtemps pour attacher tous les meubles à l'arrière de leur véhicule visiblement fatigué.

Arrivés aux Jardins de Glenwood, ils portent le tout dans l'escalier menant à l'appartement de Dell sans même verser une goutte de sueur.

Pattie supervise.

Dell reste à l'écart.

Je tiens le rôle d'observatrice silencieuse.

Il ne nous reste plus qu'à nous débarrasser de tout son bric-à-brac.

Pattie flanque une liste détaillée entre les mains de Dell et lui ordonne d'aller faire les courses.

Après qu'il est parti, elle nous met en ligne, Luis, Esteban et moi, pour que nous fassions la chaîne.

À quatre seulement, nous évacuons des mois d'accumulation de déchets grâce à ce moyen de transport des temps anciens.

Quand Dell revient, deux heures plus tard, la plupart de ses déchets se trouvent dans les bennes de l'immeuble. Il dit qu'il comptait les emporter au centre de recyclage.

Mais je sais qu'il ment.

Il n'a pas l'air bouleversé que nous ayons jeté ses affaires ; j'en déduis qu'il n'est pas un accumulateur compulsif.

Il a juste du mal à aller au bout des choses.

# chapitre 33

Mai restait à l'école le jeudi soir après les cours pour participer à un programme destiné aux adolescents à risques.

Cela dit, les responsables du programme ne les appelaient pas comme ça. Ils les appelaient « élèves en besoin spécial d'enrichissement ».

Mais elle savait à quoi s'en tenir.

Elle avait lu la brochure décrivant les financements de ce projet. Elle se trouvait sur le bureau du chef d'équipe le jour de la première réunion, alors il ne s'agissait pas vraiment d'une indiscrétion.

Mai avait été curieuse de connaître les risques qu'elle encourait, selon eux.

Une fois par semaine, une dizaine de jeunes sélectionnés se retrouvaient à la bibliothèque du lycée pour discuter de sujets divers, de l'importance de viser des études supérieures à celle de se brosser les dents.

Aujourd'hui, une intervenante parlait des bienfaits des légumes verts et des activités extrascolaires qui permettaient de se construire un CV.

Quand elle eut terminé, on leur distribua à tous des tickets. À la fin du programme, ils pourraient les échanger contre des prix ou autre chose. Le chef d'équipe n'avait pas été très clair sur ce point.

Mai remplit son sac à dos des nouveaux livres qu'elle avait empruntés à la bibliothèque et marcha jusqu'à l'arrêt de bus.

La plupart des jeunes qui n'étaient pas «à risques» rentraient chez eux au volant de leur propre voiture, ou alors leurs parents venaient les chercher.

Dans ce cas, médita-t-elle, peut-être que le risque consistait à prendre le bus.

À côté de l'abribus du lycée, un parterre exhibait les roses les plus coriaces de Bakersfield.

C'est du moins ce que pensait Mai tout en contemplant les buissons épineux. L'une des rares choses que Willow avait dites ce dernier mois, c'était que la vie entière pouvait être observée dans un jardin.

Selon elle, si une plante disposait d'un sol correct, de soleil et de suffisamment d'eau, un bourgeon finirait toujours par pointer le bout du nez. Au début, il serait tout petit et très vert.

Parfois, des insectes mangeaient l'extérieur du bourgeon et y faisaient des trous, mais à condition qu'ils ne s'y introduisent pas trop profondément, il éclorait.

Et le monde verrait la fleur.

Avec le temps, les pétales externes commenceraient à se rider, d'abord par le bout. La rose perdrait sa forme puis s'ouvrirait en grand, avant de se relâcher.

Elle deviendrait alors plus sensible au vent, à la pluie ou même au soleil de plomb.

Finalement, les pétales sécheraient, se détacheraient et tomberaient au sol.

Il ne resterait qu'un bulbe rond, le crâne de la plante. Et avec le temps, lui aussi chuterait, retournant à la terre.

La leçon qu'on pouvait en tirer, lui avait expliqué Willow, valait bien tout ce qu'on lui avait jamais dit sur la vie, la mort ou les étapes intermédiaires.

Qu'était la rose avant de devenir une rose ?

Le sol et le ciel et la pluie et le soleil.

Et où allait la rose quand elle disparaissait ?

Elle retournait, supposa Mai, au grand tout qui nous entoure tous.


Personne n'allait jamais chercher Quang-ha à l'école, de sorte qu'il éprouva de l'inquiétude quand la voiture de Dell Duke s'arrêta juste à côté de lui, dans un crissement de pneus.

La vitre tachée descendit et Dell cria :

– Hé !

L'adolescent sentit que tout son corps se tendait. On ne dit pas « Hé ! » à quelqu'un qui s'appelle « Ha ».

Alors Dell lança :

– Monte ! On est pressés !

Quang-ha ne bougea pas.

– Qu'est-ce qui se passe ?

Dell se pencha par-dessus le siège passager et ouvrit la portière.

– Demande à ta mère. C'est elle qui a monté cette escroquerie.

Dell ne lui expliqua pas grand-chose, juste que Pattie et Willow étaient chez lui et qu'elles arrangeaient son appartement pour faire croire que toute la famille y vivait.

Quang-ha trouva ça plutôt louche.

Néanmoins, il appela sa mère sur son portable et elle lui demanda d'aller récupérer leurs ustensiles de cuisine au garage.

Il devait aussi prendre des couvertures, des draps et des affaires de toilette.

Bien que persuadé qu'il s'agissait de l'idée la plus bête du monde, il traversa la ruelle et entraîna avec lui le conseiller psychopédagogique trempé de sueur.

Pendant plus d'un mois, il avait dormi dans la même pièce qu'une parfaite inconnue. Quelqu'un allait peut-être enfin changer ça.

Dell se tenait dans l'embrasure de la porte du garage, les yeux écarquillés.

Pas étonnant qu'ils se soient servis de son adresse ! Cet endroit n'avait même pas l'air légal.

Dell avait supposé qu'ils vivaient dans une maison, ou du moins dans un appartement digne de ce nom. Alors il était sous le choc.

D'où cette femme tirait-elle son arrogance ?

Après avoir placé un cuiseur à riz, un panier à vapeur en bambou, un wok, une demi-douzaine de bols, des pinces, un assortiment de baguettes, deux hachoirs, trois faitouts et le linge de lit dans le coffre de la voiture, Dell et le Loup Solitaire (qui, tout compte fait, était peut-être un Excentrique) remplirent de nourriture une vieille caisse à bouteilles de lait.

Ils attrapèrent ensuite quelques affaires dans la salle de bains du salon de manucure et reprirent la route.

Quang-ha avait l'impression de s'évader de prison.

Quand ils se garèrent sous l'abri poussiéreux des Jardins de Glenwood, ce plan le séduisait de plus en plus. Il ne faisait aucun doute qu'ils contournaient la loi, ou du moins qu'ils bravaient une règle ou un règlement.

Et ça, c'était excitant.

# Chapitre 34

Existe-t-il linge plus personnel que les sous-vêtements ?

Je ne pense pas.

Dell en porte de tous styles.

Il dispose d'une grande palette de couleurs et d'un nombre incroyable de motifs. Il est très porté sur les personnages de dessins animés. Et sur les images de légumes.

C'est vraiment perturbant de savoir cela.

Cet homme n'est pas seulement mon conseiller. Il est aussi censé superviser mon travail scolaire. Même si, en cinq semaines, ce sujet n'a pas été abordé une seule fois.

Je n'en reviens pas que nous ne laissions pas ses affaires intimes dans le placard, mais Pattie veut tout faire *comme il faut*.

Même si cela implique de s'immiscer dans les troubles obsessionnels compulsifs du sous-vêtement d'autrui.

Il nous faut trois voyages pour descendre cette montagne de linge à la buanderie.

Après avoir lancé la première machine, Pattie se transforme en tornade humaine.

Jusque-là, je m'en rends compte maintenant, elle n'était qu'une vague tempête tropicale.

Au moment où Dell et Quang-ha montent l'escalier avec le carton rempli d'ustensiles de cuisine, nous avons passé la serpillière sur le sol (lequel s'est révélé orange, et non marron), nettoyé le micro-ondes et tous les plans de travail et rempli huit sacs-poubelle supplémentaires avec des détritus.

Comme je sais beaucoup de choses sur les bactéries et les germes, tout cela est très difficile pour moi.

À peine Dell a-t-il fini de décharger son véhicule que Pattie lui tend une autre liste et le met à la porte.

Quang-ha reste avec nous.


Tout semble gris dans l'appartement de Dell.

En effet, quelqu'un a tendu une bâche en toile sur la lucarne du salon. Sans doute pour réduire le coût de l'air conditionné ou quelque chose du genre.

Désormais, cette bâche est recouverte d'une pellicule de crasse atmosphérique. Des taches de moisissure et d'humidité en maculent les bords, là où l'eau doit s'accumuler.

Si bien que, quand vous vous trouvez dans le salon de Dell, quel que soit le temps, vous avez l'impression qu'un ouragan de catégorie 5 vient de s'abattre sur la ville.

Les mains sur les hanches, les yeux plissés, Pattie regarde la lucarne obstruée.

Elle dit :

– Ça ne va pas.

Son expression n'augure rien de bon.

Je lève les yeux à mon tour.

On dirait une couche sale géante accrochée au plafond.

Elle appelle Quang-ha, à qui elle vient de confier un grand sac-poubelle plein de bouteilles de vin et de bière (trouvées sous le lavabo de la salle de bains) pour qu'il le descende.

Elle désigne le ciel.

– Je veux que tu montes sur le toit et que tu enlèves cette bâche.

En un mois, je n'ai jamais vu Quang-ha heureux, alors sa mine renfrognée n'a rien de nouveau. Il répond :

– Tu viens de me demander d'aller jeter ces bouteilles.

Elle réplique :

– Fais les deux.

Comme je me sens mal pour lui, je propose :

– Je vais te donner un coup de main.

Il ne veut pas de mon aide. Mais son mode opératoire standard consiste à m'ignorer. Complètement.

Et ça me va.

Il se saisit du sac pesant et se dirige vers la porte.

Je le suis.

Nous sommes tous les deux dans le couloir et il traîne la poubelle pleine de bouteilles. Il ferait mieux de la laisser là s'il veut monter sur le toit, mais il n'en fait rien.

Je ne dis rien parce qu'il est plus âgé que moi et qu'il me déteste. Et aussi parce, que désormais, je parle rarement.

S'il est là à faire le ménage chez Dell, c'est seulement à cause de moi et de mes problèmes.

Il y a une cage d'escalier au bout du couloir et un panneau indique qu'elle mène au toit.

J'aimerais que Quang-ha pose ce gros sac. Je crois qu'il essaie de me prouver quelque chose, peut-être que ce n'est pas trop lourd pour lui. Alors que je sais bien que si.

J'ai soulevé plus de choses aujourd'hui qu'au cours de ces six derniers mois.

Quang-ha s'engage sans hésiter sur les marches étroites. Au sommet, un panneau accroché à une porte indique :

ACCÈS AU TOIT RÉSERVÉ
AUX AGENTS DE MAINTENANCE.

Je ne pense pas que nous remplissions les conditions requises ; Quang-ha pousse quand même la porte. Le soleil se couche, mais il fait encore bien jour. Il y a dix lucarnes et dix vieilles bâches sales.

Dell n'est donc pas le seul à avoir des nuances de gris chez lui.

Je vois bien que Quang-ha est perplexe.

Je désigne le côté gauche du bâtiment.

– Par là-bas. Celle de son salon, c'est la troisième.

Il ne va pas me contredire parce qu'après plus d'un mois de vie commune, il sait que, somme toute, je ne parle que pour énoncer des faits.

Il ne se sépare pas du sac-poubelle pour traverser le toit brûlant.

Une fois de plus, je le suis.

Je ne sais pas trop pourquoi. Je sens bien que je ne fais qu'aggraver les choses en me comportant comme son ombre miniature.

Des briques maintiennent les coins de la toile en place et, quand nous parvenons à celle qui correspond à l'appartement de Dell, j'en soulève une.

Quang-ha se penche et, de sa main libre, il tire sur le tissu crasseux.

Mais alors le sac lui échappe et les bouteilles s'en déversent ; l'une d'elles s'écrase à ses pieds.

Elle vole en éclats verts et plusieurs d'entre eux atterrissent sur le plastique clair de la lucarne tout juste mise au jour.

L'ancienne moi aurait hurlé en entendant ce fracas.

La nouvelle moi s'attend à ce genre de choses.

La nouvelle moi s'étonne même que les tessons volants ne nous aient pas coupés.

Quang-ha était déjà en colère. Maintenant, il est très en colère. Il commence à ramasser les morceaux de verre.

Je me hâte d'aller l'aider.

Debout au-dessus de la lucarne, je vois que trois éclats de verre reflètent le soleil. Ils projettent des petits points de couleur dans la pièce en contrebas.

Je jette un coup d'œil à Quang-ha. Il l'a remarqué lui aussi. Je constate :

– Ça fait comme un vitrail.

Il garde le silence, mais il attrape une bouteille de bière et la casse. Puis il place un morceau de verre ambré sur la surface.

Une grosse tache de lumière brun orangé heurte alors la moquette de Dell.

Nous échangeons un regard.

Mais nous ne disons rien.

Puis nous nous mettons au travail afin de tout recouvrir.

Nous finissons par briser toutes les bouteilles pour obtenir suffisamment d'éclats de verre.

Je trouve cela étrangement agréable.

Je sens que Quang-ha éprouve la même chose, même s'il reste silencieux tandis que nous fracassons ce qui semble résulter d'un gros problème de boisson.

Quand nous avons enfin terminé, nous redescendons.

Quang-ha ouvre la porte de l'appartement et nous voyons tout de suite que la pièce a revêtu un aspect tout à fait différent.

La lumière.

Des taches de vert et d'ambre filtrent d'en haut.

Ce qui n'était qu'une caractéristique ordinaire et sans âme est soudain devenu intéressant.

Nous sommes plantés là à admirer notre œuvre quand Pattie entre. Je ne veux pas qu'elle se mette en colère, surtout pas contre Quang-ha. J'explique :

– C'est temporaire.

Je suis surprise qu'elle se contente de dire :

– Quang-ha, tu peux disposer les meubles autrement si tu as une meilleure idée.

En revanche, je ne suis pas surprise qu'il le fasse.


Quang-ha change tous les meubles de place, positionnant le canapé et les chaises en biais. Il ne respecte pas les lignes de la pièce rectangulaire ; il crée ses propres formes.

Et quand il a fini, j'ai envie de dire : « Il y a une différence qualitative dans l'effet visuel produit par cette pièce. »

Mais au lieu de ça, je dis :

– La pièce est plus belle comme ça.

Quang-ha se contente de hausser les épaules, mais je vois bien qu'il ne boude plus.

Il s'agit de la première chose que nous avons réalisée ensemble, et je me rends compte que ça nous fait bizarre.

À tous les deux.

Et je suis obligée d'admettre que me trouver dans la même pièce qu'un adolescent qui apprécie l'effet de morceaux de verre coloré me permet de voir le monde de façon plus positive.

# chapitre 35

Dell retira son nom de la fente de la boîte aux lettres du numéro 28, le remplaçant par une bande de papier sur laquelle Quang-ha avait ingénieusement écrit « Nguyen ».

Puis il se rua dans sa voiture, qui s'éloigna quelques instants seulement avant que celle de Lenore Cole ne s'arrête le long du trottoir.

Il se rendit tout droit jusqu'au bar le plus proche, qui s'appelait *Le Marteau*. La plupart des habitants de Bakersfield y allaient quand ils avaient eu un accident de voiture ou une coupure d'électricité pendant une vague de chaleur, et que toute leur crème glacée avait fondu.

Ce bar était un aimant à misère. Personne ne mettait son plus beau pull ou son jean moulant pour aller au *Marteau*.

C'est pour ça que Dell s'y sentait comme chez lui.

Alors qu'il s'engageait sur le parking, il poussa un soupir de soulagement. Il avait échappé à Pattie Nguyen.

Il se surprit à maugréer à voix haute en ouvrant sa portière :

– Pour qui elle se prend, celle-là ? Elle croit avoir hérité du titre de responsable en chef ?

Puis il se souvint que deux personnes étaient effectivement décédées. Et que c'était peut-être lui qui, par inadvertance, lui avait imposé cette responsabilité en mêlant sa fille arrogante à cette affaire.

La seule chose dont il était certain, c'était qu'en ce moment même, quelqu'un faisait cuire des montagnes d'épinards à la vapeur, dans une cuisine qui, sous sa surveillance, n'avait jamais vu un légume cru.

Au moins, son mur de sous-vêtements était à la machine à laver.

Dell trouva un siège dans le bar faiblement éclairé. Tout en s'appuyant sur le comptoir poisseux, il sortit un stylo de sa poche et fit glisser vers lui une fine serviette de cocktail en papier. Il cherchait à reprendre le contrôle, et il retourna donc au Système Dell Duke des Gens Bizarres.

Il écrivit :

1= INADAPTÉ

2 = EXCENTRIQUE

3 = LOUP SOLITAIRE

4 = CINGLÉ

5 = GÉNIE

Puis il ajouta sa toute dernière catégorie :

6 = DICTATEUR


Il fallait que Mai prenne un deuxième bus pour parvenir aux Jardins de Glenwood.

Et cela ne lui plaisait pas du tout.

Au salon, elle avait appelé sa mère, et c'est comme ça qu'elle avait appris la visite des services de l'enfance.

Quelqu'un n'aurait pas pu la prévenir ?

Une heure plus tard, elle avait mal aux bras à force de porter son sac à dos trop lourd.

Mais à l'intérieur, elle éprouvait une tout autre douleur.

Elle ne pouvait s'empêcher de remettre en question la logique consistant à faire semblant de vivre dans l'appartement de Dell Duke.

Peut-être aurait-il fallu placer Willow dans une famille d'accueil juste après l'accident.

La mère de Mai avait été très claire : ils n'étaient pas en mesure d'accueillir une enfant.

Et si ce que Mai avait fait pour aider Willow finissait par la blesser encore plus ?

Elle positionna son pied droit, chaussé de ce qui n'était guère plus qu'un chausson en satin, au-dessus d'un gland posé au beau milieu du trottoir fissuré, et elle le piétina de toutes ses forces.

Mais elle ne réussit pas à l'écrabouiller.

Le gland, solide et coriace, lui fit mal au pied. Comme si elle avait marché sur un caillou pointu.

Tout son corps se raidit.

Tant de choses pouvaient provoquer une souffrance inattendue.

Elle décocha un coup de pied dans la noix encore verte qui s'envola, avant de retomber sur la chaussée. Une voiture qui passait par là roula en plein dessus.

Mai se rapprocha pour mieux l'observer.

Le gland ne s'était pas aplati. Il reposait au centre de la route, indemne.

Elle posa son sac à dos et alla le récupérer.

Le gland était un survivant.

Elle le fourra dans sa poche.

Un porte-bonheur. Voilà ce que c'était.

Mai profiterait d'un moment d'inattention de Willow pour le glisser à un endroit où celle-ci pourrait le trouver.

# chapitre 36

Je suis épuisée.

J'ai aidé à transformer l'appartement d'un ermite célibataire, paresseux et accumulateur en espace de vie familial.

Et le tout a été accompli à une vitesse folle.

Alors que le panier à vapeur en bambou chauffe et que je hache de la ciboule, comme me l'a demandé Pattie, la sonnerie retentit.

Lenore Cole est en bas.

Depuis l'accident, je suis allée une fois par semaine à Jamison.

J'ai effectué un bilan de santé complet. J'ai eu trois entretiens avec un psychiatre (Dr Ron McDevitt) et j'ai vu Lenore Cole à deux reprises.

On a évoqué un placement permanent dans une famille d'accueil, mais ce n'est pas facile d'en trouver pour les enfants de mon âge.

Jeudi dernier, lors de ma visite, j'ai rencontré une fille aux toilettes, qui m'a dit qu'une fois que vos dents de lait étaient tombées, plus personne ne voulait de vous.

Et aussi que les parents potentiels choisissaient toujours les enfants blonds en premier.

Je ne crois pas qu'elle essayait de me traumatiser ou quoi que ce soit de ce genre.

Nous avions toutes les deux des cheveux foncés comme de l'encre.

L'assistante sociale ne reste pas très longtemps avec nous.

Ce qui est bon signe.

Je suppose que nous avons réussi l'examen.

Pattie ne veut pas devenir mère d'accueil ; néanmoins, ils ont des exigences, même pour les personnes chargées de la garde temporaire.

Dans le couloir, Lenore Cole dit :

– On va trouver un endroit qui te conviendra. C'est notre mission.

Je ne réponds pas.

Je veux que cette dame passe le portail de l'immeuble, monte dans sa voiture et quitte cette rue, cette ville, ce comté et puis l'État et qu'enfin on la mute dans ce lieu appelé l'allée des Tornades, au Kansas.

Mais ce n'est pas sa faute.

C'est moi le problème.

Peut-être y a-t-il toutes sortes de familles d'accueil disponibles au Kansas.

Debout dans les ombres du hall d'entrée, je regarde l'assistante sociale grimper dans sa voiture puis s'éloigner.

Elle passe juste à côté de Mai.

Le simple fait de voir l'adolescente gracieuse change tout pour moi.

Quand je lui annonce que nous disposons, pour de faux, d'une chambre meublée de lits superposés Semper Fi, elle sort de sa carapace.

Il ne s'agit pas d'une véritable carapace, évidemment, mais l'espèce de cuirasse qui la protège de la vie disparaît littéralement sous mes yeux.

Apparemment, elle a envie depuis longtemps de gravir une échelle en métal pour aller se coucher.

Peut-être à force d'avoir dormi par terre pendant des années.

Je ne veux pas la décevoir en précisant que tout ça n'était qu'une mascarade afin qu'on ne m'emmène pas.

De retour dans l'appartement, je remercie Pattie pour tout ce qu'elle a fait aujourd'hui.

À mon grand soulagement, elle s'est enfin assise.

La plus grande pragmatiste du monde se contente de hausser les épaules et de dire :

– *Những gì mình mong ít khi nào nó xầy ra. Những gì mình không muốn thì nó lại cứ đến.*

Ce qui, une fois traduit, signifie : « Ce que nous attendons se produit rarement ; ce qui arrive, c'est ce que nous n'attendons pas. »

Je lui prends la main. Je m'étonne moi-même. Je suis trop grande pour me comporter comme ça, mais je ne peux pas m'en empêcher. Je parviens à dire :

– Cette manière de considérer une séquence d'événements

n'a rien de scientifique, mais étant donné la tournure qu'a prise ma vie dernièrement, je comprends tout à fait.

Je n'avais pas pu communiquer autant depuis un bon moment.

Et je ne sais pas trop si c'est seulement dû à la fatigue, ou si quelque chose a changé, mais alors que je la regarde, la main dans la sienne, je souris.

Mes dents ne collent même pas à mes lèvres.

Et Pattie ne se détourne pas.


Tout le monde a très faim, même moi, alors que je n'ai plus d'appétit.

Pattie essaie de joindre Dell sur son portable, mais il ne répond pas.

Alors nous dînons sans lui.

Et le plus bizarre, c'est que soudain, j'ai l'impression que nous vivons tous vraiment aux Jardins de Glenwood.

Nous mangeons sur la table recouverte d'une toile cirée et jetons à la poubelle les assiettes en carton (Dell n'en possède pas de vraies).

Pattie demande à Quang-ha de la descendre immédiatement dans la benne car la cuisine est désormais une zone sans détritus.

Tout le monde donne un coup de main pour nettoyer et ranger les restes, puis nous nous mettons à l'aise sur les meubles usagés tout juste achetés.

Je n'en reviens pas, mais Pattie a encore l'énergie de plier la montagne de sous-vêtements propres de Dell en carrés serrés, bien compressés.

Ils semblent tout droit sortis d'une sorte de distributeur.

C'est dire si elle est précise.

Quang-ha est tombé amoureux de la grande télé de Dell et il dégote une émission où des joueurs de foot japonais écrasent des pots en terre à coups de tête.

Nous la regardons tous.

C'est étrangement addictif.

Je sais que ces chocs au crâne peuvent provoquer des séquelles très graves à long terme.

Mais là, tout de suite, il me semble que c'est la dernière chose dont je devrais me soucier. Alors je laisse filer.

Pendant un bref instant, parce que tout dans cette pièce est tellement différent, j'oublie que je n'ai ni mère, ni père, ni chez-moi.

Je me laisse aller contre le dossier du canapé.

Et j'éprouve une vive douleur à la fesse droite.

Quand j'y mets la main, je me rends compte que je suis assise sur un petit gland vert. J'ignore comment il a pu se retrouver là.

Les pommes poussent sur les pommiers. Et les cerises sur les cerisiers. Mais on ne dit pas que les glands poussent sur des glandiers.

C'est intéressant, ce genre de chose.

Du moins pour certaines personnes.

Je tiens la petite noix (qui par définition est un fruit) dans la paume de ma main. Assise à côté de moi, Mai commente en souriant :

– C'est peut-être un gland porte-bonheur.

Je le glisse dans ma poche, parce qu'elle a peut-être raison.

Il s'agit d'une graine, après tout, et elles sont toutes par définition le commencement de quelque chose.

Puis j'appuie la tête contre le dossier du canapé et, malgré mes yeux humides, je distingue la pleine lune de l'autre côté de la lucarne, sous la forme d'une sucette floue, verte et ambrée.

Et ce n'est pas un mal.

# chapitre 37

Il était tard quand Dell rentra enfin chez lui en titubant.

Il ne reconnut tout bonnement pas son appartement, et pas seulement parce que Pattie était endormie sur le nouveau canapé de l'Armée du Salut et Quang-ha vautré sur la moquette, sous une couverture rouge.

Il ferma la porte et s'engagea dans le couloir. Il aperçut Willow et Mai qui dormaient dans la seconde chambre, dans les lits superposés Semper Fi.

Il se demanda pourquoi ils n'étaient pas tous rentrés chez eux, puis il se rappela qu'ils n'avaient pas de véhicule et, pour le moment, lui non plus. Il était revenu à pied.

Après avoir admiré tous les changements, émerveillé, il parvint enfin jusqu'à sa chambre, dont le lit avait été fait avec les draps de Pattie et un édredon molletonné.

Il s'enfonça la tête la première sur le matelas.

Et il était toujours là seulement cinq heures plus tard, quand le bruit de la douche le réveilla.

Il ne s'agissait pas d'un bruit habituel.

Il n'avait jamais entendu de l'eau couler dans son propre appartement.

Il ouvrit les yeux et se rendit compte que cela provenait de la salle de bains. Il lorgna les chiffres digitaux de son réveil et vit qu'il était cinq heures vingt et une.

Qui pouvait se lever aussi tôt ?

C'était l'un d'entre eux. Et il se doutait de qui.

Il aurait donné son pied gauche pour une autre heure de sommeil ininterrompu.

Il ferma les yeux et s'imagina soudain amputé de tout ce qu'il y avait sous sa cheville, de son côté le plus faible.

Cela l'amena à se demander si une telle blessure lui assurerait une quelconque indemnité d'invalidité de la part du district scolaire.

Il se servait de son pied droit pour conduire, comme la plupart des gens, si bien que la somme allouée pour perte du pied gauche ne devait pas s'élever bien haut.

N'était-ce pas comme ça que fonctionnaient les compagnies d'assurances ? Tout avait un prix plus ou moins prédéterminé, non ?

Peut-être valait-il mieux se séparer de son bras gauche.

Soudain, on frappa à la porte et la voix de Pattie Nguyen interrompit « Le forum des discussions internes idiotes de Dell Duke ».

– Vous êtes réveillé ?

Il avait envie de répondre que maintenant, oui. Au lieu de ça, il lança :

– Depuis des heures.

Il espérait avoir pris un ton profondément sarcastique, mais elle répliqua :

– Moi aussi.

Elle poussa la porte et entra en parlant :

– Les services sociaux reviennent la semaine prochaine. En attendant qu'ils trouvent un logement permanent pour Willow, je pense qu'il serait plus simple que nous restions ici. Je ne peux pas continuer à tout nettoyer derrière vous.

Dell garda le silence. Pas parce qu'il n'avait pas d'opinion, mais parce qu'à cette heure matinale, il lui manquait l'énergie nécessaire pour hurler à pleins poumons.

Pattie continua sur sa lancée :

– J'ai repéré une annonce sur le panneau de la buanderie. Appartement 22. Juste au bout du couloir. Ils recherchent un colocataire.

Dell ferma les yeux. Il devait être en train de rêver.

Sauf que d'ordinaire, dans ses rêves, il se cachait. Et que souvent, son corps avait mystérieusement été recouvert d'une peinture bleu vif.

Dell ouvrit les yeux. Pattie se dirigeait déjà vers la porte.

– Je vais aller noter l'adresse mail. Il n'est pas trop tôt pour envoyer un message disant que vous êtes intéressé. C'est temporaire. Juste le temps de régler tout ça.

Dell avait déjà croisé Sadhu dans le parking couvert, mais les deux hommes n'avaient jamais daigné se dire bonjour.

Et voilà qu'à une heure indécente de la matinée, il était assis en face de cet homme. Cette folle de Nguyen avait insisté pour qu'il lui écrive un mail sur-le-champ et, à sa grande horreur, son ordinateur portable avait immédiatement affiché une réponse.

Le type qui vivait au bout du couloir voulait qu'il vienne faire sa connaissance sans plus attendre.

Il n'aurait pas dû dormir, celui-là ?

Qu'est-ce qui clochait, chez tous ces gens ?

Sadhu se racla la gorge et annonça :

– Je suis végétarien.

Dell hocha la tête. Soudain, Sadhu parut plein d'espoir.

– Vous êtes végétarien aussi ?

Dell secoua la tête. Il n'allait pas mentir, mais il n'allait pas non plus raconter par le menu son obsession pour les pains de viande.

Il était si fatigué qu'il avait l'air implorant d'une personne diplômée d'une école de mime.

Ou, à tout le moins, d'une personne croyant fermement au pouvoir de la communication non verbale.

Il ne répondait que par séries de mouvements de tête, ponctuées par des bâillements, des haussements de sourcils et des hoquets à demi réprimés.

Et c'est pourquoi il fut accepté en tant que colocataire.

Quelques minutes après son arrivée, Pattie Nguyen venait les rejoindre et remplissait un chèque à l'ordre de Sadhu Kumar, correspondant à un mois de loyer pour la seconde chambre de l'appartement 22 de l'immeuble où Dell louait déjà l'appartement 28.

Elle se chargerait des dépenses de sa colocation avec Sadhu et Dell continuerait à payer son loyer.

Alors qu'ils scellaient leur accord d'une poignée de main, Dell retrouva sa langue le temps d'une déclaration :

– Je ne digère pas la nourriture épicée.

Sadhu hocha la tête comme s'il comprenait, mais Dell aurait juré que ce type gardait des piments en conserve sur sa cuisinière.

# chapitre 38

Tout n'est que temporaire.

C'est ce que dit Pattie.

Je crois que c'est son mot préféré.

Quoi de plus temporaire que du vernis à ongles ? Pas étonnant qu'elle soit aussi attachée à ce concept.

Elle m'explique que, jusqu'à ce qu'on me trouve un endroit adapté, nous resterons aux Jardins de Glenwood, dans l'appartement 28.

Comme les services sociaux vont nous rendre visite chaque semaine, cela ferait trop de va-et-vient.

Je ne lui réponds pas que tout dans le monde est temporaire, parce que je ne me lance plus dans ce genre de conversation.

Je lui dis que je comprends.

Mais j'ai de la peine pour Dell Duke.

Pas seulement parce que Pattie et moi avons vu sa montagne de sous-vêtements (ce qui pourrait expliquer pourquoi il a accepté de déménager au bout du couloir).

Chez moi, quand je m'asseyais dans mon jardin, j'aimais

observer les oiseaux ; non seulement les perruches à croupion vert, mais aussi les espèces migratoires.

Aujourd'hui, je me fais la remarque que les petits oiseaux se déplacent souvent en masse.

De loin, on peut même les prendre pour de la fumée.

On ignore pourquoi ils changent subitement de direction.

Ils semblent avoir perdu toute volonté individuelle. Ils font partie d'une organisation vitale plus vaste.

Et ils l'acceptent.

Quelque chose cède en eux. Les scientifiques ne savent pas quoi.

Pour l'instant, j'appartiens à une volée.

Et Dell Duke aussi.

Que cela lui plaise ou non.


Je regarde Dell rassembler quelques vêtements, sa brosse à dents et un flacon qui semble contenir de la laque à cheveux.

Le pas lourd, il emprunte le couloir jusqu'à l'appartement de Sadhu Kumar.

Il ne tape pas des pieds, mais il n'en est pas loin.

Comment le lui reprocher ?

Deux heures plus tard, avec l'aide de Mai et Quang-ha maintenant réveillés, nous fourrons les vêtements de travail de Dell, ainsi que ses joggings en coton trop larges, sa collection de sandales et assez de sous-vêtements pour tenir six mois, dans le minuscule placard de la seconde chambre de l'appartement de Kumar.

Seul un sac-poubelle rempli de vieux T-shirts reste chez Dell.

Et puisque sa commode et son placard sont vides désormais, Pattie emprunte sa voiture pour aller chercher d'autres affaires au salon.

Mai l'accompagne.

Je ne pense pas avoir déjà vu mon amie adolescente aussi heureuse.

Dell possède une énorme télé, mais il ne l'a pas programmée correctement.

Je règle les paramètres de sorte que l'image n'est plus ni étirée ni trop lumineuse. Je m'arrange aussi pour qu'elle soit synchronisée avec le son. Il y avait un décalage.

Je remarque que plus de soixante-dix chaînes n'ont pas été activées.

Je ne pense pas qu'il ait lu le manuel.

Dell entre, remarque les changements et dit que les gens ont effectivement meilleure allure quand ils ne sont pas tout orange et trop larges. Il est particulièrement content de voir que, quand ils parlent, leurs lèvres remuent au bon moment.

Je lui montre les nouvelles chaînes que j'ai installées, et il se met en colère parce que cela faisait un an qu'il payait pour rien le service premium.

Il est très remonté.

Je suis certaine que nous ne manquerons plus de sujets de conversation lors de nos séances de conseil hebdomadaires, car il m'a demandé de réviser tous les appareils de l'appartement.

Nos nouvelles conditions de logement prennent effet ce soir.

Mai et moi dormons toujours dans la seconde chambre. Pattie s'est installée dans l'ancienne chambre de Dell. Dell est au bout du couloir, chez Sadhu Kumar.

Quang-ha a officiellement investi la salle de séjour. Il a disposé des couvertures et un oreiller sur le canapé parce qu'il dort juste en face de la grosse télé.

Et quand je dis « juste en face », c'est juste en face.

Cela pourrait lui fatiguer les yeux.

Mais il a l'air tellement enchanté de ce nouvel arrangement que je n'aborde pas le sujet.


Au matin, je me réveille dans le lit superposé Semper Fi en pensant que je vais devoir me prendre en main.

Du moins autant qu'une enfant de douze ans puisse le faire.

Mes parents n'avaient pas souscrit d'assurance-vie, ni beaucoup épargné.

Ils étaient responsables et travailleurs, mais il s'avère qu'ils n'excellaient pas dans le domaine des prévisions à long terme.

Je vais commencer par rentrer la comptabilité du *Bonheur des ongles* de Pattie sur un nouveau programme informatique.

Tout le monde a fait des sacrifices pour moi.

Je me dis que c'est le moins que je puisse faire.


Trois jours ont passé.

C'est peut-être une blague, mais Quang-ha laisse un noyau d'avocat sur le rebord de la fenêtre de la cuisine.

Apparemment, il adore le guacamole.

Mai raconte que, petit, il leur enfonçait des cure-dents dans les côtés pour tenter de faire pousser des avocatiers. En entendant ça, Quang-ha entre dans une colère noire et le jette à la poubelle.

Je n'ai pas pensé aux cultures depuis Avant.

C'est trop douloureux.

Pourtant, quand personne ne regarde, je le sauve des ordures. Le simple fait de le regarder me donne envie de pleurer.

Et soudain, je ne peux plus me retenir. Je commence à réfléchir à la composition du sol.

J'essaie de chasser ces pensées de mon esprit.

Mais plus tard, alors que je jette un coup d'œil par la fenêtre, mon regard tombe sur les arbres rabougris de l'autre côté de la rue.

Trois espèces différentes.

J'envisage la possibilité de greffer des rameaux ligneux d'une plante à l'autre.


Je suis allongée dans mon lit.

Tout le monde dort.

Il est tard.

C'est toujours plus dur la nuit.

Les ombres vous entraînent vers le fond.

J'entends aboyer un chien dehors, quelque part.

Je ferme les yeux et, au lieu de l'obscurité, je vois des hormones de bouturage.

J'ai placé ce que Mai appelle mon « gland porte-bonheur » sur le carton qui nous sert de table de nuit.

J'ouvre les yeux et le fixe du regard.

Le monde des plantes constitue une pente glissante.

C'est difficile de ne s'en préoccuper qu'un tout petit peu.

# chapitre 39

C'est le week-end.

J'entre dans la salle de séjour. Affalé sur le canapé, Quang-ha passe de chaîne en chaîne comme s'il était payé au nombre de programmes qu'il peut suivre simultanément.

Son agitation correspond à une sorte de lutte intérieure.

Mais cette agitation n'est pas musculaire, elle est mentale. Je connais la différence.

Sans détacher les yeux de la télévision, il demande :

– Tu cherches quelque chose ?

J'aimerais répondre que oui, je cherche n'importe quoi pouvant rendre sa forme originale à un monde devenu plat, mais je me contente de marmonner :

– Non. Je vais me chercher un verre d'eau. La déshydratation est la cause de quatre-vingt-dix pour cent de la fatigue diurne.

Quelqu'un frappe à la porte.

C'est samedi et Pattie est au travail. Mai est sortie avec des amis. Il n'y a que Quang-ha et moi à la maison, aux Jardins de Glenwood.

Je vais ouvrir et je me retrouve face à Dell. Il s'apprête à parler, mais rien ne sort.

Je sais ce que ça fait.

Cette situation est tellement bizarre, pour tellement de raisons.

Nous vivons dans l'appartement de Dell. Et il doit frapper pour pouvoir entrer.

Jeudi, Pattie a instauré des règles de base. Elle n'est pas commode. Elle lui a carrément confisqué sa clé parce que, le deuxième jour après notre emménagement, il s'est enfermé plus d'une heure dans la salle de bains alors qu'il doit désormais utiliser celle de Sadhu.

Néanmoins, j'ouvre la porte en grand, ce qui représente un geste accueillant. Si nous étions en pleine nature, j'écarterais les feuilles de l'arbre et reculerais sur la branche.

Il fait un pas à l'intérieur.

Quang-ha crie par-dessus son épaule :

– Quoi qu'il soit arrivé, je n'y suis pour rien !

Il souffre d'un réel complexe de persécution, sans doute fondé.

Le conseiller potelé explique :

– Je n'ai pas la télévision là-bas. Toutes mes émissions me manquent.

Quang-ha répond :

– Vous pouvez la regarder avec moi, tant que vous ne faites rien de dégoûtant.

Le visage de Dell s'adoucit. Je pense qu'il aime le mot « dégoûtant ».

Je suis invisible désormais, ce qui me convient. Dell se rapproche du grand écran et demande :

– Tu regardes beaucoup de sport ?

Quang-ha n'a pas l'air de blaguer quand il répond :

– Pas si je peux éviter.

Il doit s'agir de la bonne réponse, car Dell semble soulagé lorsqu'il se laisse tomber sur le canapé.

Cela provoque un gros bruit sourd et je suis embêtée pour ceux qui vivent au-dessous de chez nous.

Je n'ai pas de frères et sœurs et mon père n'invitait jamais ses amis à venir traîner sur le canapé et discuter avec le poste de télévision.

Mais c'est ce qui se produit maintenant.

Alors c'est tout nouveau pour moi.

Dell sort un coupe-ongles de la poche de son pantalon et, tandis que Quang-ha zappe, il pose ses chaussettes et commence à se couper les ongles des pieds.

Je pense qu'il faut avoir vécu ici pour se permettre une chose pareille.


Je me retire dans les ombres de la cuisine.

Au lieu de regarder dans le vague ou de dormir, j'observe.

Depuis l'accident, je ne ressens presque rien à propos de tout, si bien qu'il est possible que cette surveillance me soit bénéfique d'un point de vue psychologique.

Même si j'en doute.

Cet adolescent et cet homme se rapprochent autant d'animaux sauvages que tout ce qu'il m'a jamais été donné de voir.

Je me rends compte que je tiens une opportunité unique

de mieux comprendre ces deux personnes. Non pas qu'elles soient très mystérieuses.

Mais je cherche à appréhender des sujets plus vastes.

Le genre humain, par exemple.

Je remarque tout de suite que Dell et Quang-ha se grattent plus que les filles.

Avachis sur leur siège, ils semblent réellement se concentrer sur le programme télévisé.

À trois reprises, j'entends ce qu'on ne peut décrire que comme «des rires agressifs».

Après le troisième éclat, ils serrent le poing et chacun cogne les phalanges de l'autre.

L'espace d'une nanoseconde, je crains que cela n'annonce un combat.

Mais c'est tout le contraire.

Ce contact phalangien symbolise un lien.

Je sais pertinemment que ces deux personnes ne s'apprécient même pas.

La télévision les rapproche-t-elle?

Pourquoi le fait de regarder des jeunes femmes déchaînées en maillot de bain qui participent à une compétition de canoë aurait-il cet effet-là?


J'exerce mon opération de surveillance depuis l'ombre du réfrigérateur ronronnant. Il s'agit d'une observation silencieuse, immobile.

Ils semblent avoir complètement oublié ma présence dans l'appartement. Leur conduite paraît tout à fait naturelle, instinctive.

Quang-ha détient la télécommande, et il change les chaînes comme une grand-mère tournerait les pages d'un catalogue de hors-bord équipés de skis nautiques.

Peu de temps est laissé à l'analyse.

Ils semblent faire la chasse à deux choses.

Ils recherchent principalement des scènes violentes. (Ils regardent avec beaucoup d'amusement le personnage masculin d'un dessin animé se faire transpercer l'œil d'un coup de pic à glace.)

Le reste du temps, on dirait qu'ils arpentent les ondes en quête de femelles séduisantes.

Quand ils trouvent l'une ou l'autre de ces choses, ils s'arrêtent pour profiter des stimuli visuels.

Ils qualifient les filles de « chaudes ».

Elles ne sont pourtant pas intouchables, à l'instar d'objets affichant réellement une température élevée.

Non.

Ils veulent dire qu'elles sont attirantes.

Dell hurle même : « Super-chaude ! »

Et j'entends Quang-ha lancer : « Bouillante ! »

Tout cela semble très inapproprié.

Il y a un langage entier à apprendre ici.

C'est toute une éducation.

Au bout d'un moment, j'en ai assez et je vais dehors.

J'ai besoin de prendre l'air.

Quand j'étais petite, à moins qu'il ne pleuve à verse, je passais toujours une partie de la journée en extérieur.

J'ai envie de m'asseoir dans mon ancien jardin qui, d'une certaine manière, ressemblait à une jungle.

Mais bien sûr, c'est impossible.

Même si cet endroit s'appelle les Jardins de Glenwood, seules des mauvaises herbes et des pierres ponces poussiéreuses habillent l'espace central découvert.

Je m'assieds sur les marches et contemple les couches de pierres, qui (de loin) évoquent des tas de pommes de terre rouges.

Je ferme les yeux et, tant qu'ils restent clos, je suis entourée de verdure. Je sens les plantes qui se balancent au vent et le sol vivant sous mes pieds.

Autrefois, j'avais une bonne connaissance des vers de terre, parce qu'un bon jardin abrite de très nombreuses formes de vie.

Au fil des ans, j'ai fabriqué mon propre papier avec de la pâte de bois, et j'ai écrasé du raisin avec mes pieds (mais il s'est avéré plus facile d'utiliser un mixeur).

Nous récoltions une grande partie de ce que je cultivais.

Maintenant, j'entends le sèche-linge qui tourne dans la buanderie. Et une radio. Je distingue malgré moi les bribes d'une publicité pour un magasin vendant des pneus au rabais.

Le type de la radio ne sait pas que j'ai perdu mes parents. Il vend juste des pneus bon marché.

La personne qui a mis les vêtements dans le sèche-linge ignore complètement que j'ai besoin d'une famille d'accueil.

Je perçois le bruit de réacteurs au-dessus de moi, et j'ouvre les yeux en levant la tête, juste à temps pour voir un avion passer très haut dans le ciel.

Je pense à ses passagers.

Je me demande qui ils sont et quelle vie ils mènent.

Regardent-ils en bas par les hublots?

Aperçoivent-ils une résidence d'une vilaine couleur rose?

Accordent-ils une pensée à ceux qui habitent là?

Sentent-ils la présence d'une fille assise sur les marches, qui essaie de comprendre le monde?

J'en doute sérieusement.

Qui veut s'apitoyer sur mon sort avec moi?


Je me lève et me dirige vers le portail de la résidence.

J'aperçois un colibri dans un callistemon planté dans l'espace séparant le trottoir de la chaussée.

Je prends une décision et remonte à l'étage.

Dell et Quang-ha lèvent à peine les yeux à mon arrivée. Ils regardent des filles jouer au beach-volley. Très attentivement.

Je vais dans la cuisine et fais bouillir un litre d'eau. Cela permet d'éliminer le chlore. Puis j'ajoute une tasse de sucre, qui se dissout facilement sous l'effet de la chaleur.

J'attends que le mélange refroidisse un peu.

C'était avec cette préparation que je nourrissais autrefois les colibris dans mon jardin.

Je verse ensuite le sirop encore tiède dans un bol et je retourne en bas. Mais d'abord, je mets mon chapeau de soleil rouge.

Dehors, je m'assieds juste à côté du callistemon en fleur.

Je trempe les doigts dans la mixture sirupeuse et je ne bouge plus du tout.

Cela prend un long moment, mais le colibri à gorge rubis

finit par descendre se nourrir au bout de mon index immobile et sucré.

Il paraît qu'il existe des concours de statues dans certains coins.

Mais je suis certaine qu'il n'y en a pas aux alentours de Bakersfield.

Je ne verrai que ce que je veux voir.

C'est peut-être comme ça que les gens traversent les crises.

Le monde dans lequel nous évoluons réside en si grande partie dans notre tête.

Si l'État de Californie me place dans un lieu isolé, sans Internet ni livres, ni légumes, dans une famille vénérant Satan en secret et ne mangeant que de la viande en boîte, alors qu'il en soit ainsi.

D'ici là, ma vie est aux Jardins de Glenwood.

Et je pense que cette résidence a besoin d'un vrai jardin.

# Chapitre 40

Cela commence, comme la plupart des choses, de la façon la plus infime qui soit.

Je prends quelques boutures.

Je ne réfléchis pas à ce que j'en ferai.

Cela se produit trois jours plus tard, alors que je sors de la voiture de Dell : l'agent de maintenance a taillé l'arbre de jade solitaire près de l'entrée principale de l'immeuble.

Quelques chutes sont restées par terre.

Je les ramasse.

Je les ramène à l'intérieur et les place dans un verre d'eau.

Une bonne lumière pénètre par les fenêtres de devant. Elles sont orientées sud.

Ma séance de conseil a lieu ce matin.

En marchant du salon de manucure jusqu'au bureau de Dell, je me rends compte que j'observe les pelouses, les arbres et les parterres de fleurs.

Jusqu'à aujourd'hui, je ne les voyais pas.

Je sais qu'il est impossible que tout ait été planté en une semaine.

Qu'ai-je regardé ces six dernières semaines ?

J'arrive dans le bureau de Dell et, comme toujours, nous faisons comme si rien n'avait changé, comme si nous ne vivions pas dans la même résidence, au même étage, dans le même quartier de Bakersfield.

Il ne nous conduit pas tous les matins au salon de manucure, Pattie et moi.

Il ne dîne pas avec nous.

Il ne passe pas des heures à regarder des émissions inconvenantes à la télé avec Quang-ha.

Je me glisse dans le fauteuil et il dit :

– Il faut que nous parlions de ton retour à l'école.

Je réponds :

– Je ne suis pas prête.

Il observe mon visage et, quelle que soit son expression, elle semble fonctionner, car il hausse les épaules et dit :

– D'accord.

Pendant tout le reste de la séance, nous nous contentons de regarder dans le vide. Et puis, juste quand il est temps que je m'en aille, il lance :

– Dis-moi une chose que je pourrais faire pour améliorer ta vie.

Je suis surprise qu'une voix s'échappe de mon corps.

– Vous pourriez m'acheter un paquet de graines de tournesol.

Il se penche vers moi.

– Pour les manger ?

Je réponds :

– Pour les planter.

Il hoche la tête. Pourtant il répète :

– Pour les planter ?

Je dis :

– Oui.


À la fin de la journée, Pattie et moi prenons le bus pour rentrer chez Dell, qui nous attend dans la salle de séjour.

Il est avec Quang-ha et la télé est allumée.

Il se lève et nous conduit dans la cuisine.

Il a éparpillé deux douzaines de sachets de graines de tournesol sur le plan de travail.

Je pourrais en faire pousser un champ entier.

Il dit :

– Je n'aurais jamais imaginé qu'il en existait autant de variétés. Comme je ne savais pas lesquelles tu voulais, je les ai toutes achetées.

Je baisse les yeux sur les sachets et vois des *Honey Bear* et des *Strawberry Blonde*. Des *Vanilla Ice* et des *Chianti Hybrid*. Des *Fantasia* et des *Tangina* et des *Del Sol*.

Il a même pris un sachet de fleurs sans pollen.

Je regarde fixement les enveloppes contenant les graines et, soudain, c'en est trop.

Des larmes s'amassent sur mes cils.

Pendant si longtemps, je n'ai pas su pleurer.

Mais je suppose qu'une fois qu'on a appris, c'est comme tout le reste : ça devient plus facile avec de la pratique.

Je sais que Dell n'est pas une personne très compétente.

Il n'est même pas particulièrement intéressant, à moins qu'on ne le juge à l'aune de ses troubles de l'organisation.

Mais jusqu'à ce jour, je ne m'étais pas rendu compte qu'il était vraiment bienveillant.

Je ne sais pas quoi dire.

Alors, je ramasse les sachets et file dans ma chambre.

Je l'entends demander à Pattie :

– J'ai fait quelque chose de mal ?

Je n'entends pas la réponse de Pattie.

Après le dîner, je vais au bout du couloir pour annoncer à Dell que je vais ouvrir certains sachets.

Il me raccompagne au numéro 28 et, avec Mai, nous dispersons des graines sur une serviette en papier humide que j'ai disposée sur une plaque de cuisson.

J'explique ensuite que je continuerai de les humidifier pendant quelques jours.

Cela facilitera le processus de germination.

Mai et Dell observent. Ils semblent très intéressés.

Je leur dis :

– Les tournesols sont indigènes aux Amériques. Ils viennent du Mexique.

Depuis l'autre pièce, une voix s'élève :

– Mon père venait du Mexique.

Quang-ha fait toujours mine de nous ignorer.

Mais apparemment, ce n'est pas le cas.

# chapítre 41

Mai ne se rappelait pas avoir jamais ressenti ça.

Cela venait peut-être du fait que son frère lui jetait moins de regards mauvais.

Ou que sa mère ne lui répétait plus de ranger ses affaires.

Assise sur son lit, elle appréciait de disposer d'une vraie pièce, avec des murs et une porte, et qui leur appartenait, à elle et Willow.

Du moins pour l'instant.

C'était peut-être grâce au gland.

Willow l'avait placé sur sa table de nuit. La petite fille commençait tout doucement à accumuler des objets. Elle avait ramassé les petites cosses en forme de perles qui tombaient des arbres dans Penfold Street.

Elle avait trouvé une plume blanche à l'arrêt de bus et un caillou tacheté dans le caniveau, devant l'immeuble.

Mai se disait que c'était un début.

Elle savait qu'à tout instant, on pouvait leur demander de faire leurs valises et de partir, mais d'ici là, elle savourerait chaque seconde de cette nouvelle vie.

Elle prenait donc de longues douches chaudes, même si c'était mauvais pour la planète de gaspiller de l'eau.

Elle arrangeait et réarrangeait ses vêtements à la moindre occasion, admirant les cintres et les étagères du placard peu profond.

Quand elle dormait, elle ouvrait les bras en grand pour qu'ils dépassent du bord du lit superposé.

Parce que maintenant, elle ne risquait plus de donner un coup dans un visage ou une claque sur une nuque.

Elle découpait des images dans les magazines et fixait sur les murs des photos de gens qu'elle ne connaissait même pas, mais qu'elle aimait bien.

Elle avait déniché une boîte de lanternes en papier rouges dans le grenier du salon. Elle avait alors acheté une guirlande de Noël lumineuse et l'avait enfilée dans les boules avant de la suspendre dans la chambre.

Cela donnait vie au plafond bas.

Et ce dont elle était certaine, c'est qu'elle n'avait plus l'impression que tout le poids du monde reposait sur ses épaules.


Dans son taxi, Jairo traversa la ville pour se rendre à la librairie de l'université.

Il patienta dans la longue file d'attente pour payer.

Les livres coûtaient cher. Surtout les manuels scolaires.

Il tenait contre sa poitrine les deux lectures requises pour le cours d'introduction à la biologie.

Les deux ouvrages étaient usagés. Tant mieux. Quelqu'un avait surligné des passages de l'un d'entre eux au marqueur jaune.

Jairo espérait qu'il s'agissait des bons passages.

La seule idée qu'il puisse y avoir des sections importantes et d'autres ne méritant pas un coup de feutre jaune lui donnait mal au ventre.

Soudain, il se sentit faiblir.

Cela faisait quatorze ans qu'il avait arrêté ses études.

Et maintenant, entouré de tous ces jeunes, il se sentait vieux.

Croulant, même.

Il avait trente-cinq ans, mais ne s'était-il pas récemment trouvé des cheveux blancs ?

Trois brins. Ils poussaient pile au sommet de son crâne, en plein milieu, jaillissant du fourré noir tels les rebelles qu'ils étaient.

Ils affichaient l'arrogance de trois hors-la-loi sûrs qu'un jour, ils conquerraient le monde, en l'occurrence sa tête.

Jairo était presque arrivé à la caisse quand il pivota sur lui-même. Il fallait qu'il remette les livres à leur place. Pour qui se prenait-il, à vouloir suivre des cours à l'université ? Pourquoi quelqu'un voudrait-il de lui comme employé dans un hôpital ? Comment allait-il financer son diplôme ?

Ce n'était qu'une grosse perte de temps.

Il repartit dans le labyrinthe des allées. Mais la grande boutique était bondée et voilà qu'il ne se rappelait plus où il les avait pris.

Et pas question qu'il s'en débarrasse sur la première étagère venue. Il ne se comporterait pas comme ces gens-là.

Du calme.

Changement de programme.

Il suffisait de les acheter. Les posséder ne signifiait pas qu'il irait en cours. Il pourrait peut-être les lire pendant son temps libre. Ne fallait-il pas qu'il attende des clients chaque jour de sa vie ?

À qui voulait-il faire croire ça ? Cela n'arriverait jamais.

Pourrait-il les offrir ? Ils étaient d'occasion, gribouillés au marqueur jaune. Tu parles d'un cadeau !

Il se balança sur les talons et s'autorisa à fermer les yeux un très bref instant.

Il avait besoin de lui parler.

Son ange.

Les manuels lui plairaient.

Ce fut en pensant à elle qu'il reprit place dans la file d'attente de la troisième caisse.


La jeune femme scanna ses articles et hésita quand il lui tendit du liquide. Lisait-il de la surprise sur son visage ? Apparemment, les gens ne payaient pas comme ça. Elle appuya sur un bouton pour ouvrir le tiroir-caisse.

Soudain, une lumière se mit à tourbillonner et une sirène retentit.

Tout le monde les dévisageait.

Lui. La caissière. La boule rouge tournoyant au-dessus d'eux.

Qu'avait-il fait ?

Alors qu'il se sentait rougir, il vit qu'une personne à l'allure officielle le pointait du doigt. La caissière lui annonça en gloussant :

– Vous êtes notre millionième client.

Il n'avait pas la moindre idée de ce dont elle parlait. Il resta interdit. Elle éclaira sa lanterne :

– Vous avez gagné ! Vous n'étiez pas au courant ?

Il fit non de la tête.

D'autres employés s'agglutinaient autour d'eux et un homme vêtu d'une veste bordeaux apparut à côté de lui. Le badge sur sa poitrine indiquait : MANAGER. Il brandit un appareil photo.

– Souriez !

Jairo s'efforça de figer sa bouche tremblante dans un semblant de sourire.

À ce moment-là, il entendit une voix s'exclamer parmi la petite assemblée :

– Il a gagné vingt mille dollars, mon pote ! Et j'étais juste derrière lui dans la file. Incroyable !

Jairo regarda autour de lui et se rendit compte que les triangles en carton suspendus au plafond claironnaient tous :

FÊTE D'ANNIVERSAIRE !
SOYEZ NOTRE MILLIONIÈME CLIENT
ET REMPORTEZ LE GROS LOT !

Une femme approcha son téléphone du visage de Jairo et demanda :

– Pouvez-vous nous dire votre nom ? Êtes-vous étudiant ? Qu'étudiez-vous à l'université de Bakersfield ?

Il comprit qu'elle l'enregistrait. Il parvint à articuler :

– Je suis un nouvel étudiant. C'est la première fois que je viens ici.

La foule poussa un grognement collectif, suivi de rires et de bavardages.

– Sa première fois ! C'est pas vrai ! J'ai dépensé une fortune ici, moi !

Alors que la femme continuait à l'interroger, Jairo prit conscience qu'il souriait tout en parlant.

Et qu'il ne pouvait plus s'arrêter.

Après avoir rempli divers formulaires – de la librairie et du gouvernement, pour les impôts – il fut officiellement pris en photo.

Brandissant cette fois un énorme chèque en carton.

Puis on lui donna le vrai.

Tout le monde se montra tellement gentil avec lui. Il reçut des tapes dans le dos et serra la main de dizaines d'étudiants. Il étreignit des gens qu'il n'avait jamais vus de sa vie.

Finalement, alors qu'il regagnait son taxi, traversant le vaste parking sous le soleil de midi, il jeta un coup d'œil à sa montre.

Il était resté presque trois heures à l'intérieur.

Mais dans sa poche arrière, plié en deux dans son porte-feuille en cuir lustré par l'usure, reposait un bout de papier équivalant à son salaire annuel de chauffeur de taxi.

Et cet argent paierait tous les cours qu'il avait jamais voulu suivre à l'université.

# Chapitre 42

Tous les week-ends, Pattie se rend sur un marché de producteurs au croisement de Golden State Avenue et de F Street. Elle aime y arriver parmi les premiers.

Aujourd'hui, Mai l'accompagne car Pattie a pris la voiture de Dell pour pouvoir faire plus d'achats, et Mai va l'aider à tout porter.

Sur le trajet du retour, elles vont me prendre deux sacs de terreau à la jardinerie.

Le meilleur moyen de faire pousser des tournesols, c'est de les planter dans le sol plutôt que dans des pots ou des jardinières. Leurs énormes racines pivotantes s'enfoncent profondément.

Mon plan consiste à les cultiver d'abord dans de petits récipients, puis à déterminer où les transplanter.

Dans le parking couvert, Dell et moi fouillons dans la grosse benne de recyclage bleue et trouvons vingt-trois récipients pouvant faire office de pots.

Nous sélectionnons un assortiment de boîtes de conserve, quelques pots en plastique (qui contenaient autrefois de la crème fermentée et du fromage à tartiner) et même quelques briques de lait.

Je ne crois pas avoir déjà vu Dell aussi heureux que quand il gratte dans cette benne.

Lorsque nous avons ce qu'il nous faut, nous allons dans la buanderie et lavons le tout dans le grand évier.

Puis Dell perce les fonds avec un couteau de cuisine, ce qui l'abîme car cet ustensile n'est pas conçu pour ça.

Cela ne semble pas le déranger.

Quand Pattie reviendra avec le terreau, nous planterons neuf types de tournesol différents.

Mais un autre événement se produit alors que nous préparons nos récipients.

Sadhu Kumar, qui loue sa chambre en trop à Dell, descend avec trois ordinateurs. Dell demande :

– Qu'est-ce que tu fabriques avec ça ?

Sadhu s'apprête à les jeter dans la grosse poubelle bleue.

– Je les mets au recyclage.

J'évalue les machines du regard. Elles ne m'ont pas l'air très vieilles. Je m'enquiers :

– Vous ne pouvez pas les réparer ?

Sadhu s'ébroue. Comme un cheval.

– C'est de la camelote. Ça ne vaut pas le coup de se fatiguer.

Je regarde les ordinateurs : deux portables et un plus gros, de bureau. Mais ils sont tous de la même marque.

Sadhu est plutôt un homme en colère. Je présume qu'il a connu beaucoup de déceptions dans sa vie. Cela peut rendre les gens amers.

Je me demande si c'est en train de m'arriver.

Il n'y a rien de pire qu'un enfant aigri. Il vaut mieux garder ça pour plus tard. Quand vous êtes vieux et que le simple fait de vous lever d'une chaise vous fait souffrir, vous tenez une bonne raison d'avoir constamment le visage pincé.

J'en prends note : je peux être triste, furieuse même, mais pas en colère permanente contre le monde entier.

Ce n'est pas la même chose.

Je lui demande :

– Alors je peux les récupérer ?

M. Amer-Aigri répond :

– Si tu veux de la camelote, prends de la camelote.

Dell Duke prend un air offensé. Il dit :

– Les déchets des uns font le bonheur des autres.

Cette pensée semble froisser encore plus Sadhu, qui s'en va.

Comme nous attendons toujours le terreau, Dell et moi transportons les trois appareils au numéro 28, où j'entreprends aussitôt de les démonter.

Je pense être capable d'en faire fonctionner un sur trois.

Il me semble possible de combiner la carte mère du premier avec les *chipsets* et les *plug-ins* des deux autres.

Je ne sais pas s'il marchera correctement, mais si c'est le cas, ce sera mon cadeau pour Dell.

Il ne le sait pas encore.

Je suis assise à la table de la cuisine, occupée à séparer le circuit périphérique, quand le téléphone de Dell Duke se met à aboyer.

Il a choisi un chien pour sonnerie.

Je trouve ça étrange pour une personne aimant les chats.

Cela m'a turlupinée pendant que nous nettoyions son appartement : je n'ai pas trouvé un seul objet indiquant que Cheddar y avait un jour vécu.

Alors que cet homme ne prenait pas la peine de jeter ses détritus.

Depuis, j'attends le bon moment pour aborder le sujet. Après qu'il a raccroché, je demande :

– Est-ce que Cheddar te manque ?

Dell semble perplexe.

– Quoi ?

Je répète :

– Est-ce que Cheddar te manque ?

Dell plisse les yeux.

– Comment ça, parce que Pattie cuisine vietnamien ?

Je ne réponds pas. Il ajoute :

– Ce qui me manque, c'est mon pain de viande.

Je préfère en rester là.


Pattie et Mai reviennent et nous sommes prêts à commencer.

Pattie dit qu'elle aimerait bien nous aider mais qu'elle teste un nouveau vernis à ongles et que ce ne serait pas lui rendre justice que de plonger les mains dans la terre.

Je suis étonnée que Quang-ha descende à la buanderie pour participer à la plantation.

Il choisit un récipient. (En plastique opaque, ayant auparavant contenu de la glace italienne importée, aromatisée à la fraise.)

Je dois bien admettre qu'à en juger par sa forme, il s'agit du pot le plus fascinant. Rectangulaire, mais doté de contours arrondis.

Quang-ha est déroutant : chaque fois que je me persuade qu'il a un petit pois à la place du cerveau, il fait preuve d'une grande perspicacité. Il a choisi le plus beau contenant pour son semis.

Tandis qu'il en arrache les étiquettes avec un soin maniaque, Mai, Dell et moi remplissons tous les autres de terre fraîche.

Quand il est enfin prêt, je lui tends la plaque de cuisson, sur laquelle sont posées les graines humides, et je dis :

– Plantes-en trois. À égale distance. Environ deux centimètres d'écart.

Peut-être qu'il ne m'a pas entendue, parce qu'il n'en prend qu'une.

Je dis :

– Prends-en trois.

Il marmonne :

– Je n'en veux qu'une.

Je n'ai envie de donner d'ordre à personne. Surtout pas à lui. Je dis :

– Ça pourrait rater. Elles ne vont rester qu'un petit moment dans ces récipients. On ne fait que commencer.

Il ne veut rien entendre. Je n'arrive pas à déchiffrer son expression, alors peut-être qu'il se moque de moi quand il répond :

– Je place tous mes rêves et mes espoirs dans cette graine. C'est ce que je désire.

Dell nous observe désormais. Il ouvre la bouche et je crois qu'il va dire quelque chose. Mais non. Mai se tourne alors vers son frère.

– On fait ça pour Willow. Arrête ton cirque. Elle veut que nous plantions trois graines.

Le regard de Quang-ha se pose sur Mai puis revient à moi.

– Celle-ci est à moi. Je ne fais pas ça pour elle.

Dell Duke se tourne vers nous.

– Vous, les filles, occupez-vous de vos pots.

Une boule se forme dans ma gorge.

Et ce n'est pas à cause de Quang-ha qui ne veut pas m'écouter, ou de Dell qui ne soutient pas mes méthodes de plantation.

Je suis émue parce qu'ils ne me traitent pas comme si je risquais d'éclater en mille morceaux.

Cela signifie peut-être que je suis sur la voie d'une nouvelle sorte de normalité.

# chapitre 43

Je peux me concentrer à nouveau.

Ne serait-ce qu'un peu.

Une routine ne tarde pas à se mettre en place.

Chaque matin, nous montons tous dans la voiture de Dell.

Nous déposons Mai et Quang-ha au lycée, puis Dell nous conduit au salon, Pattie et moi.

La plupart du temps, Mai nous y rejoint à pied après les cours et, ensemble, nous prenons le bus jusqu'aux Jardins de Glenwood.

Pattie reste plus tard, mais elle rentre pour dîner.

Mai et moi lançons le repas du soir. Autrefois, Pattie n'avait qu'à traverser la ruelle pour aller cuisiner, mais ce n'est plus le cas, et beaucoup de ses plats demandent du temps.

Cela signifie que, l'après-midi, nous nous trouvons dans la cuisine qui donne sur la salle de séjour.

Je ne peux pas m'empêcher d'observer Quang-ha et, plus tard, Dell qui revient du travail et s'installe à côté de lui, devant la télé.

J'ignore pourquoi, mais ces deux-là se comprennent.

Peut-être parce qu'ils sont tous les deux exclus de quelque chose.

Pour eux, je suis invisible, sauf quand il s'agit des devoirs de Quang-ha.

Tout a commencé quand je l'ai aidé à résoudre un problème de maths.

Je peux effectuer son travail en quelques minutes, mais je prends beaucoup plus de temps que nécessaire pour ne pas l'humilier.

Comme je sais que c'est mal, d'un point de vue moral, j'essaie de lui expliquer les concepts de base avant de lui rendre ses devoirs.

Je ne peux pas dire qu'il m'écoute très attentivement.

Sa seule activité sérieuse, à part regarder la télé, consiste à griffonner.

Il dessine des espèces de personnages de dessins animés avec de grosses têtes.

Quang-ha a plutôt une grosse tête.

Je ne suis pas sûre que ce soit lié.


Tous les jours, Dell me demande quand je prévois de retourner au collège.

J'ai envie de répondre : « Qu'est-ce que tu dirais de jamais ? »
Mais je n'en fais rien.

En général, je feins de ne pas l'avoir entendu, ou alors je marmonne quelques syllabes indistinctes.

Aujourd'hui, il ajoute :
– Tu rates beaucoup de choses, tu sais.

Je ne peux pas me retenir. Je dis :

– Cite-m'en une seule.

Il semble perplexe.

Pourtant, ce n'est pas une question piège. Je veux vraiment savoir.

Je sens que, tout en zappant, Quang-ha tend l'oreille. Il déteste le lycée. Finalement, Dell répond :

– Tu ne vas pas en cours d'EPS.

Je me contente de le dévisager.

Il a tellement de ventre qu'on dirait qu'il cache un ballon de basket sous sa chemise. Certes, il a perdu un peu de poids en un mois, mais il a encore de la marge avant de devenir un spécimen d'athlète.

Il faut croire qu'il lit dans mes pensées, parce qu'il reprend :

– Je vais me mettre à courir. Je commence demain.

Quang-ha lui décoche un regard totalement incrédule, mais c'est moi qui demande :

– Vraiment ?

Il hoche la tête. J'ajoute :

– Tu t'entraînes pour quelque chose en particulier ?

Il répond :

– Je vais rejoindre quelques équipes au printemps, et je veux être en forme.

Quang-ha glousse maintenant. Il ne rit pas. Il glousse. C'est différent. Il s'agit d'un son réprimé, aigu, avec une part d'incrédulité.

Je ne l'avais jamais entendu rigoler ainsi.

Ce doit être un son très inhabituel car, en un clin d'œil, Mai sort de la chambre et apparaît dans le couloir.

– Que se passe-t-il ?

Quang-ha essaie de répondre, mais il n'y arrive pas. Il n'est plus que gloussements.

Cette forme de rire haut perché doit être contagieuse, car Mai s'y met elle aussi. Elle regarde son frère et, quoi qu'il fasse, cela se propage.

Dell en a assez.

Il se lève du canapé et entre dans la cuisine.

Je le suis.

Nous restons plantés là. Nous entendons toujours les gloussements dans l'autre pièce. Je demande :

– Tu prévois vraiment de te mettre au jogging ?

Il bredouille une sorte de oui. Mais ensuite, il ajoute :

– Sauf que je ne vais rejoindre aucune équipe au printemps. Ça, je l'ai inventé. Je vais juste courir pour moi.

Je ne trouve pas ça bizarre puisque presque tout ce que j'entreprends vise à mon propre amusement ou à ma compréhension.

Je crois qu'avoir un public corrompt naturellement la performance.

Alors il se peut que je cherche à me justifier.

Mais je dis :

– Je pense que c'est une excellente idée.

Dell dit :

– Allons arroser les tournesols.


Le lendemain après-midi, Dell va bel et bien courir.

Il en fait des tonnes, arrivant vêtu de ce qui ressemble plus à un déguisement qu'à une tenue de sport.

Quang-ha recommence à rire bêtement.

Je parviens à dire :

– Bonne chance.

Et Dell s'en va.


Il revient en mauvais état.

Trempé de sueur et aussi rouge qu'on puisse l'être.

Et il ne s'est absenté que onze minutes.

Je ne me préoccupe plus de l'heure et je ne compte plus, mais j'ai aperçu l'horloge de la gazinière quand il a passé la porte.

Il se trouve que je regardais justement dans cette direction quand il est revenu.

Je demande :

– C'était comment ?

Il respire très, très fort. Il lève une main. C'est le signal international pour « stop ».

Je lui laisse le temps de recouvrer un schéma respiratoire plus ou moins régulier. Il finit par répondre :

– Très dur. Il est possible que je ne sois plus très en forme.

Retour des gloussements dans le canapé.


Pendant le week-end, je rédige une dissertation de cinq pages sur Mark Twain pour Quang-ha.

Il résiste beaucoup à certains aspects de l'apprentissage.

Je crois qu'il comprend une grande partie de ce qu'on lui enseigne, mais fournir le travail nécessaire à la réalisation de ses devoirs ne l'intéresse absolument pas.

Peut-être qu'il est trop fatigué à force de regarder la télé jusque très tard dans la nuit.

Je ne pense pas que Pattie se rende compte que, dès qu'elle s'endort, il rallume le poste.

Il a réussi à se dégoter un casque, dans lequel passe directement le son de la télé.

Je le sais parce que je passe une grande partie de la nuit éveillée.

Quang-ha s'est montré assez malin pour effacer le premier paragraphe du devoir sur Mark Twain et passer en revue le fichier informatique afin d'y ajouter une dizaine de fautes d'orthographe avant de l'imprimer.

Mais cela n'a pas suffi puisque, aujourd'hui, il rentre à la maison de très mauvaise humeur.

On va le retirer de son cours d'anglais habituel pour l'intégrer à un autre, plus avancé, réservé aux meilleurs élèves.

Je refuse d'en assumer la responsabilité.

# chapitre 44

Il fallait que Pattie trouve de quoi occuper Willow.

C'était le seul moyen de l'empêcher de regarder dans le vide.

Elle n'aimait pas l'expression que prenait le visage de la fillette dans ces cas-là.

Elle était tellement immobile. Comme une statue.

Ou une morte.

Elle risquait d'effrayer les clients.

Alors Pattie lui donna le bail du salon, et la petite le lut bel et bien. Elle repéra trois passages présentant des incohérences et rédigea un document dont Pattie pourrait se servir lors de son prochain rendez-vous avec le propriétaire.

Il était impossible de ne pas être impressionnée.

Quand Pattie annonça, l'air de rien, qu'elle aurait aimé avoir de la place pour une autre employée, Willow dessina un plan du salon qui optimisait la surface en déplaçant la caisse et trois des quatre tables de manucure, libérant ainsi un endroit pour un nouvel espace de pédicure.

Pattie passa immédiatement à l'action.

Et le plus fou, c'est que même après l'arrivée de la nouvelle employée, les locaux semblaient moins exigus.

Mais cette enfant était obsédée par les maladies et les infections.

Elle voyait des problèmes qui n'existaient pas et cela tapait sur les nerfs de Pattie.

Elle finit par lui demander de simplement écrire toutes ses angoisses.

Le lendemain, quand Willow lui tendit un rapport détaillé sur l'incidence des infections provoquées par les traitements de manucure et de pédicure, Pattie se mit en colère. Aucun client ne s'était jamais plaint d'un problème de santé.

Pendant tout le reste de la journée, elle l'évita et la renvoya plus tôt à l'appartement.

Mais cette nuit-là, Pattie fit un rêve.

Un cauchemar épouvantable dans lequel ses clients s'écroulaient tous la tête la première sur les tables de manucure.

Le lendemain matin, elle demanda à Willow de lui exposer la situation.

Elle décrocha un peu quand celle-ci évoqua de nouvelles bactéries résistantes aux médicaments, mais elle saisit l'essentiel.

L'après-midi même, le salon faisait l'acquisition d'un nouveau désinfectant plus puissant pour les bassines et les bacs de pédicure.

Willow insista pour que le produit ne soit jamais dilué à l'eau, ce qu'elles faisaient autrefois pour que les produits chimiques descendent bien dans les canalisations.

Ce soir-là, Pattie demanda à toutes ses employées de rester

une heure de plus pour que la fillette puisse leur faire une présentation (en vietnamien, ce qui pour cette seule raison avait de quoi impressionner).

Le lundi suivant, tous ces changements étant appliqués, Pattie autorisa Willow à afficher les dix règles d'hygiène les plus importantes que toute onglerie devrait respecter.

Pattie accrocha ce manifeste sur la vitrine et elle adopta le nouveau slogan proposé par la fillette :

PIONNIERS EN MATIÈRE D'HYGIÈNE
ET DE SÉCURITÉ DANS LE SOIN
DES ONGLES EN CALIFORNIE.

Elle n'en fut pas moins surprise quand de nouveaux clients commencèrent à faire leur apparition.

Willow l'avait pourtant prévenue.

Dell ne mangeait plus de pain de viande.

Il aurait aimé que sa mère soit encore en vie pour pouvoir lui annoncer la nouvelle. Il était certain qu'elle avait emporté dans sa tombe l'inquiétude que lui causait son addiction aux plats préparés à base de viande.

N'avait-il pas retrouvé dans son carnet d'adresses une liste rédigée quelques semaines seulement avant sa mort ?

Voici ce qu'elle disait :

1. Trouver une paire de talons hauts qui ne fait pas mal aux pieds.
2. Résilier assurance-vie.

3. Convaincre Dell d'arrêter de manger autant de viande à deux sous.

Certes, cela faisait une décennie qu'il avait découvert cette liste en pattes de mouche, mais maintenant, c'était un fait.

Son obsession pour la viande était derrière lui.

Vu qu'il ne préparait plus ses repas, il doutait de pouvoir s'en attribuer le mérite.

Mais quand même.

Il y avait eu d'autres améliorations dans sa vie.

Il possédait un nouvel ordinateur.

Techniquement, il s'agissait d'un vieil appareil, ou du moins d'une machine fabriquée avec des composants de récupération, mais il était plus rapide et efficace que tous ceux qui lui avaient jamais appartenu.

Willow l'avait fabriqué pour lui.

Il avait ramené le vieil ordinateur retapé au numéro 22, et quand Sadhu avait vu comme il fonctionnait bien, les yeux avaient failli lui sortir de la tête.

Dell en avait éprouvé de la fierté.

Il ajusta les oreillers derrière son dos et ouvrit l'appareil pour accéder à son dossier secret.

Il était tard et il n'arrivait pas à dormir.

Mais ce n'était pas, comme autrefois, à cause d'une indigestion sévère.

Comme il n'avait pas la télé dans sa chambre chez Sadhu Kumar, il fallait bien qu'il lise ou qu'il travaille.

Il cliqua sur l'écran, et le Système de conseil Dell Duke des Gens Bizarres apparut.

Il devait ajouter une nouvelle catégorie.

Ses doigts glissèrent sur le clavier et il tapa :

MUTANT

Code couleur : bleu.

Sa couleur préférée.

À côté de MUTANT, il saisit le mot : MOI.

Il referma l'ordinateur et contempla le plafond.

Il changeait. Il en était capable.

Il prit conscience que, toute sa vie, il avait été influencé par les objets qui l'entouraient.

Aujourd'hui, il vivait avec un homme revêche originaire du Pendjab. Et quand il n'était pas avec lui, il était au bout du couloir, avec la Vietnamienne de Californie.

Il s'identifiait.

Comme il avait plutôt l'habitude de s'autodétruire, cela lui faisait un drôle d'effet.

Mais il savait qu'il était différent maintenant.

Et cela ne concernait pas que les petites choses.

Bien sûr, il taillait sa barbe désormais. Il avait relevé le niveau de son hygiène personnelle dans bien des domaines.

Néanmoins, la mutation ne se situait pas là.

Elle était plus vaste que ça.

Elle venait de l'intérieur.

Parce qu'en vérité, si frustré et furieux qu'il ait été au début, il devait bien admettre qu'une fois que tout son bazar avait été jeté, et le reste de ses affaires rangé avec un minimum d'ordre, il avait commencé à se sentir plus fort.

Pattie avait pris le pouvoir dans son appartement, et elle l'avait chassé au bout du couloir, mais même là-dedans, il y avait du bon.

Pour la première fois, d'aussi loin qu'il se souvienne, il faisait partie de quelque chose.

Même si tout le monde parlait de lui dans son dos, il n'en restait pas moins un membre du groupe.

Ils jouaient tous dans la même équipe.

Pattie avait recousu tous les boutons de ses chemises et lui avait offert une pédicure gratuite au salon (avec l'une des filles en formation).

Comme il n'y était pas allé, elle l'avait grondé et incité à se couper les ongles des pieds si court que le simple fait d'enfiler ses chaussettes lui faisait mal.

Mais ensuite, elle lui avait donné un baume pour les pieds et de la poudre à répandre dans ses chaussures, et dorénavant ses orteils sentaient bon la lavande, ou un truc comme ça.

Autrefois, il puait carrément des pieds.

Et ensuite, il y avait eu le jogging.

Tout avait débuté par un mensonge. Il n'avait jamais eu l'intention de courir où que ce soit.

Et pourtant, il s'y tenait depuis deux semaines.

Tous les soirs, après le travail, il rentrait à la résidence. Il revêtait le survêtement orange qu'il possédait depuis le lycée. Il ne lui allait plus mais, avec force contorsions, il parvenait encore à enfiler le bas à condition de ne pas trop remonter la ceinture élastiquée.

Puis il réglait le chronomètre de sa montre sur vingt-deux minutes et il sortait.

Dans ses bandes dessinées, les Mutants détenaient des pouvoirs secrets.

Peut-être en possédait-il aussi, pensa-t-il.

Après tout, lui et Pattie n'avaient-ils pas réussi à prendre soin de Willow Chance ?

C'était drôlement fort, pour quelqu'un qui ne savait même pas garder une plante d'intérieur en vie.

# chapitre 45

Les tournesols pointent.

Nous avons planté les graines dans vingt-trois récipients qui envahissent presque toute la cuisine. Et tous présentent une germination.

Je ne fais pas de tableau pour en contrôler le pourcentage, parce que je ne fais plus ces choses-là.

Mais cela me traverse l'esprit, ce qui est intéressant.

Dell et Mai sont tout contents de voir les petits semis verts.

Avant que je puisse l'en empêcher, Dell se laisse aller à la sentimentalité et les arrose trop abondamment.

Quang-ha se comporte comme s'il s'en fichait complètement, même si son unique graine a germé et semble déjà plus grande que les autres.

Je trouve un croquis de son jeune plant sur un bloc-notes, près de la télé.

À en juger par sa précision, Quang-ha a dû s'en rapprocher et l'observer très attentivement.

Sur le papier, le semis pousse au sommet d'une grosse tête d'homme.

Je ne sais pas pourquoi cela me fait autant plaisir. Je demande :

– Quang-ha, tu penses que je pourrais garder ce dessin ?

Ses yeux ne quittent pas la télévision. Il émet un son que je ne peux décrire que comme une forme de grognement.

– C'est un oui ?

Il agite la main dans ma direction.

Je prends ça pour un geste affirmatif, parce qu'aucun doigt ne se tend.

J'accroche le dessin de l'homme au cerveau en germination sur le mur de ma chambre, de façon à le voir quand je me retourne dans mon lit.

Mai est aux anges, même s'il ne s'agit que d'un croquis réalisé par son frère.

Elle décore depuis qu'on a emménagé ici.


Pour l'instant, les *Helianthus annuus* sont bien dans leurs pots, mais il faudra les transplanter.

Quang-ha éclate de rire quand il m'entend employer ce terme pour désigner les tournesols.

Il en faut si peu pour amuser un adolescent.

Très bientôt, les *H. annuus* auront besoin de plus d'espace.

Je n'ai pas envie de parler de relocalisation. C'est trop pénible, à tout point de vue.

Mon assistante sociale m'a dit qu'ils recherchaient activement une personne pouvant m'accueillir.

J'ai reçu trois visites de contrôle à domicile.

Les trois se sont bien passées puisque nous vivons effectivement aux Jardins de Glenwood désormais.

Du moins, pour l'instant.

Je suis ici sur une base temporaire, mais chaque jour me donne plus de temps pour m'ajuster à ma nouvelle réalité.

Alors je dois me montrer reconnaissante.

J'y travaille.

Ce soir, Dell vient dîner et nous mangeons du *bún riêu* et du *bánh cuon*. Je crois qu'il développe un vrai goût pour cette nourriture, parce qu'il reprend des boulettes de riz.

Je picore pendant tout le repas et, quand le moment me semble opportun, je dis :

– Je veux tous vous remercier de ce que vous avez fait pour moi.

Personne ne répond.

On dirait que je viens de sortir un poisson pourri du réfrigérateur pour le poser sur la table. Mes mots sentent mauvais.

Tout le monde a l'air mal à l'aise, puis carrément gêné et, pour finir, Quang-ha se lève, prend son assiette et quitte la table.

Je sais qu'il n'a jamais été mon plus grand fan.

Mais ils ne se rendent pas compte de l'importance de ce qu'ils ont fait pour moi.

Ou alors, si, mais ils préfèrent garder ça pour eux.


Je vais me coucher tôt, mais je me réveille toutes les heures.

Au matin, je prends brusquement conscience que je me suis fait du tort en négligeant ma condition physique.

C'est une autre façon de dire que, puisque nul ne considère comme un sport le fait de rester immobile pendant des heures, je suis très limitée, sur le plan athlétique.

Je pense que s'exposer à la nouveauté ne peut que générer de l'intérêt, même quand on se sent étranger à tout, sur sa propre planète.

Cet après-midi, Dell rentre de son programme d'entraînement tout rouge et transpirant.

Il est peut-être épuisé, mais il a l'air vivant.

Cela m'intéresse.

Alors je fais un grand pas. Je dis :

– J'envisage de me mettre à courir.

Quang-ha m'entend et ses étranges gloussements refont leur apparition. Je l'ignore. Je garde les yeux rivés sur Dell, qui demande :

– Vraiment ?

Je continue :

– Ce que je voulais dire, c'est que j'aimerais commencer à m'entraîner. Et j'espérais que tu pourrais m'aider.

Quang-ha rigole franchement maintenant, et il n'essaie plus de le cacher.

Mais Mai sort de notre chambre. Elle lui décoche un regard sévère et dit :

– Moi aussi je veux participer.

Et ainsi commence notre initiation au jogging.


Il me faut des chaussures de sport.

Je ne porte que des grosses chaussures, où que j'aille, et on ne peut pas courir avec ça aux pieds. Mai a déjà des baskets dont elle se sert pour son cours de gym, au lycée.

Le lendemain, elle et moi marchons jusqu'à l'Armée du Salut.

Elle désigne trois rayons chargés de chaussures usagées, puis disparaît pour aller jeter un coup d'œil à un imperméable.

Il ne pleut vraiment pas beaucoup par ici, mais Mai prend la mode très au sérieux et elle a repéré un article de marque.

J'entreprends de fouiller dans les rayons et, à ma grande surprise, je déniche une paire de chaussures d'athlétisme qui me va bien.

L'ancienne moi aurait été obnubilée par le risque de transmission d'un trouble médical contagieux.

La nouvelle moi a été soignée dans un hôpital et a beaucoup retiré de cette expérience.

Si bien que ma seule objection, c'est que ces chaussures sont rose vif, avec des lacets violet pétant.

Quand je les enfile, j'ai l'impression d'être un flamant rose.

À l'exception de la couleur rouge, je porte toujours des tons couleur terre pour me fondre dans mon environnement. C'est important pour l'observation.

Mais je ne suis pas en position de me plaindre, alors je souris lèvres fermées et dis que les chaussures flamants roses sont top.

D'ordinaire, je n'emploie pas des mots comme « top », alors Mai va peut-être comprendre que j'ai quelques réserves.

Mais elle ne relève pas.

Nous commençons à courir demain.


De retour à la maison, je travaille avec Quang-ha sur son cours de biologie.

Je lui donne un document d'une seule page qui condense

tout ce qu'il devrait savoir pour son prochain contrôle. J'essaie d'inventer des trucs pour l'aider à mémoriser les faits.

Il est possible que je possède un don naturel pour l'enseignement.

Je ne me vante pas.

Je constate, tout simplement.

Quang-ha commence à faire preuve d'un certain degré de compréhension.

Il a tenté de me dissimuler une interrogation surprise, mais je l'ai trouvée dans son cahier.

Il a obtenu quatre-vingt-onze sur cent. Son professeur a écrit un commentaire tout en haut : « Tes efforts récents portent leurs fruits ! »

Je sais bien que la dernière chose qu'il souhaite, c'est devenir biologiste ; n'empêche qu'il est agréable de voir qu'on ne l'envoie plus au bureau pour avoir menacé de brûler quelqu'un avec l'équipement du laboratoire.

Tout cela me mène à mon propre développement.

Je vais sur Internet et conçois un plan de course. Je le montre à Mai et elle semble intéressée.

Elle dit que nous partirons dès le retour de Dell parce qu'il veut nous accompagner.

J'ai tracé une boucle d'un kilomètre et demi qui descend jusqu'à huit pâtés de maisons au sud des Jardins de Glenwood.

Ensuite, elle tourne vers l'ouest, sur trois pâtés.

Suivis de huit autres vers le nord.

Et finalement trois vers l'est.

Sur la carte, ça ne paie pas de mine.

J'ai de la chance d'être encore en vie.

Après deux pâtés de maisons, je ressens une douleur au côté gauche, j'ai l'impression qu'on m'a planté un couteau juste au-dessous de la côte 7 (les côtes ne portent pas de nom, on ne s'y réfère qu'en les numérotant de un à douze, gauches ou droites).

Mes jambes – ou plus précisément, mes mollets – me picotent et, pour une raison ou une autre, je suis à bout de forces.

Mes chevilles se pétrifient.

Autour de moi, l'air s'épaissit.

J'éprouve tellement de maux différents – rythme cardiaque rapide, tension élevée, bouche sèche, choc pulmonaire, spasme musculaire – qu'il me devient impossible de rapporter en détail le degré de mon effondrement physique.

La terrible vérité, c'est que je ne peux même pas courir sans interruption jusqu'au huitième pâté de maisons au sud (ce qui représentait le premier segment du parcours).

Au sixième pâté, je trébuche.

Je sens que je risque de perdre conscience (et il n'y a pas de table basse éléphant en métal pour amortir ma chute).

Mai pose la main sur mon bras et dit :

– Doucement. Respire, Willow.

Je sais que ça paraît fou, mais alors que je m'efforce de contrôler ma respiration sifflante, quelque chose se produit.

Mon étourdissement cède la place au bonheur d'être vivante.

Il doit s'agir d'un phénomène causé par la tension artérielle.

Dell et Mai me raccompagnent en marchant aux Jardins de Glenwood.

Je veux que l'un d'entre eux me dise que je vais m'améliorer. Mais ils se taisent.

Alors que nous pénétrons dans la résidence, j'annonce :

– Je vais réessayer demain.

Je les vois échanger un regard inquiet.

À cet instant précis, je décide que je ferai de l'exercice (en fonction du temps disponible) chaque après-midi jusqu'à la fin de ma vie.

J'ai peut-être plus l'esprit de compétition que je ne le croyais.

Je suis très endolorie à force d'avoir couru tous les jours de la semaine.

À l'exception du quatrième jour où, victime d'une espèce de rechute, j'ai dû parcourir toute la boucle en marchant, pratiquement à quatre pattes, je sais que j'ai progressé.

Néanmoins, il me semble juste d'affirmer que je ne serai jamais très douée pour le footing.

Et voici une vérité plus grande encore : je ne possède absolument aucun talent naturel quand il s'agit de bouger mon corps.

Dans ce moment de lucidité, je me rends compte que je n'ai jamais dansé.

Je sais qu'en CM1, on m'a obligée à effectuer quelques pas sur de la musique traditionnelle ; je réalise maintenant que, même pour ça, je souffrais d'un manque tragique de coordination.

C'est drôle, j'avais complètement refoulé cette expérience.

Faut-il savoir bouger ses hanches en rythme pour réussir la transition de fille de douze ans à adolescente, puis adulte?

Rien que d'y penser me fait transpirer.

C'est pour ça que courir compte pour moi.

Je pense qu'en matière d'activité physique, les efforts mis en œuvre importent plus que les résultats.

Et pas seulement parce que des professeurs de gym me l'ont affirmé autrefois.

Une nouvelle réalité émerge.

En fait, j'aime mes chaussures de flamant rose et violet.

Alors peut-être que les mouvements saccadés du jogging ébranlent mon jugement.

Même si mon programme d'entraînement ne dure que seize minutes, je me surprends à y penser quand je fais autre chose.

Je sais qu'un exercice physique intense peut changer la chimie du cerveau.

Dans ma situation actuelle, je n'en demande pas plus.

# chapitre 46

Je suis en route pour la buanderie quand je jette un coup d'œil sous le tas de roches volcaniques, dans la cour.

Je repousse une petite quantité de ces pierres rouges étonnamment sales, puis je détache un coin d'une bâche en plastique déchirée.

Comme je le soupçonnais (grâce à la présence des mauvaises herbes), il y a de la terre là-dessous.

Pendant une fraction de seconde, je m'imagine enlever les pierres et creuser une mare pour y faire pousser des nénuphars et des fleurs rouges des marais.

Je planterais des bambous du côté nord, pour qu'ils s'élèvent dans l'espace ouvert et donnent de l'ombre au toit. Soudain, je vois des plantes grimpantes et d'autres luxuriantes, toutes entremêlées, et l'atmosphère se charge de l'odeur piquante de la vie.

Mais cette vision disparaît en un instant.

Je reste plantée là à fixer du regard les cailloux rouges et les chardons.

À proximité de la bouche d'évacuation d'air du sèche-linge, un morceau de plastique sombre semble me faire signe, tel un drapeau noir.

Je monte à l'appartement pour rapporter mes trouvailles.

Dell est sur le canapé avec Quang-ha. Mai lit un livre sur son lit. Pattie travaille au salon. Je dis :

– J'ai une idée. Je veux planter les tournesols en bas.

Mai m'écoute, puisqu'elle crie depuis notre chambre :

– Où ça, en bas ?

Je poursuis sur ma lancée :

– Nous pourrions enlever le tas de roches volcaniques rouges. Il y a de la terre en dessous. J'ai vérifié. Imaginez : une cour avec des tournesols.

Dell prend aussitôt un air inquiet.

– Pas question. On ne va rien enlever du tout. C'est une banque qui possède cet endroit.

Mai entre dans la pièce.

– Les cailloux rouges sont franchement moches.

Quang-ha appuie sur un bouton de la télécommande pour monter le son.

Dell doit parler plus fort :

– Personne ne touche aux pierres rouges.

Je dis :

– Juste une partie, peut-être.

Malgré son manque d'intérêt, Quang-ha intervient :

– Mon tournesol est plus grand que les autres. Il faut le mettre en terre.

Dell agite les bras.

– On ne met rien nulle part. Ils peuvent rester où ils sont et devenir des nains. Ou ce que deviennent les trucs qui n'ont pas assez d'espace.

Mai n'apprécie pas cette intervention.

– Dans mon programme de l'après-midi pour ados « à risques », on a consacré une séance entière aux demandes de permission pour les projets communautaires.

Dell lui décoche un regard dément.

– Il ne s'agit pas d'un projet communautaire.

Mai rétorque :

– Bien sûr que si.

Il change d'argument :

– Je suis trop occupé en ce moment pour demander une quelconque autorisation à qui que ce soit.

Il est simplement assis sur le canapé, à côté de Quang-ha ; ni l'un ni l'autre ne semble jamais faire grand-chose.

Je dis alors :

– Je vais prendre l'initiative. Je peux obtenir l'accord de la banque.

Cela sort comme une menace, même si je ne l'entendais pas ainsi.

Dell n'en paraît que plus confus. Il demande :

– Comment comptes-tu t'y prendre ?

J'envoie un mail à Jairo, de Mexicano Taxi, et il répond immédiatement.

Il viendra me chercher au salon demain à dix heures du matin et me conduira à la mairie de Bakersfield.

Il me dit dans son message qu'il y a du nouveau. Il attendait que je le contacte.

Le matin venu, quand nous arrivons au travail, je me poste près de la porte d'entrée pour l'attendre. D'habitude, je reste au fond, alors le simple fait de me tenir là donne une couleur différente à cette journée.

Pattie déclare :

– Je suis contente que tu aies un projet.

Je hoche la tête.

Elle essaie toujours de me convaincre de retourner au collège sans donner l'impression qu'elle veut juste se débarrasser de moi.

La frontière est mince entre encourager quelqu'un et l'envoyer se faire voir.

Je le comprends.

Je ne lui dis pas que la perspective de quitter le salon pour un endroit inconnu me donne le vertige.

Je ne gère pas bien le changement en ce moment. Je n'arrive même pas à faire une variation dans mon petit parcours de jogging.

Hier, Mai a suggéré que nous courions dans l'autre sens.

Pour moi, il s'agit de l'idée la plus radicale du monde.

Je ne peux pas prendre le risque d'aller dans ce qui me semble être la mauvaise direction.


Jairo sort de son taxi et entre pour que Pattie puisse faire sa connaissance.

Cela ne l'enchante pas que je monte dans la voiture d'un inconnu. Je lui explique que le chauffeur de taxi et moi avons dépassé ce stade, mais je comprends son inquiétude.

Je vois que Jairo porte un T-shirt de l'université de Bakersfied. Cela me rend très heureuse.

Je ne savais pas que Pattie parlait espagnol, pourtant ils se mettent aussitôt à converser dans cette langue.

Comme je parle espagnol, je comprends ce qu'elle dit et que l'on pourrait traduire ainsi :

– Cette petite a beaucoup souffert.

Jairo réplique :

– Cette petite fille a changé ma vie.

Pattie hoche la tête, mais n'ajoute rien. Puis elle donne son numéro de portable à Jairo et lui demande d'appeler s'il y a un problème.

Je trouve ça étrange, car ce serait plutôt à moi de l'appeler en cas de problème, pas l'inverse.

Mais je regarde par la fenêtre, essayant de leur laisser un moment d'intimité.

Si on peut appeler ça comme ça.

Je me rends compte que Jairo est le premier interlocuteur que Pattie ne tente pas de mener à la baguette.

Intéressant.


Dans la voiture, en route pour la mairie, Jairo demande :

– Tu as vu ma photo aux informations ?

Ces derniers mois, je n'ai prêté attention à aucune sorte d'information.

– Non, désolée. Tout va bien ?

Jairo est tout excité maintenant. Presque nerveux. J'espère qu'il fait attention à la circulation et au code de la route. Il répond :

– J'ai gagné vingt mille dollars. Je vais m'en servir pour aller à la fac.

J'en reste bouche bée. Ça c'est une nouvelle !

Il parle sans interruption pendant tout le reste du trajet, m'assurant que je suis son ange, et je dois admettre que, au moment de sortir de son taxi, je suis vraiment contente pour lui.

Il dit qu'il m'attendra dehors, alors je lui explique que cela pourrait prendre un long moment.

Je promets de l'appeler et il finit par céder.

Je ne veux pas lui avouer que je ne suis pas son ange.

Je ne suis l'ange de personne.

En revanche, je lui dis qu'il fera selon moi un très bon technicien médical. C'est un secteur en expansion.

Jairo veut appeler Pattie pour la prévenir que je suis bien arrivée.

Je ne pense pas que ce soit nécessaire, mais je lance :

– Oui, je suis sûre qu'elle attend votre appel.

Je ne me doutais pas que cela le ferait sourire, et pourtant.


De dehors, la mairie a une allure intéressante.

En règle générale, je trouve l'architecture publique stimulante.

J'entre et me dirige vers l'accueil où j'attends que la femme derrière le comptoir termine sa conversation téléphonique. Finalement, elle raccroche et je commence ma requête :

– J'aimerais consulter les documents archivés sur les projets de construction présentés devant le conseil municipal.

Ma demande me paraissait simple. Mais manifestement, elle n'est pas du même avis. Elle dit :

– Excuse-moi ?

Je répète :

– J'aimerais consulter les documents archivés sur les projets de construction présentés devant le conseil municipal.

Elle semble toujours aussi perplexe. Elle demande :

– Quel âge as-tu ?

Je réponds :

– Douze ans.

Je vois bien que je m'apprête à subir une discrimination liée à l'âge. Apparemment, cette femme adore la répétition.

– Douze ans ?

Je répète :

– Douze ans.

Elle demande :

– Et pourquoi tu n'es pas à l'école ?

J'ai une réponse toute prête, même si elle ne correspond pas à cent pour cent à la réalité :

– Je suis scolarisée à domicile en ce moment.

J'ai envie d'ajouter que de toute évidence, je reçois une leçon de bureaucratie chaque fois qu'elle remue les lèvres, mais au lieu de ça, je dis :

– Cela m'intéresse de voir à quoi ressemble une présentation, et j'ai cru comprendre que ce type de documents relevait des archives publiques.

La femme reste méfiante. Et pas très accommodante. Elle ouvre la bouche et, cette fois, elle demande :

– Où sont tes parents ?

Tout s'arrête. J'ai le regard fixe. Mes yeux s'embuent et j'entends une voix à l'intérieur.

Je la répète à voix haute, la partageant avec le monde, dont cette femme :

– *Un monde perdu,*
   *un monde insoupçonné*
      *nous attire vers de nouveaux lieux*
   *et nulle blancheur (perdue) n'est plus blanche que*
   *le souvenir de la blancheur.*

Puis j'ajoute :

– Williams Carlos Williams. *La Descente.*

Je n'explique pas à quel point j'aime ce poème qui, selon moi, traite de la vieillesse, et non de la mort. Néanmoins, je suis aussitôt dirigée vers le bureau de la construction et de la sécurité.


Je me retrouve à parler à différentes personnes.

Pour finir, on me présente un homme affublé d'une grosse oreille droite et d'une oreille gauche presque inexistante.

À peine plus qu'un petit renflement.

Il a une cicatrice sur le cou, du côté du renflement.

Comme il ne ressemble pas à un boxeur, j'en déduis qu'il a eu un accident.

On a déjà réussi à faire pousser des oreilles humaines sur le dos de rats, puis à les greffer sur une tête humaine.

Évidemment, je n'aborde pas le sujet.

Mais ce n'est pas l'envie qui m'en manque.

L'homme au problème auriculaire entre dans une réserve

et revient avec un registre rempli des notes prises pendant les audiences.

L'espace d'un instant, je trouve cette coïncidence intéressante. Il s'agit du responsable des *audiences* et l'enveloppe extérieure de ce qui lui sert à entendre a été endommagée.

Mais cela ne vire pas à l'obsession.

Il m'observe avec beaucoup d'intensité alors que je feuillette les documents.

L'accord des élus n'est pas nécessaire pour transformer le jardin au centre de notre résidence, mais je tiens à soumettre un dossier très professionnel à la banque.

Les deux jours suivants, je passe un bon bout de temps à rédiger une proposition de jardin intérieur pour notre résidence.

J'y inclus des dessins (réalisés par Quang-ha sous ma direction, en échange de fiches de révision de biologie).

J'y inclus mes recherches sur le climat de notre région, les plantations les plus adaptées, et une étude sur les bénéfices des espaces verts dans les lieux de vie.

Je ressors aussi le permis de construire des Jardins de Glenwood pour montrer que cet espace possède un bon système d'évacuation des eaux et que, dans les plans originaux, il n'y figurait pas des cailloux, mais bien des plantes.

C'est mon premier projet depuis Avant.

Au bout de deux jours, je dispose d'un classeur grand format entier à soumettre au conseil d'administration de la banque.

Je crains d'avoir fourni trop d'informations.

Cela pourrait constituer une erreur aussi grave que d'en fournir trop peu.

Mais je ne peux pas m'empêcher d'amasser de plus en plus de documentation.

Je formule la requête au nom de Dell, puisque c'est celui qui apparaît sur le bail, et aussi parce que recevoir un plan aussi détaillé des mains d'une enfant ne manquerait pas de sonner l'alarme.

Je remets le classeur noir à Dell.

– Et voilà. Je pense que tu devrais aller à la banque Nord Sud. Demande à voir le manager. Présente-toi, et ensuite confie-le-lui.

Sans un mot, il l'ouvre et commence à le feuilleter. Il ne tarde pas à annoncer :

– Je ne peux pas faire ça.

Il referme le classeur et tente de me le rendre.

Dell Duke n'est pas une mauvaise personne. Il est simplement mauvais en tant que personne.

Et il a des problèmes avec l'autorité.

Ou, à tout le moins, il semble très facilement intimidé par quiconque en possède un peu.

Je dis :

– On ne réclame pas d'argent. On ne demande rien d'autre que la permission de retirer une verrue et de transformer un espace commun. Ce serait une amélioration.

Ces mots sont à peine sortis de ma bouche que Mai ouvre la porte d'entrée. Elle revient de chez son amie Kalina.

– Que se passe-t-il ?

Mon regard passe de Dell à elle.

– J'ai rédigé une proposition et Dell doit l'apporter à la banque Nord Sud.

Mai exerce un pouvoir fou sur les gens. Un seul mot d'elle suffit.

– Dell…

Il change de cap comme un navire dans la tempête.

– Je la déposerai demain pendant ma pause-déjeuner. Ça vous va à toutes les deux ?

Nous hochons la tête.

Depuis le canapé, Quang-ha lance :

– C'est moi qui ai fait les dessins.

Le projet jardin est engagé.

Du moins sur le papier.

# chapitre 47

Le tribunal avait fixé une nouvelle date.

Pattie tenait le document entre ses mains.

Le système était responsable des enfants jusqu'à leur dix-huitième anniversaire. Willow Chance devrait donc naviguer six ans dans ces eaux-là.

Pattie se souvint du mot que la fillette avait écrit le jour où elle avait rencontré son assistante sociale pour la première fois, au salon. Elle ne pouvait imaginer un autre enfant ayant présenté une liste aussi précise.

Willow avait un cerveau très performant. De ce côté-là, pas de doute.

Alors qu'allait faire le monde d'une fillette de douze ans sans famille ni réseau d'amis proches ? Quels choix s'offraient à elle ?

Dans la grande enveloppe envoyée par l'assistante sociale, Pattie trouva également la brochure du prochain Salon de l'adoption sponsorisé par l'État.

De ce qu'elle en voyait, ce processus ressemblait à du *speed-dating*.

Les salons se déroulaient dans un parc. Les parents potentiels s'y mêlaient à des enfants venus par cars entiers, accompagnés de travailleurs sociaux.

On servait des hot dogs et des hamburgers. On organisait généralement une partie de softball. Le but, c'était de rester naturel et de donner à tous l'opportunité d'apprendre à se connaître.

À en croire les statistiques de la dernière page de cette brochure informative, des rencontres se faisaient. Et bien sûr, parfois elles portaient leurs fruits.

Pattie aurait juré que les tout-petits, surtout les plus mignons, accaparaient toute l'attention, puisqu'on ne voyait qu'eux sur les photos.

Les enfants plus âgés, même les plus extravertis qui tentaient de se vendre, finissaient sans doute comme les serpents dans le zoo des enfants. Les gens préféraient probablement garder leurs distances.

Il était difficile de se représenter Willow Chance dans un tel contexte, mais peut-être qu'elle défierait le sort.

N'était-ce pas ce qu'elle avait fait toute sa vie ?


Mai aimait faire du shopping. Si bien que même l'excursion hebdomadaire de sa mère au marché de producteurs représentait une opportunité de flâner parmi les produits.

Pattie achetait toujours des pattes de poulet à l'homme qui vendait des œufs bio. Il les gardait pour elle dans une glacière à part. Elle se servait de ces pattes jaunes pour confectionner une soupe délicieuse, Mai devait bien l'admettre, mais qui était encore meilleure quand on ne voyait pas les ingrédients.

Tandis que sa mère suivait sa liste de courses, Mai s'aventura dans les allées du parking transformé en marché, examinant le miel bio et les navets violets.

Willow lui avait dit qu'autrefois, elle faisait pousser tout ce qu'on vendait ici dans son propre jardin.

Mai regarda les laitues et les pommes de terre, les oignons et les choux rouges.

Cela ne semblait pas possible.

Mais Willow ne mentait pas.

Sur aucun sujet.

Tout au bout de la dernière allée, un homme jouait du banjo. Mai se rapprocha pour mieux l'entendre.

Le soleil brillait, mais sans la chaleur exténuante de l'été ou de la fin du printemps. L'air conservait encore de la fraîcheur.

Mai s'assit au bord du trottoir et écouta.

Elle imagina malgré elle que les cordes pincées jouaient leurs notes pour des poulets dansants.

Mais alors, dans cette vision onirique, les volailles furent soudain privées de leurs pattes.

Elle se leva.

En prise à une panique grandissante, elle se tourna dans toutes les directions, cherchant sa mère du regard.

Ce n'était pas seulement l'idée des volailles amputées qui causait sa détresse; sur presque tous les étals, elle voyait maintenant des bacs de tournesols à vendre.

Elle ne les avait pas remarqués auparavant.

Chaque fleur contenait son propre potentiel unique.

Willow lui avait confié que, s'ils ne les mettaient pas bientôt en terre, leurs petits plants de tournesol deviendraient tout rabougris.

Elle avait dit qu'ils avaient besoin d'un véritable système racinaire pour se réaliser pleinement.

« N'est-ce pas notre cas à tous ? » pensa Mai en se précipitant vers sa mère, qu'elle apercevait au loin.

« N'est-ce pas notre cas à tous ? »

# chapitre 48

Grande nouvelle.

Mon classeur a eu l'effet escompté, et la banque a donné à Dell Duke le feu vert pour entamer la conversion du jardin.

Mais la lettre (qui vient du bureau du premier vice-président) ne se cantonne pas à la permission légale d'enlever la couche de pierres.

À la banque Nord Sud, quelqu'un suit le dossier de près, car, comme le dit la lettre :

*Qu'un locataire prenne l'initiative d'embellir la propriété témoigne de son engagement aux valeurs qui nous tiennent à cœur, chez Nord Sud.*

*Jamais, dans toute l'histoire de la banque, nous n'avons étudié une proposition aussi approfondie.*

*Ainsi, monsieur Duke, en plus de vous accorder la permission de planter un jardin dans l'atrium découvert central, nous avons décidé de vous demander de devenir le représentant d'immeuble des Jardins de Glenwood.*

Je ne pense pas qu'on avait jamais demandé à Dell de représenter quoi que ce soit.

On dirait qu'il vient de gagner à la loterie.

C'est une combinaison étrange d'excitation sauvage et de peur intense.

J'en viens à m'interroger sur ses parents.

Peut-être que, tout petit, ils l'ont enfermé pendant de longues périodes dans une remise à bois, sous un climat froid.

On croirait qu'il vient juste d'être libéré.

En le regardant lire cette lettre à voix haute pour la sixième fois, je me rends compte qu'il est plus ou moins en train de sangloter.

Je l'assure que devenir représentant d'immeuble est un grand honneur qu'il mérite amplement.

À peine ai-je dit ça qu'il file dans le parking couvert pour accrocher un panneau devant la meilleure place.

On peut lire :

RÉSERVÉ AU REPRÉSENTANT
DE L'IMMEUBLE
DELL DUKE : APPARTEMENT 28

Je suppose qu'il ne saisit tout simplement pas ce que rendre service signifie.

Maintenant que nous avons obtenu la permission, nous pouvons passer à l'exécution.

C'est samedi, et nous sommes tous là, à part Pattie qui a plus de clients le week-end.

Je demande à Quang-ha comment il nous suggérerait d'ôter les pierres rouges. Je crois secrètement qu'il pourrait avoir envie de s'impliquer là-dedans.

Cela ne l'intéresse pas le moins du monde.

Mais apparemment, il a retenu quelque chose de *Tom Sawyer*, même s'il n'a ni lu l'ouvrage ni écrit le devoir sur Mark Twain.

Il se contente de dire :

– Donnez-les. Les gens adorent tout ce qu'ils pensent être gratuit.

Cette déclaration me frappe par sa justesse.

Je vais au bout du couloir pour discuter de cette idée avec Dell. Sadhu est là, dans le salon.

Il est beaucoup plus gentil avec moi depuis que j'ai fabriqué un ordinateur pour Dell. Il m'a même demandé mon opinion sur quelques questions techniques.

Et j'ai le droit de lui emprunter son pistolet à souder quinze watts.

Quand j'explique à Dell que j'envisage de donner les pierres, Sadhu dit :

– Passe une annonce sur Internet. Elles vont partir en un clin d'œil.


Je poste une offre pour des pierres volcaniques rouges gratuites pour aménagement paysager.

Je précise que si vous pouvez venir les chercher, vous pouvez les emporter.

7 minutes plus tard seulement, je reçois une première réponse.

Apparemment, Quang-ha avait raison.

L'idée d'obtenir quelque chose sans contrepartie séduit viscéralement les gens.

Même si rien n'est jamais gratuit.

Le fardeau de la possession fait que tout a un prix.

À mon avis, c'est la raison pour laquelle, sur la plupart des photos, les gens très riches et célèbres ont l'air aussi sombres et accablés.

Ils savent qu'ils doivent rester sur leurs gardes. Ils possèdent des choses que les autres désirent.

J'ai dit dans l'annonce que le premier arrivé serait le premier servi.

J'ai à peine le temps de comprendre ce qui se passe que quatre personnes sont déjà en train de se battre pour le lot.

Ces fanas de pierres de lave m'effraient.

Dell ayant été nommé représentant de l'immeuble, je le force à descendre régler le problème.

J'ignore ce qu'il dit, mais Mai et moi entendons toutes sortes de cris.

Le plus important, c'est qu'en deux heures tout a disparu, y compris la bâche en plastique noir déchirée.

J'avais spécifié qu'elle aussi était gratuite.

Nous descendons tous (même Quang-ha veut jeter un coup d'œil) et nous regardons fixement le sol tout juste révélé.

Il ne reste que de la terre tassée. Même pas marron. D'un gris poussiéreux.

Peut-être qu'avant de partir, l'équipe de construction de

l'immeuble y a balancé quelques sacs de ciment qui leur restaient sur les bras.

Je suppose que tout le monde pense la même chose mais, comme toujours, c'est Quang-ha qui dit à voix haute ce que les autres pensent tout bas :

– Rien ne poussera ici.

Pattie vient de rentrer du travail et semble encore plus éreintée que d'habitude. Elle se plante à côté de nous et contemple le grand rectangle de rien. Finalement, elle lâche :

– Cet espace paraît beaucoup plus vaste sans les pierres.

Dell en rajoute une couche :

– Et ce projet s'annonce beaucoup plus vaste que ce qu'on pensait.

Pattie soupire et s'engage dans l'escalier.

– Comme la plupart des choses.

Je ne veux pas me laisser aller au désespoir, mais il est possible qu'ils parlent de moi, et non de cette hideuse zone mise à nu qui constitue désormais la pièce centrale de notre cour.

Mai pose la main sur mon épaule.

– Allons manger. Tout paraît toujours mieux à la lumière du jour.


C'est encore pire en plein soleil.

Je descends de bonne heure et il n'y a que moi et la terre dont la surface, je m'en rends compte maintenant, est graveleuse, comme si quelqu'un avait répandu du gros sel de mer sur une biscotte grise.

Même si je persuadais tous les habitants de l'immeuble de se joindre à moi avec des outils de jardinage, je ne pense pas qu'on y arriverait.

Et puis, je n'ai aperçu que de rares résidents. Et ils n'avaient pas l'air de gens qui accepteraient de manier la pioche.

Un sol normal se compose d'un formidable mélange de fragments de roche, d'eau, d'air, d'insectes, et même de bactéries et de champignons.

Tout y est nécessaire.

Je me rappelle la première fois que j'ai observé au microscope une pincée de terre prélevée dans mon propre jardin.

Ç'a été un choc.

Soudain, en regardant cet espace découvert, je sais ce qu'il faut faire.

Labourer en profondeur ne présente d'intérêt que lorsqu'on se retrouve confronté à un sol comme celui des Jardins de Glenwood.

Les circonstances exigent du gros outillage.

Il faut louer un motoculteur.

Je ne peux pas le faire moi-même, pour toutes sortes de raisons, la moindre n'étant pas qu'il faut avoir dix-huit ans pour utiliser cet équipement en toute légalité.

Je remonte à l'appartement et, quand Mai se réveille, je lui expose la situation.

Elle semble n'avoir aucune idée de ce dont je parle, même quand je précise qu'un motoculteur est un engin muni de lames acérées qui fendent mécaniquement le sol.

Mais elle doit bien comprendre un peu, puisqu'elle demande :

– Alors il nous faut un adulte, une carte de crédit et une voiture ?

Dell ne veut pas être mêlé à ça.

Mai s'escrime à le convaincre, mais c'est le résident de l'appartement numéro 11 qui fait la différence.

Un type du nom d'Otto Sayas (je donnerais tout pour que mon nom forme un palindrome) frappe à la porte.

Il veut savoir ce qu'on compte faire avec la « grosse plaque de terre dans la cour ».

Otto Sayas n'a pas l'air très content, car son appartement donne directement sur le site du futur jardin.

Je déduis de son attitude que la couche de pierres rouges et de mauvaises herbes ne lui posait aucun problème.

En tant que représentant de l'immeuble, Dell doit lui parler. Je l'entends expliquer :

– On va mettre des plantes partout. Vous verrez. Nous sommes au beau milieu du projet.

J'aperçois Otto Sayas, qui fait toujours les gros yeux. Il aboie :

– Rien ne poussera jamais là-dedans !

C'est alors que la magie opère : Dell se rengorge et rétorque :

– C'est ce qu'on va voir !

# chapitre 49

Un motoculteur, c'est comme un marteau-piqueur, mais pour la terre. Et nous en obtenons un le samedi.

Quang-ha ne vient pas avec nous au magasin de location *Sam's U-Rent,* parce qu'il va au bowling.

Je ne savais pas du tout qu'il y jouait.

Mais c'est peut-être toujours comme ça, avec le bowling. On en fait et puis on laisse ça derrière soi.

Je pense que Dell aurait préféré l'accompagner.

Mais il a accepté de nous aider.

Il faut beaucoup de force dans le haut du corps pour se servir de la machine que nous louons, surtout quand elle s'attaque à un sol dur.

Si bien que seul Dell peut le faire.

Il est bien empâté au niveau de la taille, et son gros ventre vibre comme si on l'avait mis dans une machine à mélanger la peinture.

La bonne nouvelle, c'est que la terre compacte se fait vraiment retourner.

La mauvaise, c'est que Dell aura probablement si mal qu'il ne pourra pas marcher pendant une semaine.

En bas, dans le futur jardin, j'inspecte le sol fraîchement labouré.

Au dîner, je partage la bonne nouvelle :

– J'ai analysé le sol. Et il est neutre. Un parfait pH 7.

Mai, Pattie et Dell relèvent le nez de leur assiette. Quang-ha continue à charger sa fourchette.

Les plantes (comme les gens) s'épanouissent dans un environnement équilibré.

Si bien qu'en cas de sol trop acide, ou aigre, si l'on préfère, il faut augmenter le facteur pH.

En ajoutant de la chaux, par exemple.

Pour un sol trop alcalin, ou trop sucré, si l'on préfère, il faut ajouter du soufre.

J'explique cela, mais je vois bien que cette discussion n'envoûte pas mes colocataires.

Dell demande :

– Tu as goûté la terre pour le savoir ?

Je n'arrive pas à déterminer s'il plaisante ou pas, mais en tout cas, cela fait rire Quang-ha.

Je me rends compte que chaque fois qu'il rit, c'est un soulagement.

Comme un barrage qui se rompt.

Pattie dit :

– C'est super, Willow.

Quang-ha marmonne alors :

– Ce que l'on mesure réellement, ce sont les ions d'hydrogène.

Il semble aussi surpris que moi par sa propre déclaration.

Il ajoute de la sauce piquante sur son porc, l'air coupable, comme si c'était un crime d'apprendre quelque chose en cours de science.

Silence à table.

Mai dit ensuite :

– Et le 7, c'est ton chiffre préféré, Willow.

Je ne précise pas que je ne compte plus de 7 en 7, mais que j'apprécie toujours la beauté de ce chiffre.

Je pense que tout le monde s'impliquera plus demain, quand nous nous attaquerons aux plantations.

Et je me surprends à attendre ça avec impatience.


Il y a eu un facteur X.

Une influence invisible, ou inconnue.

Quand nous sommes allés nous coucher, un vaste rectangle de terre tout juste labourée et bien équilibrée nous attendait dans la cour de notre résidence.

C'était un objet de beauté.

Du moins pour moi.

Mais un vent de Santa Ana s'est levé au beau milieu de la nuit. Ça arrive par ici.

Dans certaines conditions, un courant d'air sec est propulsé des montagnes vers le littoral.

Nous nous réveillons dans un bol de poussière.

Je n'ai jamais vu pareille saleté.

Les murs et les fenêtres des appartements du rez-de-chaussée ont été tapissés d'une couche de terre.

Je descends et reste bouche bée.

On dirait qu'une tornade de crasse a frappé les lieux.

Après que j'ai montré les dégâts à Dell, il boite jusqu'au parking et arrache la pancarte marquant la place du représentant d'immeuble. Il ne veut pas qu'on sache où il habite.

Il souffre tellement à cause du motoculteur qu'il peut à peine se déplacer.

À moins qu'il ne soit juste bouleversé par les dommages causés par la terre.

Il s'enroule dans une couverture, s'allonge sur le sol de son appartement et ferme les yeux. On dirait une momie.

J'aimerais le prendre en photo, mais je juge que ce n'est pas opportun.

Mai a un plan.

Elle installe un grand panneau en bas. On peut lire :

CHANTIER EN COURS
VEUILLEZ EXCUSER TOUTE GÊNE
OCCASIONNÉE.

J'ai le sentiment que nous devrions prévenir Dell de nos manigances, mais Mai me dit de le laisser tranquille.

Elle convainc ensuite sa mère de conduire la voiture de Dell jusqu'au *Sam's U-Rent*, où nous rendons le motoculteur et louons un pulvérisateur à haute puissance.

Mai et Dell abordent chaque aspect de la vie d'une manière différente.

Mai incarne le pragmatisme dans toute sa splendeur. Elle doit tenir ça de sa mère.

Les pulvérisateurs à haute puissance sont puissants.

D'où le nom.

Je n'en avais jamais vu de près avant aujourd'hui, alors c'est tout nouveau pour moi.

De retour aux Jardins de Glenwood, Mai monte enfiler son nouvel imperméable (usagé) de marque.

Elle l'a acheté quand j'ai choisi mes chaussures de course et, sur le coup, j'ai pensé que c'était de l'argent gaspillé.

Maintenant, je regrette de ne pas en avoir un.

Quang-ha nous rejoint alors que nous nous apprêtons à commencer.

Il semble intéressé, peut-être parce que l'équipement de location ressemble à une mitrailleuse.


Quang-ha veut essayer le jet à haute pression.

Il démarre la machine et la tient comme s'il s'agissait d'un pistolet mitrailleur. Il faut beaucoup de force pour contrôler le jet.

Une rivière de crasse se met à couler.

Je regarde la scène de loin, et il me faut un moment pour me rendre compte qu'un autre phénomène est en train de se produire, en plus du nettoyage.

La peinture rose se détache elle aussi.

Tout comme le crépi bosselé.

Tout cela illustre la théorie de la connexité.

Pas d'un point de vue mathématique, mais dans le monde réel.

Le fait d'enlever les pierres de lave et le fond en plastique noir a révélé de la terre tassée.

Quand celle-ci a été labourée et que le vent en a soufflé une partie sur les murs, le pulvérisateur à haute puissance est entré en action, et cela a déclenché la chute de l'horrible peinture rose souillée.

Ce qui apparaît en dessous, c'est un gris doux, naturel.

Mais maintenant, nous devons passer toute la résidence au jet pour harmoniser l'ensemble.

Ou alors tout repeindre.

La connexité.

Une chose en entraîne une autre.

Souvent d'une manière inattendue.

# chapitre 50

Nous alternons.

Quand le jet est réglé sur la puissance minimale, j'arrive même à me débrouiller.

Quang-ha vient à bout d'un énorme pan de mur, imaginant, je suppose, qu'il évolue dans un jeu vidéo.

Je prends mon tour, mais niveau productivité, je suis nulle.

J'ai tellement de mal à maîtriser le jet que je peux à peine bouger.

Je suis la plus petite, mais je donne tout ce que j'ai. Je suis quasiment sûre que, sans mon jogging quotidien, je n'aurais pas tenu debout plus d'une minute.

Nous devons faire très attention, parce que l'eau sale coule sur les fenêtres. Alors, après avoir nettoyé une zone, nous devons laver les vitres. Mais pour ça, on ne peut pas se servir du jet.

Nous sommes tous à l'œuvre, même Dell, lorsque le taxi de Jairo se gare dans la rue.

Je le vois discuter un moment avec Pattie sur le trottoir.

Bizarrement, il ne me paraît pas étrange que tout son siège

arrière soit justement rempli de chiffons et de trois raclettes à vitre.

Jairo trouve une échelle coulissante dans le parking couvert et se charge du problème des fenêtres.


Il fait nuit et nous y sommes encore.

Même Quang-ha n'a pas abandonné.

Nous nous asseyons à tour de rôle sur des caisses à bouteilles de lait et dirigeons les faisceaux de lampes torches sur le bâtiment.

Un homme sort et nous pensons qu'il va nous hurler dessus, mais il se montre aimable et nous offre à chacun un bonbon à la menthe. Il fait même don d'un poinsettia pour le jardin, quand nous serons prêts à planter. Il l'a depuis presque un an et n'en revient pas d'avoir réussi à le garder en vie.

Nous avons maintenant terminé les murs de la cour intérieure, et nous nous attaquons aux murs extérieurs.

Nous orientons l'écoulement à l'aide de balais, ce qui, en soi, représente déjà beaucoup de travail.

Un ruisseau marron rosâtre chargé de morceaux de crépi s'échappe des zones aspergées.

Celui qui ne tient pas la lampe torche repousse l'eau dans les bouches d'égout.

Cela fait des heures que Jairo lave les vitres.

Ayant remporté le titre de meilleur pulvérisateur, Quang-ha a pris le contrôle de l'engin.

Lui seul le manie comme un athlète.

Puisque je ne l'ai jamais vu faire de sport, et que sa pratique du bowling me laisse sceptique, cela me surprend.

L'endurance physique est un composant du leadership, même dans le monde moderne, où il n'est plus nécessaire de pouvoir harnacher un bœuf.

Parce qu'en être capable reste impressionnant.


Comme il se fait vraiment tard, Dell récupère l'une de ses anciennes chaises de jardin sur le balcon du premier étage.

Il commence à se détendre.

Ou alors, les décontractants musculaires que lui a donnés Pattie commencent à agir.

Les gens semblent maintenant penser que ce jardin est une bonne idée. À moins qu'ils ne soient simplement ravis qu'on fasse leurs vitres.

Le ciel est parsemé d'étoiles.

De plus d'étoiles que je me rappelle en avoir jamais vu, or je passe beaucoup de temps la tête renversée, la nuit, à étudier les constellations.

Quang-ha a plus ri au cours de ces dix dernières heures qu'au cours des dix dernières semaines.

Tout lui paraît drôle désormais.

Je n'ai compris que récemment à quel point les émotions pouvaient être contagieuses.

Maintenant, je sais pourquoi les comédiens tiennent un rôle important dans une culture.

Assise sur une caisse à bouteilles de lait, au beau milieu de la nuit, tout en illuminant avec une lampe torche ce qui, à ce stade, ressemble plutôt à un projet de décapage, je ris aussi.

Sans raison particulière.

Et alors, je prends conscience que je ris parce que je ris.

Il est plus de trois heures du matin.

Jairo est parti. Pattie est allée se coucher après son départ. Mai ne peut apparemment pas s'arrêter d'écarter l'eau sale du bâtiment avec un balai.

Dell est toujours dehors, mais il dort depuis une heure sur sa chaise de jardin. Quand il a commencé à avoir froid, il est entré dans un sac-poubelle noir dont il a transpercé le fond avec ses pieds ; maintenant, il me fait penser à un raisin sec parlant que j'ai vu un jour dans une pub à la télé.

Il y a quelques heures, un type de l'immeuble d'en face nous a demandé d'arrêter la machine, mais Quang-ha l'a ignoré.

Finalement, celui-ci nous donne le signal et Mai coupe le moteur.

Nous reculons tous les trois et pointons nos lampes torches sur la résidence pour admirer le résultat de nos travaux.

Plusieurs couches ont été enlevées.

De la saleté.

Et de la peinture rose.

Et du crépi grumeleux comme une peau d'acnéique.

Toute la surface de la structure est lisse, pure.

Toutes les fissures ont disparu. Ainsi que les zones dégarnies, là où le crépi s'était effrité.

Le design singulier du bâtiment, avec ses hautes fenêtres et sa forme de cube massif, apparaît désormais futuriste et novateur.

Du moins, à mes yeux.

Et on peut affirmer sans exagérer que les Jardins de

Glenwood sont la résidence la plus propre de tout Bakers-field.

Pendant trois jours, nous avons tous du mal à bouger les bras.

Nous nous déplaçons comme des soldats en plastique, les membres fermement attachés à nos flancs.

La nuit, je descends arroser la terre pour l'empêcher de s'envoler à nouveau.

Et je prépare le sol. J'ajoute de l'engrais à libération lente, en granulés, que Dell a acheté pour moi au magasin de bricolage *Home Depot*.

En milieu de semaine, nous sommes prêts à passer à l'étape suivante.

Nous disposons de plus de quatre douzaines de tournesols, dans vingt-trois récipients, d'un poinsettia en petite forme et de sacs de paillis à étaler.

Dès que nous les mettrons en terre, les tournesols devraient décoller.

Ils plongeront leurs racines jusqu'à un mètre quatre-vingts de profondeur. Dans les prochaines semaines, leur tige unique produira un bourgeon terminal.

Je sais comment tout cela fonctionne.

Au bout d'un mois, une fois qu'ils auront pris jusqu'à deux mètres quarante de hauteur, le disque large et plat qui constitue la fleur se déploiera.

Pendant une semaine, ce sera la floraison.

Les abeilles viendront polliniser les nombreux fleurons qui composent ce que nous prenons pour une fleur unique (mais qui correspond en réalité à un rassemblement de très, très nombreuses petites fleurs).

Une semaine plus tard, à la fin de la floraison, ces fleurons se transformeront en graines et mûriront.

Toute l'énergie se concentrera sur cette nouvelle génération.

La plante aura donné naissance au futur, et sa vie sera terminée.

C'est ainsi que cela fonctionne. Qu'il s'agisse des bactéries dans l'évier ou des drosophiles encerclant la coupe de bananes. Nous suivons tous le même schéma.

Mais si les gens voyaient les choses telles qu'elles sont réellement, qui sait s'ils continueraient de se lever le matin ?

J'aurai bientôt un jardin recouvert de tournesols, mais d'ici cinq semaines, il faudra le replanter.

Et moi aussi.

La prochaine fois, il faudra mettre en terre une espèce plus permanente.

Pour l'instant, je suis un tournesol.

Temporaire, mais m'attachant au sol sous mes pieds.

Comme toujours, le jardin me met au défi d'examiner ma propre situation.

Mon audience au tribunal aura lieu le mois prochain.

Je serai prête. Je ne sais pas exactement à quoi.

Mais c'est peut-être justement ce qu'être prêt signifie.

# chapitre 51

Dell s'engagea dans le parking.

Il n'y avait pas de place pour lui, pour sa voiture, pour son corps désormais toujours endolori à cause de l'exercice.

Après en avoir fait le tour, frustré, il s'aligna devant le seul emplacement disponible.

Un emplacement minuscule, coincé entre un minibus du district scolaire et le grillage qui encerclait toute l'enceinte.

Il appuya sur l'accélérateur, résolu à s'y glisser tout doucement.

Au lieu de ça, son pied dérapa.

Tous les poils de son corps se dressèrent au son du métal crissant sur le métal, alors que le piquet de clôture creusait un sillon sur tout le côté droit de son véhicule.

Dell coupa le moteur en hurlant, jurant et tapant du poing (ce qui lui fit mal parce qu'il avait frappé le tableau de bord plutôt que la garniture).

Il se surprit à penser à Willow. Elle l'aurait prévenu que la place était trop étroite. Elle aurait calculé la masse ou la distance ou un autre truc du genre.

Il la chassa de ses pensées et ouvrit la portière.

Et se trouva confronté à une autre dure réalité.

Même s'il avait presque arraché le piquet de clôture côté passager, la voiture était si proche du minibus qu'il doutait de pouvoir sortir.

Il allait devoir trouver une solution.

N'était-ce pas ce que la vie lui enseignait ces derniers temps ?

Il serra les dents et sortit sa jambe puis sa hanche gauches.

Mais son ventre, même rentré et en biais, posait vraiment problème.

Croisant les doigts, il relâcha sa bedaine, qui se mit à pousser dans tous les sens ; le bord de sa portière s'enfonça en plein dans le flanc du minibus.

Encore le son du métal sur du métal.

Les yeux écarquillés, il contempla les dégâts.

C'était du carton, cette carrosserie !

Il claqua la portière et détala de la scène du crime, fuyant tout ce métal rayé.

Mais, alors qu'il se frayait un chemin entre les rangées de voitures, une masse sombre sauta de derrière un pneu et se faufila entre ses jambes flageolantes.

Il sentit que de la fourrure effleurait ses chevilles et il poussa un cri perçant, tel un enfant effarouché.

Soudain, des têtes apparurent aux fenêtres du bâtiment bas en briques abritant la plupart des bureaux de l'administration.

Il se laissa tomber sur l'asphalte pour échapper aux regards curieux de ses collègues.

Ce qui lui permit d'examiner de plus près la créature autrefois connue sous le nom de Cheddar.

Le chat était maigre et galeux, l'une de ses oreilles avait perdu tous ses poils et il manquait un bout à sa queue maintenant tordue.

Mais l'animal n'était pas seulement estropié et sale, il était affolé et désespéré.

Il fit le gros dos et, s'efforçant de paraître féroce, montra ses crocs pointus tandis que ses yeux vert pâle prenaient une teinte jade foncé.

Un frisson parcourut la colonne de Dell.

Il avait adopté Cheddar, puis il l'avait laissé se débrouiller tout seul dans un parking.

Il n'avait même pas tenté de le secourir.

Alors qu'il regardait droit dans les yeux du félin effrayé, il eut un déclic.

Il fallait qu'il assume la responsabilité de ses actes.

Il allait commencer par ce chat.


Dell saisit Cheddar par la peau du cou et fut surpris de voir à quel point il était facile de le maîtriser.

Cheddar n'avait rien d'un chat sauvage.

Il avait été élevé au contact d'une main humaine, et il semblait tout à fait ravi de retrouver la compagnie d'un homme et un accès potentiel à de la nourriture en boîte.

Dell traversa le parking en sens inverse et parvint à rentrer dans son véhicule avec l'animal.

Celui-ci sauta aussitôt à l'arrière et se faufila sous le siège tandis que Dell démarrait.

Il entendit un son nouveau. Bas, mais distinct.

Le chat ronronnait sous son siège.

Dell effectua une marche arrière et cette fois-ci, curieusement, le piquet de clôture ne toucha même pas son véhicule.

Dell déposa Cheddar chez un vétérinaire, sur Central Avenue, en lui laissant pour instructions de lui donner un bain antipuce et de lui faire passer un examen complet. Il reviendrait chercher l'animal en fin de journée.

Puis il retourna aux bureaux du district scolaire et, cette fois, il se gara dans la rue et marcha sur deux pâtés de maisons.

Ensuite, il se dirigea directement vers les bureaux de l'administration, où il signala les dommages causés au minibus.

Il s'avéra que le district scolaire possédait une assurance et la femme lui dit de ne pas s'inquiéter.

Il rejoignit son bureau d'une démarche sautillante.

Peut-être était-ce dû au footing. Il avait perdu plus de six kilos.

Ou alors, c'était de savoir qu'il avait bien agi vis-à-vis de Cheddar.

# chapitre 52

Le chat est revenu.

C'est une grande nouvelle par ici.

Du moins, pour moi.

Sadhu étant allergique, Cheddar va vivre avec nous au numéro 28.

Pour l'instant.

Et ça se passe bien parce qu'il a développé une certaine obsession pour moi, ou du moins un grand intérêt, ce qui, dans le monde des félins, équivaut à une conduite obsessionnelle.

Il dort sur ma couchette du lit Semper Fi, blotti contre mon ventre.

Sa respiration devient sifflante quand il s'endort profondément.

Le matin, quand je me lève tôt pour aller aux toilettes, je le vois remuer sa queue tordue dans son sommeil.

Ses pattes tressautent.

Il court.

J'aimerais voir ses rêves.

L'après-midi, il attend sur le rebord de la fenêtre que je rentre du salon de manucure.

Enfin, peut-être qu'il admire simplement la vue. Mais à sa posture, on le croirait vraiment dans l'expectative.

Je garde mes économies dans une boîte en métal sous mon lit.

Chaque semaine, j'essaie de contribuer au coût de la nourriture (je vois ça comme de l'argent de poche à l'envers), mais Pattie refuse mon argent.

Je tente de convaincre Dell d'en accepter un peu et il dit non lui aussi. Son « non » n'est pas aussi ferme que celui de Pattie, mais je comprends le message.

C'est donc la première fois aujourd'hui que je dépense un peu de mes liquidités.

Je me rends à l'animalerie de la 7e rue.

Je choisis un collier de sécurité antifugue pour chat, couleur citron vert. Il est très réfléchissant et luit dans le noir.

Je paie deux dollars supplémentaires pour faire graver « Cheddar » sur le plastique flexible. J'ajoute le numéro de téléphone de Pattie – et non celui de Dell – en cas d'urgence.

J'insiste aussi pour que le collier soit muni d'une clochette. Les chats dans la nature provoquent une telle destruction parmi la population d'oiseaux.

Cependant, je crois que si la décision lui revenait, Cheddar ne remettrait plus jamais une patte sur autre chose que de la moquette.

J'ai déjà laissé la porte entrouverte et il ne manifeste pas la moindre velléité d'explorer ne serait-ce que le couloir de notre bâtiment.

De retour à l'appartement, je l'équipe de son nouveau collier et Quang-ha se plaint de ce qu'il appelle « ce tintement agaçant ».

Mais même lui doit admettre que ce chat (avec son oreille pelée et sa queue de travers) est stimulant, à sa manière.

Désormais, lors de ma séance hebdomadaire, Dell et moi parlons de choses pratiques.

J'ai deux sujets d'inquiétude.

Je m'angoisse évidemment à l'idée de devoir trouver un tuteur légal.

Et je pense constamment à ce que je devrai faire une fois que les tournesols seront fanés.

Les plantes ont poussé ces dernières semaines et elles ont éclos.

La plus grande est celle de Quang-ha. Elle a dépassé les deux mètres. Je pense que les résidents de l'immeuble ont vraiment apprécié le spectacle.

Certaines personnes se sont plaintes des abeilles.

Mais c'est impossible de satisfaire tout le monde.

Les fleurs entament maintenant leur phase de déclin. Je dois réfléchir à ce qu'il faudra entreprendre quand on les aura enlevées.

Si on coupe un morceau d'une plante bien établie – une plante adulte, que l'on peut considérer comme le parent – et si on en prend soin, il grandira.

On appelle ça une bouture.

Je ne dispose pas de réelles ressources (à proprement parler, puisque mes économies ne s'élèvent pas à grand-chose) pour aménager la grande zone labourée dans la cour.

J'ai dit à la banque que nous avions un plan, présenté dans les dessins que nous avons fournis.

Mais c'était hypothétique.

Or, il s'agit de la réalité.

Je vais devoir prélever de la vie tout autour de moi, dans Bakersfield, et me servir de ce que je pourrai trouver pour réaliser ce jardin.

Je commence petit.

Un panier.

Des ciseaux.

Des serviettes en papier mouillées (pour que les fragments restent humides).

Je place quelques petites boutures dans des verres d'eau, près de la fenêtre, pour qu'elles prennent racine.

Il faut que je voie plus grand.

Samedi, Dell me conduit à la jardinerie *Southside* et nous achetons des hormones de bouturage et trois grands sacs de terreau.

Là-bas, je vois Henry E. Pollack. C'est le gérant du magasin.

Je le connais depuis que je suis toute petite.

Lui et mon père discutaient football américain et il nous a accordé des réductions pendant des années.

J'ai examiné des infestations de champignons et d'insectes pour lui, dans le passé.

Et je lui ai donné des conseils pour greffer des branches sur des arbres fruitiers.

Je suis au fond du magasin, en train de jeter un coup d'œil à leurs nouveaux *Pittosporum tenuifolium*, lorsque j'aperçois Dell et Henry qui discutent dans un coin.

Ça m'a l'air sérieux, ce qui me rend nerveuse.

Dans la voiture, je demande à Dell de quoi ils parlaient à voix basse, et il répond :

– Henry voulait savoir comment tu allais.

Cela gêne les gens de poser cette question à un enfant. Alors ils interrogent les adultes.

Sauf que ceux-là n'ont souvent pas la moindre idée de la réponse.

Je regarde par la fenêtre toutes les plantes qui poussent dans les jardins des autres, et je me perds dans cette contemplation.

Mais plus tard, au feu rouge, je dis :

– J'essaie de ne pas établir de racines permanentes. C'est probablement ce que tu devrais répondre aux personnes comme Henry.

Sur le canapé, Quang-ha regarde une émission sur un type qui conduit une décapotable à travers tout le pays en mangeant des cheeseburgers au bacon.

Mai feuillette un magazine pour passionnés de maillots de bain.

Dell taille sa barbe dans un sac en papier (pour éviter que ses poils ne volent partout dans la pièce).

Cheddar dort.

Pattie est au travail.

Il lui arrive plus souvent de rentrer tard. Ça m'inquiète, mais elle n'aime pas que quiconque l'interroge sur son emploi du temps.

J'entre dans la salle de séjour et j'explique mon idée, qui consiste à parcourir la ville en voiture et à prélever des petites boutures sur les plantes intéressantes.

Quang-ha ne me regarde pas, mais demande tout de même :

– Ce serait du vol ?

J'y vois un signe d'encouragement. Au moins, j'ai capté son attention.

– C'est une question intéressante. Si nous pénétrions dans une propriété privée, nous serions en infraction. C'est contraire à la loi.

Il marmonne alors des paroles inintelligibles.

Je continue donc :

– Les plantes appartiennent à quelqu'un. Mais si elles débordent sur le trottoir ? Si nous nous trouvons dans un espace public, comme un parc, une bibliothèque ou un bâtiment officiel ?

Sans quitter la télévision des yeux, il rétorque :

– Et si tu te décalais sur la gauche ? Tu caches une partie de la télé.

Je fais un pas sur le côté.

Silence.

Rien que la télévision et le bruit de Dell qui s'échine à tailler ses poils faciaux incroyablement rêches.

Alors, Quang-ha reprend :

– Tu n'as qu'à te servir dans les poubelles vertes des gens. Tout le travail aura déjà été fait pour toi.

Je le regarde maintenant avec admiration.

Sa mère est la travailleuse la plus acharnée que j'ai jamais rencontrée. Et elle a transmis à son fils une qualité unique : il envisage le travail d'une manière différente.

Si une tâche ne l'intéresse pas, il fera n'importe quoi pour s'en décharger.

En toute sincérité, je lui dis :

– Quang-ha, il se pourrait que tu aies une carrière toute tracée dans le management.

Comme pour enfoncer le clou, il répond :

– S'il y a des barres glacées au congélateur, j'en prendrai une.

Il n'y a jamais eu de barres glacées au congélateur, mais j'en achèterai à la première occasion.

# chapitre 53

Les 17 jours suivants, Mai, Dell et moi devenons experts en poubelles vertes de jardin.

Dans notre ville, les déchets sont triés ainsi : poubelles bleues pour le recyclage, vertes pour tout ce qui vient du jardin, et noir pour tout le reste.

Première observation : les réceptacles verts ne contiennent pas toujours que de l'herbe coupée et des fleurs mortes.

J'y ai trouvé des spaghettis. Et toutes sortes de choses nauséabondes.

Certaines donnant franchement la chair de poule.

Néanmoins, dans leur majorité, les habitants de Bakersfield, Californie, respectent les règles s'appliquant aux détritus, c'est-à-dire qu'ils jettent leurs déchets de jardin au bon endroit.

Et ces trucs sont presque tous vivants.

Pattie ne veut plus de bacs ou de pots dans l'appartement. Elle a été très claire. Et Dell n'a que sa chambre au bout du couloir, où Sadhu a établi des règles strictes.

Une fois de plus, la solution vient de Quang-ha.

– Emportez tout sur le toit. Personne n'y va jamais.

Il n'y est pas retourné depuis que nous avons disposé le verre cassé sur la lucarne, mais il n'a manifestement pas oublié les dimensions de cet espace à l'air libre.

Si bien que des pots et des jardinières recouvrent désormais toute la surface plane.

Entre l'hormone de bouturage, l'exposition en plein soleil et tout l'arrosage, je monte une minijardinerie.

Et alors, nous perdons presque toutes les plantes.

Une fine pluie tombe et un certain S. Godchaux, appartement numéro 21, se plaint d'une petite fuite dans le plafond de sa salle de bains.

Il appelle la banque, qui n'avertit pas le représentant de l'immeuble. Elle avertit son réparateur.

Pattie et moi sommes au salon et, bien sûr, quand j'apprends la nouvelle, c'est déjà trop tard.

Un couvreur vient et ne pige rien aux pots contenant les boutures.

Pour lui, ce n'est qu'un gros bazar qui l'empêche de goudronner cette zone.

Il rappelle la banque et, apparemment, un dénommé Chad Dewey lui dit qu'il ne devrait rien y avoir là-haut.

Alors les ouvriers rassemblent toutes les plantes qui poussent là (ou du moins qui tentent de prendre racine), et les déposent en bas, dans la benne.

Je découvre la scène de crime en rentrant à la maison.

La ville a ramassé les poubelles aujourd'hui.

Je dois reconstituer la séquence d'événements et, quand

j'apprends le fin mot de l'histoire, j'y vois non seulement un échec, mais un signe.

Je ne vais pas rester beaucoup plus longtemps aux Jardins de Glenwood.

On me placera très bientôt dans une famille d'accueil.

On me renverra au collège.

Ce qui se passe ici va se terminer.

Du moins pour moi.

Le lendemain, lorsque je vais voir Dell pour ma séance, je lui dis :

– Je ne peux pas retourner dans le passé. Le jardin dans la cour ne sera jamais comme celui que j'avais chez moi.

Dell se contente de hocher la tête. Et de transpirer.

Plus tard, je le vois remettre une enveloppe à Mai quand il vient dîner. Et quand je vais me coucher, je trouve le mot sous mon oreiller. Je lis :

Willow,
Quand ils te trouveront un foyer (et ce sera un endroit super, et qui te conviendra, je le sais), je veux que tu essaies de prendre Cheddar avec toi. J'appellerai Lenore pour lui dire que ce chat est un chien thérapeutique.
Amicalement,

Dell Duke

Il a écrit que le chat était un chien thérapeutique.

J'apprécie son soutien, mais j'espère sincèrement que ce n'est pas lui qui mène la barque.

Deux jours s'écoulent et, au lieu de prendre le bus pour rentrer du salon à la maison, je me rends à la jardinerie *Southside.*

Je trouve Henry et je lui parle des tournesols et des boutures perdues, et je lui demande conseil.

Il doit aller dans la réserve parce qu'un camion décharge une livraison.

J'attends.

Il y a des boîtes de coccinelles à vendre sur le comptoir et je décide d'en acheter une.

D'ordinaire, elles sont orange foncé, mais comme je regarde à travers le filet qui recouvre la boîte cartonnée, je me rends compte que les petits insectes évoluant parmi les copeaux de bois arborent une couleur rouge vif.

Je sais ce que dirait Pattie.

Porte-bonheur.

Et elle aurait raison parce que seulement quelques minutes plus tard, Henry revient et m'annonce qu'il va m'aider. Il s'arrêtera à la résidence après le travail et jettera un coup d'œil à ce que j'ai entrepris.

Je me sens soulagée.

Ce qui me fait bizarre.

Je rentre à pied aux Jardins de Glenwood et j'essaie de me déplacer avec beaucoup de précautions, parce que je ne veux pas secouer les coccinelles.

Quand je passe la porte, Quang-ha, installé comme à son habitude sur le canapé, remarque la boîte dans mes mains et demande :

– Tu as rapporté quelque chose à manger ?

Je réponds.

– J'ai rapporté des insectes.

Mais je souris et je n'en prends conscience qu'en apercevant mon reflet dans le miroir.

Cela me surprend.

J'ai l'air différente quand je souris.

C'est peut-être le cas de tout le monde.


Je ne vais pas au salon ce matin.

Je reste à l'appartement pour attendre la livraison de plantes.

Henry est passé hier. Il a dit qu'il m'apporterait quelque chose.

Mais ce n'est pas la camionnette ordinaire de la jardinerie qui arrive à 10 h 07.

C'est un gros camion. Avec chariot élévateur à l'arrière. Une camionnette suit avec quatre employés.

Je sors dans la rue au moment où Henry et son cousin Phil abaissent le hayon.

Dans le camion, j'aperçois un gros carton de bambous, transporté sur le flanc. Debout, il mesurerait plus de six mètres.

Il y a d'autres plantes à l'intérieur.

Un phormium à feuilles roses.

Un assortiment de plantes à fleurs rampantes (qui grimperont jusqu'au premier étage le long des poteaux en métal).

Des plantes couvre-sol.

Même un cerisier de trois ans d'âge.

Je suis bouleversée.

Mais je n'ai pas le temps d'exprimer ce sentiment parce qu'il y a beaucoup à faire.

Les quatre employés coupent les tournesols.

Ç'aurait été triste, sauf que ça ne l'est plus.

Nous décidons de pendre leurs longues tiges au balcon du premier étage. Les grosses fleurs ont la taille de têtes humaines. Les pétales jaune vif ont séché et le centre a noirci.

Henry a de la ficelle verte et c'est moi qui me charge de ce projet pendant que, dans la cour, ses employés creusent un énorme trou, parce que ces bambous, c'est du sérieux.

Alors que j'attache les tiges des tournesols à la balustrade, Henry vient me dire que tout est cadeau.

J'essaie de le remercier, mais les mots restent coincés dans ma gorge.

J'ai la bouche ouverte, comme un poisson hors de l'eau. On ne voit pas l'hameçon, il doit être dans ma joue.

Ou peut-être dans mon cœur, parce que j'ai l'impression qu'on me l'arrache.

Henry passe un bras autour de mes épaules et chuchote :
– Je t'en prie.


Il nous faut presque quatre heures pour tout planter.

Mais la journée n'est pas terminée.

Une autre surprise m'attend : Lorenzo, qui travaille chez *Bakersfield Electric*, apporte un jeu de lumières à énergie solaire qui, la nuit, projettera des rayons dans le ciel étoilé, à travers les feuillages.

Je n'en espérais vraiment pas tant.

Lorenzo dit que les types de la jardinerie l'ont appelé. Il m'explique le principe de ce qu'il appelle la «banque de faveurs».

Je n'en avais jamais entendu parler, mais je me dis qu'à ce stade, je dois avoir ouvert un compte auprès de nombreuses personnes.

Je regarde Lorenzo installer l'appareillage, mais je n'arrive pas à me retenir et je finis par déplacer les lumières pour qu'elles se trouvent pile à l'endroit qui convient, selon moi.

J'explique que j'aime envisager l'espace en termes de triangles, et il m'écoute un moment avant de rire.

Quand nous avons terminé, il me donne sa carte en disant qu'il veut me parler d'un gros projet d'éclairage auquel il a soumissionné, pour le nouveau centre commercial.

Je réponds que je serais ravie d'examiner ses dessins de conception.

Cela peut faire partie de ma banque de faveurs.


Après son départ, j'arrose tout avec le tuyau que Henry m'a laissé.

Je finis tout juste quand Mai apparaît sur le trottoir.

Je franchis le portail pour aller à sa rencontre, puis je la précède dans la cour, et je regrette que Henry, Phil, Lorenzo et les autres ne soient pas restés.

Ils méritent de voir l'expression de son visage.


Nous nous asseyons dans l'escalier pour regarder les gens qui rentrent chez eux.

À peu près tout le monde est stupéfait.

Je décide de ne pas aller courir mon kilomètre et demi, si bien que je suis là quand Quang-ha arrive.

Il ne dit pas un mot.

J'attends. Toujours silencieux, il s'assied à côté de moi.

Encore du silence.

Puis il se tourne vers moi et dit :

– Je ne veux pas savoir comment tu as fait. Je préfère croire que tu es une magicienne.

À ces mots – peut-être parce qu'ils viennent d'un garçon plus âgé que moi, et qui n'était pas franchement emballé à l'idée que je m'installe avec eux – je sens quelque chose se déverser sur moi.

Je pense qu'il s'agit d'un sentiment d'acceptation.

Nous sommes tous les trois sur les marches quand Dell sort du parking couvert.

Je suppose qu'il était au courant. Il dit que Henry l'avait appelé. Je n'en reviens pas qu'il ait réussi à garder un secret.

Dell est très, très content quand il voit les plantes.

Mai appelle sa mère avec le téléphone portable de Dell pour lui demander de rentrer plus tôt. Elle veut que Pattie puisse contempler le jardin à la lumière du jour.

Pattie arrive juste au moment où l'horizon vire au violet.

Elle lève les yeux sur le ciel qui s'assombrit, parsemé de traînées colorées.

Elle dit :

– Désormais, les Jardins de Glenwood portent bien leur nom.

Nous montons tous ensemble à l'appartement et je prends Cheddar dans mes bras avant d'aller m'étendre sur mon lit.

Je suis épuisée.

Cheddar aussi, je pense, mais comme roupiller correspond à son réglage par défaut, je ne peux pas l'affirmer.

Je m'endors alors que je n'ai pas dîné et qu'il fait à peine nuit. Je suis réveillée par le son de la télévision et l'odeur du pop-corn.

Quang-ha apparaît dans l'embrasure de la porte et dit :

– Dell a remis le panneau de représentant d'immeuble devant la meilleure place de parking.

Nous nous dévisageons.

Nous rions, mais sans un bruit, avec nos yeux.

# chapitre 54

Dell alla relever le courrier.

Comme il ne recevait que des mauvaises nouvelles, il pouvait parfois s'écouler plusieurs jours avant qu'il ne sorte la petite clé étrangement coupante de la boîte métallique située près du portail.

La boîte aux lettres débordait.

Comme toujours, il s'agissait d'un mélange de factures en retard et de prospectus imprimés à l'encre bon marché qui déteignait sur ses doigts.

Mais aujourd'hui, ce n'était pas tout.

Il tenait entre ses mains une lettre adressée à Pattie Nguyen.

Or elle ne recevait pas son courrier ici. Il lut l'adresse de l'expéditeur.

DÉPARTEMENT DES SERVICES DE L'ENFANCE
DU COMTÉ DE KERN.

Et soudain, il eut la nausée.

Il transpirait et la tête lui tournait.

Il fallait peut-être qu'il parte.

Il pourrait prendre la route et ne jamais revenir.

Au moins, il n'aurait pas à s'inquiéter pour le chat. Il ne pouvait imaginer un monde dans lequel Willow ne trouverait pas un foyer pour cette boule de poils.

Dell remit la lettre à Pattie. Et ensuite, il fila directement dans sa chambre, au bout du couloir.

Maintenant, il était au lit avec son ordinateur ouvert. Il fixait du regard le site Internet des services de l'enfance du comté de Kern.

En Californie, une personne pouvait obtenir la garde temporaire d'un pupille de l'État pendant quelques semaines ou, dans des circonstances spéciales, pendant plusieurs mois.

Mais ensuite, on recherchait un placement permanent. En espérant qu'un tuteur se porterait volontaire.

Dell sentit tressaillir sa jambe gauche.

Et soudain, elle fit un mouvement brusque et spontané, comme pour taper dans un ballon de foot.

Depuis qu'il s'était mis au jogging, ses membres semblaient fonctionner indépendamment du reste de son corps.

Maintenant, même lorsqu'il était allongé, on aurait dit que ses pieds essayaient d'avancer.

Était-il possible qu'il devienne le tuteur d'une fille de douze ans ?

Quand bien même il en aurait eu envie (et ce n'était pas le cas, pas vrai ?), il avait des dettes, peu de sécurité de l'emploi, et il ne pensait jamais à faire tamponner la carte de fidélité du petit café où il achetait parfois une tasse de breuvage chaud le matin.

Mais les choses n'avaient-elles pas changé ?

N'avait-il pas été nommé représentant de l'immeuble des Jardins de Glenwood ?

Ne conduisait-il pas et n'allait-il pas chercher tous les jours les gamins Nguyen au lycée ?

En plus, non seulement il avait réussi à garder son job, mais il y faisait peut-être même des progrès.

N'était-ce pas lui qui avait supervisé la plus grande transformation jamais subie par la résidence ?

Bon, d'accord, il ne l'avait peut-être pas supervisée, mais au moins, il avait participé. Et il avait bel et bien manié le motoculteur.

Il referma son ordinateur portable.

Mais ses jambes continuèrent à tressauter.


Personne ne savait qu'ils étaient devenus proches.

Et maintenant, c'était à Jairo que Pattie avait besoin de parler en priorité.

Son téléphone portable sonnait, mais il ne répondait pas. Elle savait qu'il ne pouvait pas décrocher quand il conduisait.

Mais il le ferait. Il la rappellerait et, ensemble, ils décideraient de la marche à suivre.

C'était le mois de décembre, et la chaleur brutale, seule constante réelle pendant des mois, avait finalement cédé la semaine précédente. Comme si quelqu'un avait appuyé sur un interrupteur pour changer de saison.

D'un seul coup, les nuits s'étaient rafraîchies et les ventilateurs et autres climatiseurs avaient enfin été retirés pour quatre mois d'hibernation électronique.

Pattie quitta ses chaussures trop serrées (elle avait l'impression que ses pieds grandissaient) et fixa du regard la lettre de l'État de Californie.

Il était question de l'audience pour la garde de Willow.

Elle avait déjà été repoussée deux fois.

Désormais, c'était pour de vrai.

Il fallait prendre une décision.

Elle plia la lettre en deux et se promit qu'elle agirait pour le mieux.

# Chapitre 55

Alors que nous nous couchons dans nos lits superposés, j'explique à Mai que tout le jardin est en état de choc, comme toujours quand on met pour la première fois une plante dans un sol nouveau.

Je sais d'expérience que certaines se porteront bien et que d'autres se flétriront.

Seul le temps exposera ces différences.

L'équilibre représente un facteur crucial dans la nature.

Le lendemain, je ressens toujours les effets du triomphe du jardin quand j'apprends la nouvelle.

Je n'aime pas Lenore Cole de Jamison, mais en toute impartialité, j'admets que j'aurais du mal à élaborer des arguments démontrant qu'elle ne fait pas son travail.

Elle m'a trouvé un foyer.

Permanent.

Elle passe au salon pour me l'annoncer en personne. Elle me demande ensuite si j'ai besoin de quoi que ce soit.

Nous discutons sur le parking, mais Pattie doit être au courant.

Cela fait presque trois mois que j'habite avec eux.

Cela a toujours été temporaire.

Pattie ne me connaissait même pas avant qu'un fourgon de fournitures médicales ne grille un feu rouge.

Je mesure mieux que quiconque tout ce qu'elle a fait pour moi.

Voilà les faits.

On va me placer dans une famille accueillant plusieurs enfants sur la 7$^e$ rue.

Comme par hasard. Pas sur la huitième ou sur la neuvième.

Lenore dit que j'ai le droit de pleurer.

Je lui réponds que je vais bien.

J'ajoute que j'aimerais aller à la bibliothèque, et elle se propose de m'y emmener.

J'aimerais être entourée de livres.


Quand Lenore et moi sommes prêtes à partir, Pattie m'informe que Dell viendra me chercher après le travail.

Je n'aurai pas à prendre le bus.

Je la remercie et nous nous dirigeons vers la voiture de Lenore.

Je me sens hébétée.

Mais j'avance.

C'est la formulation qu'emploie Lenore quand nous montons dans son véhicule. Voici ses mots exacts :

– Il est temps d'avancer.

C'est le genre de truc que je pourrais entendre dans la queue d'une cafétéria, à l'heure du déjeuner, après avoir passé trop de temps à fixer du regard un mystérieux plat de nouilles.

Et puis elle ajoute :

– Les transitions sont importantes. Nous voulons que, demain, tu passes la matinée à Jamison, avant l'audience de l'après-midi.

Alors, c'est ça, aller de l'avant.

Cela signifie que ça va arriver tout de suite.

Cela me surprend.

Je pensais qu'elle voulait dire dans cinq jours, ou dans deux semaines.

Pas demain.

En tant que professionnelle, elle doit avoir une certaine expérience de ces situations-là.

Elle estime sans doute qu'il vaut mieux arracher le pansement d'un seul coup.

Ça fait moins mal parce qu'une grande partie de la douleur réside dans son anticipation.

Alors c'est peut-être pour ça qu'elle ne m'en a pas parlé avant.

Je lui dis au revoir et entre dans la bibliothèque.

Une fois à l'intérieur, je pose les mains contre mon visage.

Je respire trop vite. Mais je ne pleure pas.

Je pense à Mai et Quang-ha et Pattie et Dell.

On va m'éloigner de ces gens.

Et je ne pense pas pouvoir vivre sans eux désormais.


Je file directement dans mon coin préféré, à l'étage, près de la fenêtre.

Cette zone est inondée de lumière.

Je prends un livre d'astrophysique. Il y a longtemps que je n'ai pas réfléchi à de grands concepts.

Peut-être me suis-je trop concentrée sur des petits riens. Mon esprit s'est attaché à des détails.

Lire un ouvrage sur les galaxies et le rayonnement cosmique m'aide à respirer plus facilement.

Je mets en perspective ma place dans l'univers.

Je suis de la poussière d'étoiles.

Je suis marron doré.

Je ne suis qu'une petite particule dans une vaste étendue.


Le moment venu, je sors m'asseoir sur les marches.

Je pense aux Nguyen.

Quitteront-ils les Jardins de Glenwood ? Dell retournera-t-il au numéro 28 ? Peut-être pourront-ils louer un autre appartement de la résidence.

Mai ne se languira pas seulement de moi ; les lits superposés et le placard vont vraiment lui manquer.

Et Cheddar ?

S'ils restent, je pourrai lui rendre visite le week-end.

Je pourrais toujours donner un coup de main dans le jardin.

Je pourrais y aller à pied, ou même appeler Jairo pour qu'il me dépose en taxi.

Je pourrais courir plus longtemps et tracer une nouvelle boucle qui me ferait passer par les Jardins de Glenwood.


Soudain, Dell apparaît.

Je ne l'avais pas vu venir. S'est-il approché furtivement ou bien est-ce moi qui ne remarque plus rien maintenant ?

Il s'assied à côté de moi.

Mais il ne dit rien.

Puis il baisse la tête entre ses genoux et se met à pleurer.

On dirait qu'il s'étouffe.

Comme je suis tout près de lui, je fais ce que ma mère aurait fait.

Je passe le bras autour de ses épaules et je murmure doucement :

– Je vais bien. Ça va aller.

Et cela l'anéantit complètement.

Ses sanglots redoublent d'intensité.

Il lève le visage et me regarde. Mon bras enlace toujours son dos voûté.

Mais je vois quelque chose dans ses yeux.

Il a le cœur brisé.

Je connais ce regard.

# chapitre 56

Pattie ferma le salon plus tôt et prit le bus pour rentrer à la maison.

Le temps était nuageux et le vent soufflait fort dans la vallée. Il y avait de la poussière et du sable dans l'air, et ses dents crissaient quand elles se touchaient.

Elle en sentait le goût quand elle avalait.

Elle passa la porte de l'appartement et vit Quang-ha qui faisait ses devoirs, à table.

Il ne faisait jamais ses devoirs à table.

Il regardait toujours la télé.

Mais il releva à peine les yeux quand elle entra.

Il ne dit pas un mot.

Pattie remarqua que le pied de son fils bougeait de façon convulsive. D'avant en arrière. Il ne tremblait pas, mais il n'en était pas loin.

Elle jeta un coup d'œil dans le couloir.

Mai était dans sa chambre, sur son lit. Elle avait le visage tourné vers le mur et serrait le chat contre sa poitrine.

Alors ils savaient.

Pattie parcourut le couloir et se posta dans l'embrasure de la porte.

– On va trouver une solution.

Elle s'approcha du lit et posa la main sur les cheveux soyeux de sa fille.

– C'est temporaire.

Soudain, la voix de Quang-ha se fit entendre. Il parlait très fort.

– Tu dis toujours ça. Temporaire. Eh bien, tu sais quoi ? Si tu fais quelque chose suffisamment longtemps, tu ne peux plus utiliser ce mot.

Pattie retourna dans la salle de séjour et se planta devant son fils. Mai apparut derrière elle.

Quang-ha les regarda toutes les deux avec de grands yeux pleins de défi.

Mais quand il prit la parole, ce fut avec une voix de petit garçon, et non d'adolescent.

– On ne devrait pas la laisser partir.

Pattie l'enlaça et ils restèrent ainsi un long moment.

Mai les rejoignit et s'appuya contre eux.

Dehors, les rafales reprirent de plus belle. Une fenêtre était ouverte dans la cuisine et ils entendirent quelque chose. Un son différent, nouveau, qui venait s'ajouter au bruit de la rue et des voisins.

Les bambous de leur nouveau jardin.

Ils entendaient le bruissement d'un millier de feuilles.


Dell se réveilla au beau milieu de la nuit.

Il tenta de se rendormir, mais il se tourna et se retourna

tant de fois qu'il finit par avoir l'impression de faire de l'exercice.

À 2 h 47, il était épuisé mais parfaitement réveillé, alors il se leva.

Gardant son pantalon de jogging en coton et son T-shirt, il enfila ses chaussures et un coupe-vent.

Puis il descendit dans la cour.

Il faisait froid et il distingua le nuage de son souffle alors qu'il se dirigeait vers le tuyau vert enroulé.

Debout, à la lueur de l'éclipse de lune partielle, il regarda l'eau jaillir en flots gris métallisé.

Et même s'il était gelé, il prit son temps pour arroser le nouveau jardin de Willow.

Les tiges entrelacées du chèvrefeuille le dépassaient désormais et, en les contemplant, il se rendit compte que l'un des bourgeons commençait à s'ouvrir.

Il savait avec certitude que ce serait magnifique.

# chapitre 57

J'ouvre les yeux. J'entends la respiration douce de Mai dans sa couchette, au-dessus de moi, mais à part ça l'appartement baigne dans le silence.

C'est inhabituel. Le monde de Pattie Nguyen est toujours bruyant.

On y prépare des repas, on y lave la vaisselle, on y passe l'aspirateur ou l'on y fait couler la douche.

Mais pas maintenant.

Parce qu'il est vraiment tôt.

Hier soir, Dell m'a emmenée dîner *Aux Joyeux Légumes*, un restaurant végétarien.

Il essayait de me remonter le moral.

Il m'a dit qu'ils s'efforçaient de trouver un arrangement.

Quand nous sommes rentrés aux Jardins de Glenwood, j'ai fait de mon mieux pour prendre un air joyeux.

Je regarde le réveil. Il est 4 h 27.

Quang-ha dort sur le canapé.

Dans la salle de séjour, les stores des deux fenêtres donnant sur la rue sont baissés.

La pleine lune flotte juste au-dessus de la lucarne et sa lueur projette de petites ombres sur la moquette.

Autrefois, je voyais de l'espoir dans ces formes.

Maintenant, elles m'évoquent des taches.

Je prends mon oreiller et ma couverture polaire et je vais m'asseoir dans la salle de bains.

Quelques minutes plus tard, Cheddar entre furtivement. Il se blottit sur le rebord de la couverture et s'endort contre mon dos.

Il y a une fenêtre, et depuis mon poste dans un coin, sur les carreaux froids, je regarde le soleil qui se lève et déverse une lumière orange sur le monde.

Les étoiles parsemant le ciel infini de Bakersfield commencent à perdre de leur éclat.

Je ferme les yeux.

Et finalement, alors que je sombre de nouveau dans le sommeil, l'écran de mes pensées se remplit de colibris.

Ils comprennent l'importance du mouvement.

Lorsque je me réveille, quelques heures plus tard, je n'ai aucune idée de l'endroit où je me trouve.

Il me faut un moment (qui me semble durer une éternité mais qui, en réalité, dure moins d'une seconde) pour réaliser que je suis dans la salle de bains, et que je ne vivrai plus aux Jardins de Glenwood après aujourd'hui.

C'est ça le truc, avec le temps.

Une seconde peut donner l'impression de s'éterniser si elle précède un immense chagrin.

Je suis très, très fatiguée, mais je prends une douche et me lave les cheveux.

Je les laisse sécher comme ils veulent, à savoir dans une masse de boucles brunes.

Je ne les tire pas en arrière, je ne les natte pas, je n'essaie pas de les contrôler.

Ils sont ce qu'ils sont.

Je suis ce que je suis.

J'enfile mon ancienne tenue de jardinage.

Je glisse dans ma poche le gland que Mai m'a donné.

Peut-être qu'il me portera chance. Je m'en suis tirée jusque-là. Ça doit bien vouloir dire quelque chose.

Je ne vais pas porter mon chapeau rouge, parce que je serai à l'intérieur.

Mais je le prendrai avec moi parce que le rouge est une couleur porte-bonheur, très importante dans la nature.


Au petit déjeuner, la vie continue malgré tout.

Je prends une banane couverte de taches brunes.

On dirait le pelage d'une girafe.

Si j'étais assez grande, je partirais vivre en Amazonie et j'étudierais les plantes locales, parce qu'il est possible que l'une d'elles détienne la clé du traitement contre le cancer.

Mais les obstacles sont insurmontables.

Je n'ai même pas de passeport.

Nous essayons de manger quand Dell arrive, plus tôt que d'habitude.

Lui et Pattie prétextent qu'ils doivent aller chercher quelque chose dans la voiture et descendent au parking couvert.

Je suis certaine qu'ils parlent de ma situation.

Ils reviennent après quelques minutes et disent seulement qu'il faut partir, sans quoi Mai va rater la première sonnerie.

Je demande à Pattie ce qui va se passer pendant l'audience. Elle dit qu'il ne faut pas que je me fasse de souci.

Je ne trouve pas cette réponse très satisfaisante.

Qui ne s'inquiéterait pas à ma place ?

Mais le pire, c'est que je la connais maintenant. Chaque jour, je passe beaucoup de temps avec elle. Si bien que je vois à l'expression de son visage qu'elle aussi se fait du souci.


Mai veut nous rejoindre au tribunal cet après-midi.

Je lui dis :

– Tu n'es pas obligée de venir. Tu es censée aller au lycée. Je suis prête, maintenant. Je suis plus forte.

Et ensuite, je me lève et je vais dans la salle de bains.

Seulement quelques minutes plus tard, Lenore arrive.

Pattie me dit que ce n'est pas un au revoir.

C'est un *Hẹn gặp lại sau*.

Ça signifie « À plus tard ».

Je réponds :

– Oui. À plus tard tout le monde.

Il faut que je décampe avant qu'on ne sombre dans le mélodrame.

Je serre Mai dans mes bras et tente de rester courageuse, d'autant plus qu'elle s'effondre pour deux.

D'ordinaire, elle est toujours la personne la plus coriace présente dans la pièce, mais mon départ fait craquer son armure.

J'étreins Dell, puis Pattie. Je salue Quang-ha d'un hochement de tête.

Puis je me tourne vers Cheddar.

Il m'observe, assis sur le dossier du canapé. Je m'apprêtais à lui dire au revoir. C'était ce que j'avais prévu. Mais j'en suis incapable.

Je me détourne.

Et j'entends tinter la clochette sur son collier.

La seule chose que je trouve à dire, c'est :

– Arrosez bien les plantes dans la cour, s'il vous plaît. Surtout le pittosporum. Je viendrai jeter un coup d'œil au jardin dès que possible.

J'entends Mai qui sort de la pièce et s'enfonce dans le couloir. Elle n'en peut plus.

Je me retourne juste avant de passer la porte. Cheddar se tient dans les mouchetures de lumière colorée projetées par le verre brisé, sur le toit.

Cela rend sa tête toute tremblante.

À moins que ce ne soit son apparence normale à travers des larmes.


Je grimpe dans la voiture de Lenore et lève les yeux sur le bâtiment.

J'aperçois Cheddar à la fenêtre.

Je murmure :

– Au revoir.

Je n'ai pas dit au revoir à mes parents. Je n'en ai jamais eu l'occasion. Ils étaient là et, l'instant suivant, ils avaient disparu.

Est-ce que ça compte, de dire au revoir ?

Est-ce que ça met vraiment un terme à quelque chose ?

Je ne les ai pas serrés dans mes bras ce matin-là, avant de partir au collège.

C'est pour ça que je ne veux pas y retourner.

Je peux gérer les autres élèves, les professeurs et tout le reste ; tout sauf ce souvenir.

Je ne peux pas y retourner, parce que chaque fois que je m'autorise à repenser à mon dernier jour là-bas, je m'effondre. Je me détache de ce monde.

J'éclate en mille morceaux.


Je m'inquiète pour Quang-ha.

Je sais qu'il a beaucoup de devoirs à rendre cette semaine. J'espère qu'il essaiera au moins d'en faire une partie.

Et puis, il y a Dell. Recommencera-t-il à fourrer des tonnes d'objets dans ses placards ? Se remettra-t-il à regarder par la fenêtre en attendant que sa vie débute ?

Pattie continuera-t-elle à travailler si dur ? Je sais pertinemment que les vapeurs des vernis à ongles lui sont nocives.

Je me rends compte que je me fais du souci pour chacun d'entre eux.

C'est mieux que de m'en faire pour moi.

Voici l'un des secrets que j'ai appris au cours de ces derniers mois.

Se préoccuper des autres détourne les projecteurs de ses propres malheurs.

# chapitre 58

Je suis à Jamison, dans une grande pièce, avec cinq autres filles.

Nous avons toutes une audience aujourd'hui.

Quatre de ces cinq filles dorment. Ou du moins font semblant.

La cinquième parle dans son téléphone portable.

J'ai apporté mon ordinateur et, au bout de ma troisième demande, la femme à l'accueil me donne le code WiFi.

Je suis la seule à avoir un ordinateur. Je me sens coupable de l'utiliser, mais elles ne semblent pas s'en soucier.

Ici, tout le monde semble évoluer dans sa propre bulle de malheur, et nous échangeons peu.

Je préfère ça.

Puisque j'ai accès au code WiFi, je décide de jeter un coup d'œil au système informatique de Jamison.

Il est protégé, bien sûr, mais le niveau de sécurité du pare-feu n'est pas très élevé. Je me suis beaucoup intéressée à la mémoire tampon.

Il ne s'agit pas d'un réseau très sophistiqué, parce que je

reconnais immédiatement la couche transport ; j'en ai déjà étudié de telles.

Je me dis que peu de gamins hackeurs doivent échouer ici.

Je ne suis pas une hackeuse, mais j'ai du potentiel dans ce domaine.


Je me connecte immédiatement.

Je vais sur le compte de Lenore.

Soudain, en consultant ses mails, j'éprouve de la peine pour elle.

Elle semble absolument surchargée de travail. Les messages proviennent du tribunal pour enfants, d'établissements scolaires, des services de police.

Il y en a des montagnes.

Toutes sortes de documents médicaux sont mentionnés. Des rapports d'agressions physiques et de conduites criminelles.

Cela me donne la nausée.

C'est une nouvelle forme d'écœurement.

Je ne devrais vraiment pas lire ces choses-là.

C'est trop personnel, ça ne me concerne pas et ce que je fais n'est pas bien.


Les dossiers professionnels de Dell sont stockés dans mon ordinateur.

Je les ai tous transférés quand j'ai assemblé le sien, mais je n'y ai jamais jeté un coup d'œil.

J'en ouvre un, intitulé SDDGB. Et je lis :

Système Dell Duke des Gens Bizarres

1 = INADAPTÉ

2 = EXCENTRIQUE

3 = LOUP SOLITAIRE

4 = CINGLÉ

5 = GÉNIE

6 = DICTATEUR

7 = MUTANT

Dans la plupart des catégories, de nombreux noms apparaissent.

Je les passe en revue.

Quang-ha est un Loup Solitaire. Et Pattie un Dictateur. Je vois que Mai est un Dictateur junior.

Puis je me rends compte qu'un seul nom se trouve dans la catégorie MUTANT.

Dell Duke s'est noté lui-même.

D'abord, je suis consternée.

Et puis je comprends qu'il essaie simplement d'appréhender le monde.

Il cherche un moyen de tout ranger dans des catégories.

Il envisage les gens en tant que membres d'espèces différentes.

Il a tort, bien sûr.

Chacun de nous appartient à tous ces groupes. Je ne suis pas un génie. Je suis tout autant louve solitaire, inadaptée ou cinglée que n'importe qui.

En ce qui concerne le jardin, je me suis comportée en dictateur.

S'il y a bien une chose que j'ai apprise au cours de ces

derniers mois, c'est qu'on peut inventer des étiquettes pour classer les êtres vivants, mais qu'on ne peut pas mettre les gens dans des cases.

Ça ne marche tout simplement pas comme ça.


Je ferme mon ordinateur et, quelques petites minutes plus tard, une femme vient nous annoncer que le déjeuner est servi.

Même si je n'ai pas faim, je suis le groupe dans le réfectoire.

Il n'y a pas beaucoup de choix pour les végétariens, mais je réussis à picorer une salade et des épinards agrémentés d'une sauce au fromage d'une couleur orange vif alarmante.

Du moins, je pense que c'est de la sauce au fromage.

Mieux vaut ne pas demander.

À ma table, toutes les autres mangent un hot dog.

Quand nous avons terminé, on nous distribue à chacune un bol de glace à la vanille parsemée de vermicelles colorés.

Ma voisine de table se met à pleurer en voyant les vermicelles.

Je me demande si elle s'inquiète des effets secondaires à long terme associés à la consommation de colorants alimentaires artificiels.

C'est une crainte valable.

Mais je décide que non, parce qu'elle a une horrible brûlure sur le bras et qu'elle n'arrête pas de la gratter tout en sanglotant.

Une brûlure de la taille d'une cerise.

Penser que quelqu'un lui a fait ça me donne mal au ventre.

C'est peut-être même la raison de sa présence ici.

Je ferme les yeux et m'efforce d'imaginer que je suis de retour dans le nouveau jardin.

Et bientôt, mon bol de glace ressemble à de la soupe.

Et les vermicelles colorés ont tous coulé.


Lenore vient me chercher. Elle dit qu'elle aime ma coiffure aujourd'hui.

Je n'en ai pas changé depuis ce matin, alors sans doute cherche-t-elle simplement à relever un point positif.

Mais je souris quand même.

Je me rends compte qu'il s'agit d'un sourire sincère.

J'avancerai dans le monde et je ferai de mon mieux pour devenir la fille que mes parents auraient voulu avoir.

Ce n'est pas du courage, c'est juste que toutes les autres options se sont envolées.


Lenore m'emmène voir une psychologue spécialisée dans les problèmes de deuil (qui s'appelle Mme Bode-Ernst).

Assise dans son bureau, je me rends compte que je n'ai plus peur.

De rien.

C'est

T E R M I N É
E E
R  R
M   M
I    I
N     N
É      É

7 lettres tout juste.

Une simple coïncidence.

343

Il n'y a pas si longtemps de ça, j'entretenais de nombreuses peurs.

Maintenant, j'ai l'impression qu'il n'y a plus grand-chose à craindre.

Lenore dit :

– Aujourd'hui, ce ne sera que de la procédure. Tu verras le juge en privé. Il te posera peut-être quelques questions. Il y aura des papiers à signer.

Au sourire de Mme Bode-Ernst, je comprends qu'elle considère ça comme une bonne nouvelle.

Ou alors, elle sourit juste pour m'encourager.

Je ne partage pas leur optimisme.

La spécialiste du deuil dit :

– Tous les débuts sont durs. Je sais que tu as traversé beaucoup d'épreuves. Nous allons t'envoyer au collège. Et tu te feras plein de nouveaux amis. Tu verras, tu vas te remettre dans le bain plus vite que tu ne le crois.

J'hésite à lui répondre que mes expériences scolaires n'ont jamais été très bonnes, et qu'à part Margaret Z. Buckle, je n'ai jamais eu d'amis proches avant de rencontrer Mai et Quang-ha et de vivre aux Jardins de Glenwood.

Mais je ne veux pas lui faire de la peine.

Comment pourrait-elle savoir que je n'ai jamais nagé dans ce bain-là ?


Lenore et moi remontons dans sa voiture.

Elle m'explique que le juge assumera la responsabilité légale de ma personne.

J'espère qu'il s'agira d'une femme de couleur qui comprendra au premier regard que je suis différente, bizarre même (comme l'a découvert Dell Duke), mais que j'ai de la valeur malgré tout.

Désormais, c'est le tribunal qui mène la danse.

Je vois bien que Lenore se sent mal.

Mais rien de tout ça n'est sa faute.

Je veux qu'elle le sache.

Je veux lui dire que je suis désolée. Au lieu de ça, je lui touche le bras.

Juste du bout des doigts.

Après ça, je n'ai rien à ajouter. Je sais qu'elle comprend.


Au tribunal, je vais dans les toilettes des filles.

J'ai besoin de quelques minutes de solitude.

Le miroir n'est pas en verre.

C'est un revêtement en polyester composé d'une couche d'aluminium tendue parfaitement à plat sur une planche rectangulaire.

Pour qu'on ne puisse pas le briser.

Sans doute ont-ils estimé que les gens qui échouaient ici n'avaient pas besoin de plus de malchance.

J'ouvre la bouche et examine mon reflet.

Comme j'ai la peau sombre, mes dents paraissent très blanches. Elles sont droites et, je pense, d'une bonne taille.

Mais ce sont des dents définitives.

Impossible de le cacher.

Je ferme les yeux.

Je vois ma mère toujours souriante et mon père robuste.

J'entends leurs mots, formulés de tant de manières différentes et essayant, d'aussi loin que je m'en souvienne, de me pro-téger.

Se faisaient-ils trop de souci pour moi pour faire attention à eux ?

Ou bien la vie est-elle tellement imprévisible que la notion même de prudence se révèle futile ?

Si ces derniers mois m'ont prouvé quelque chose, c'est bien que je n'ai pas besoin de plus de théorie, mais de plus d'expérience avec la réalité.

Même si la dose qu'on m'a injectée a de quoi me durer une vie entière.

Quand je verrai le juge, j'essaierai de montrer une attitude positive, tout en contrôlant ma pression artérielle et mes autres fonctions vitales.

On a recensé des cas de cardiomyopathie liée au stress, aussi appelée syndrome du cœur brisé.

# chapítre 59

Dell se préparait.

Il choisit une cravate rouge. Et revêtit son costume. Pour la première fois, il n'avait pas entièrement menti à son patron en lui expliquant pourquoi il n'irait pas travailler.

Il se rendait au tribunal pour enfants afin de soutenir l'une des petites qu'il conseillait.

Il avait cru déceler de l'admiration dans la voix de son supérieur, qui lui donnait d'ordinaire l'impression de n'être qu'un gros flemmard.

À moins que ce n'ait été qu'un bâillement.

Alors qu'il remontait son pantalon, il fut surpris de pouvoir le boutonner à la taille.

La dernière fois qu'il s'était retrouvé dans cette situation, il avait dû le fermer avec une épingle de nourrice.

Voilà une preuve indéniable qu'il avait perdu du poids. Pas assez pour pouvoir sortir de sa voiture collée contre un van, mais tout de même, c'était agréable de voir son ventre dégonfler.

À l'autre bout du couloir, au numéro 28, Pattie débattait intérieurement de la tenue à porter. Elle opta finalement pour une chemise en soie blanche ornée de deux colombes brodées. Elle venait du Vietnam.

Elle avait déjà enfilé une jupe noire achetée dans une friperie.

Et des chaussons rouges.

Les colombes symbolisaient l'amour.

La jupe noire représentait le respect.

Et, bien sûr, les chaussons rouges portaient bonheur.

Il y avait peu de chances que les autorités saisissent ce symbolisme, mais au cas où, Pattie tenait à donner une bonne vision de ses intentions.

À l'autre bout de la ville, en cours d'histoire, Mai regardait par la fenêtre.

C'était injuste.

Si une seule personne devait y aller, c'était bien elle.

Elle avait été le déclencheur de toute cette histoire.

Il lui semblait que l'horloge fixée au mur, juste au-dessus de la tête de sa prof, n'avait pas bougé depuis une éternité.

Celle-ci radotait encore sur la Rome antique quand il lui devint évident que la seule chose qui comptait vraiment avait lieu au tribunal dans le centre de Bakersfield.

Quand la cloche sonna, elle avait une certitude absolue.

Mai expliqua à la conseillère d'orientation qu'il s'agissait d'une urgence familiale.

Et ensuite, elle utilisa un truc : elle se mit à parler en vietnamien. À toute vitesse.

Cela perturbait les gens.

En un clin d'œil, on lui délivra une autorisation écrite pour aller chercher Quang-ha en cours de biologie (où il se trouve qu'il regardait avec attention un court film sur la mitose).

Et quelques minutes plus tard, les deux Nguyen franchissaient les portes du lycée, en route pour le centre-ville.

Mai regarda son établissement par-dessus son épaule et remarqua une décalcomanie sur la fenêtre d'une classe.

C'était un tournesol. Baigné dans la lumière crue, il luisait comme s'il était en or.

Mai y vit un signe positif.

# Chapitre 60

Le tribunal de grande instance réservé aux affaires familiales se trouve au premier étage de la mairie.

Je pourrais poser un million de questions sur ce qui va se passer, mais j'ai décidé de me laisser porter par le vent.

Or, il souffle en rafales dehors, alors si cela représente un indicateur quelconque, peut-être qu'il va m'emporter très loin.

Lenore connaît bien le bâtiment et de nombreuses personnes la saluent. Elle garde la main posée sur mon épaule, ce qui est gentil.

Elle dit qu'elle sera là pour moi.

On m'emmène dans une salle d'attente.

Ils ne font pas asseoir les enfants dans la salle principale, et ça se comprend.

Un petit garçon entre, en pleurs. Il est petit. Je ne lui donnerais pas plus de six ou sept ans.

Un homme le prend dans ses bras et lui murmure des paroles à l'oreille, mais il continue de pleurer.

Je suis contente de ne pas pouvoir entendre ce qui se dit.

Il paraît que le plus dur, c'est l'attente.

Pourtant, elle ne me dérange pas, parce qu'après tout, je ne suis pas pressée d'aller où que ce soit.

Lenore quitte la pièce et je me rends compte que je pourrais m'enfuir.

Je pourrais tout simplement prendre la porte et m'en aller.

Mais je ne le fais pas. Et pas seulement parce que je suis fatiguée.

J'ai rendu les armes.

Mais ça ne veut pas dire que j'ai baissé les bras.


Au bout d'un long moment, une femme vient m'annoncer que c'est mon tour de voir le juge.

J'ignore ce qui retient Lenore, et je me sens obligée de l'attendre.

Mais la femme m'explique qu'elle doit gérer un événement inattendu.

Je me contente de hausser les épaules.

Je pense que tout ce que gère Lenore est inattendu.

Je suis la nouvelle responsable dans le couloir et nous pénétrons dans ce qu'on appelle le cabinet du juge.

Je suppose que l'expression « bureau du juge » ne véhiculerait pas la même impression de puissance.

Et à ce moment-là, je les vois.

Ils sont debout.

Dell porte un costume trop serré.

Il a d'un côté Quang-ha.

De l'autre Pattie.

Et tout près d'elle, il y a Jairo. Lui aussi est en costume, si bien que j'ai failli ne pas le reconnaître.

Et devant eux se tient Mai, un gros bouquet de tulipes à la main.

Ils sourient tous.

Je ne dis rien. Et je ne bouge pas. Je reste parfaitement immobile.

Je maîtrise la technique.

La femme assise derrière le bureau se lève. Elle porte ce qui doit être une robe de juge, mais qui ressemble à une tenue de choriste à l'église. Je ne cille même pas quand elle déclare :

– Willow, je suis la juge Biederman. Et je pense que tu connais ces personnes.

Je ne sais pas trop quoi faire.

Je me rends compte que mes yeux se remplissent de larmes, mais je ne pleure pas. J'ai juste les yeux humides.

J'ignore ce que tout cela signifie.

La juge poursuit :

– Aujourd'hui, une demande officielle concernant ta garde a été adressée à la cour. Dans une requête déposée par M. Jairo Hernandez et Mlle Dung Nguyen...

Pattie l'interrompt :

– Pattie.

La juge Biederman continue, mais je déduis à la façon dont elle plisse le nez qu'on ne doit pas lui couper la parole très souvent.

– M. Hernandez et Mlle *Pattie* Nguyen demandent la garde conjointe en tant que partenaires...

Après ça, je n'entends plus rien.

Je n'en ai pas besoin.

J'ai conscience que Lenore entre dans la pièce.

Et à un moment donné, elle passe un bras autour de moi. Je m'enfonce dans un fauteuil, j'enfouis le visage dans mon chapeau rouge et je ne sais plus si je pleure ou si je ris.

J'entends la voix de Mai.

– Ça va aller maintenant. Ne pleure pas, Willow.

Je réponds en vietnamien.

– *Được hơn là bình thường.*

Ce qui signifie : « Ça va mieux que bien. »


Pattie et Jairo ne vont pas se marier, ni rien de ce genre.

Mais ils ont entamé une sorte de relation, et j'ai bien l'impression qu'elle dépasse le cadre amical.

Nous découvrons que Pattie ne restait pas tout le temps si tard au travail.

Elle et Jairo sont allés dîner et même voir quelques films, et une fois, ils ont assisté à une lecture de poésie à l'université de Bakersfield.

La même expression se peint sur tous nos visages quand nous entendons ça.

C'est (bien sûr) Quang-ha qui lance :

– Une lecture de poésie ? Tu plaisantes, j'espère.

Dell aussi voulait demander ma garde, mais il est trop fauché pour remplir les conditions requises – même si j'ai récemment mis en place des prélèvements automatiques sur ses comptes pour l'aider à redresser un peu l'état de ses finances.

Jairo a de l'argent sur son compte (grâce au gros lot), mais la grande découverte, c'est que Pattie flirte elle aussi avec l'accumulation compulsive.

Tandis que, pendant des années, Dell empilait des assiettes en plastique, Pattie entassait de l'argent.

Elle l'avait caché à tout le monde, mais comme le tribunal doit examiner tous ses documents financiers, elle doit bien admettre qu'elle possède, pour reprendre les mots de Quang-ha, « une somme de malade ».

Je ne suis pas censée assister à tout ça, mais Pattie et Jairo n'ayant pas suivi la procédure correcte, Lenore doit apporter tous les papiers en ma présence.

La juge Biederman déclare que, pour l'instant, elle va fermer les yeux sur toutes ces paperasseries, car elle n'a pas envie d'agiter le chiffon rouge.

Je vois que l'idée du chiffon rouge plaît à Pattie.

À cause de son attachement à cette couleur, évidemment.

Je n'ai jamais entendu cette expression.

Je prends note qu'il me faudra effectuer des recherches à ce propos.


Lenore signe l'accord, mais elle précise bien que Pattie et Jairo devront revenir pour mettre les choses en ordre.

Le plus important, pour aujourd'hui, c'est qu'on leur a conjointement accordé la garde (bien partie pour ne plus être temporaire) d'une certaine Willow Chance.

Désormais, c'est légal.

Quand la juge prononce officiellement ces mots, Dell se fait remarquer en se laissant tomber à terre, comme pour faire un grand écart.

Sans doute pour célébrer la victoire.

Mais il déchire son pantalon au niveau de l'entrejambe, et non seulement c'est très embarrassant pour lui, mais cela déclenche aussi un fou rire de Quang-ha.

Ses fameux gloussements haut perchés.

Et alors, l'effet de contagion entre en action.

Et cette fois, je n'y échappe pas.

Je vois au visage chiffonné de la juge qu'il est temps pour nous de partir.

Dehors, Mai me serre très fort contre elle.

Puis Quang-ha balance un bras autour de mes épaules, et je sais qu'il va me dire quelque chose d'important.

Il baisse la voix, et j'entends :

– J'ai un devoir d'anglais à rendre mercredi. Sur *Moby Dick*. J'espère que tu auras le temps de le lire.

Ensuite, nous traversons la place et grimpons dans le taxi de Jairo. Trois à l'avant et trois à l'arrière.

Ça ne me paraît pas très prudent, néanmoins il y a des ceintures de sécurité pour tous les passagers.

Nous décidons d'aller au restaurant *Luigi's* (puisqu'il s'agit de l'un des préférés de Dell, et que c'est lui qui témoigne le plus d'enthousiasme pour la nourriture).

Je prends des haricots *sacco*, à savoir des haricots *pinto*, ou rosés, ayant macéré dans de l'huile, du vinaigre et du piment rouge écrasé.

Tous les autres commandent des sandwiches chauds à la langue marinée épicée.

Je ne mange pas de viande. Et les abats entrent encore dans

une autre catégorie d'aliments que je ne voudrais mâcher pour rien au monde.

Néanmoins, je me contente de sourire alors qu'ils m'en proposent tous une bouchée.

# chapitre 61

Nous sommes dans le taxi, sur le chemin du retour, quand Pattie nous fait une grande révélation.

Elle veut acheter la résidence.

Les Jardins de Glenwood.

Nous croyons tous qu'elle plaisante mais, apparemment, elle en a déjà parlé à la banque, et elle a fait une offre.

Je ne sais pas trop que penser; en revanche, Dell est aux anges.

Il doit se dire qu'il ne se fera pas expulser si elle devient propriétaire de l'immeuble.

Mais je doute qu'il conserve son statut de représentant.

Le plus galvanisé par cette nouvelle, c'est Quang-ha. Je suppose qu'il craint toujours de devoir retourner dans le garage derrière le salon.

Il dit que si sa mère possédait la résidence, il faudrait fabriquer une rampe de skateboard à l'entrée principale, au niveau des marches.

Je ne savais pas qu'il faisait du skate.

Intéressant.

Pattie répond que rien n'est certain.

Je n'ai jamais entendu une affirmation aussi juste.

En fin d'après-midi, quand tout s'est calmé, je range ma tenue de jardinage et je vais courir mon kilomètre et demi.

Puis je m'assieds à côté des bambous, dans la cour.

Je sais que je repenserai très souvent à cette journée.

Alors, je me rends compte que nous sommes le 7 du mois. Et cela ne me surprend pas.

Le 7 est un nombre naturel.

Et un nombre premier.

Il existe 7 formes de catastrophes élémentaires.

Et 7 jours dans la semaine.

Isaac Newton a identifié comme suit les 7 couleurs de l'arc-en-ciel :

Violet

Indigo

Bleu

Vert

Jaune

Orange

Rouge

Dell a classé les gens dans 7 catégories :

Inadapté

Excentrique

Loup Solitaire

Cinglé

Génie

Dictateur

Mutant

Je possède mon propre système d'ordre.

Je pense qu'à chaque étape de la vie, il y a 7 personnes importantes dans votre univers.

Des personnes qui sont en vous.

Des personnes sur lesquelles vous comptez.

Des personnes qui transforment votre vie au quotidien.

En ce qui me concerne, je compte :

1. Ma mère (pour toujours)

2. et mon père (à jamais)

3. Mai

4. Dell

5. Quang-ha

6. Pattie

7. Jairo

Je décide qu'à partir de maintenant, quand je commencerai à avoir très mal à la tête, je fermerai les yeux et compterai jusqu'à 7, et non de 7 en 7.

Je visualise chacune de ces personnes comme les couleurs de l'arc-en-ciel.

Vives et distinctes.

Et elles occupent une place permanente dans mon cœur.


Si l'entrepreneur avait eu plus d'argent, cet espace aurait probablement accueilli une piscine.

Mais ce n'est pas le cas.

C'est un jardin.

Je change de position et, soudain, je sens quelque chose dans ma poche.

Mon gland porte-bonheur.

Je me lève et choisis un emplacement sur le côté, là où, je le sais, il y aurait assez de place pour un arbre de grande taille. J'enfonce mon doigt dans la terre pour creuser un petit trou et j'y dépose le fruit brun.

Puis je retourne sur les marches et là, assise dans un rayon de soleil hivernal, je vois deux petits oiseaux qui viennent se poser sur le chèvrefeuille planté près des bambous.

Ils me parlent, pas avec des mots, mais par leurs mouvements.

Ils me disent que la vie continue.

# Remerciements

J'aimerais remercier Jennifer Bailey Hunt et Lauri Hornik, mes éditrices. Ce sont elles qui ont fait ce livre. À plusieurs reprises, j'ai voulu abandonner. Elles m'en ont empêchée. Je vous adresse à toutes deux ma plus profonde gratitude.

Deux agents m'ont accompagnée dans l'écriture de ce livre. Ken Wright et Amy Berkower. Tout le monde devrait bénéficier du soutien que ces deux personnes offrent aux écrivains.

Parmi les nombreux professeurs formidables que j'ai eus, 7 ont complètement changé ma vie. Sharon Wetterling (Condon Elementary School, Eugene, Oregon), Harriet Wilson (South Eugene High School), Arnie Laferty (Roosevelt Middle School, Eugene, Oregon), Ray Scofield (Roosevelt Middle School), Wayne Thompson (Roosevelt Middle School), Dorothy Iz (Robert College à Istanbul, en Turquie), et Addie Holsing (Willard Middle School, Berkeley, Californie). Merci d'avoir donné autant de vous-mêmes à vos élèves.

J'ai beaucoup d'amis écrivains. Plus de 7. Ceux qui m'inspirent chaque jour (en plus de mon mari), sont Evgenia Citkowitz. Maria Semple. Aaron Hartzler. Lucy Gray. Mart

Crowley. Gayle Forman. Charlie Hauck. Henry Murray. Allan Burns. Nadine Schiff. Elaine Pope. Henry Louis Gates. Diane English. Nancy Meyers Bill Rosen. Stephen Godchaux. Ry Cooder. David Thomson. Amy Holden Jones. Et John Corey Whaley.

Ma mère, Robin Montgomery, est toujours là pour moi, quoi que je tente de faire. Et je la remercie de sa perspicacité, de sa sagesse et de son humour. J'ai eu la chance d'avoir 7 autres mamans en grandissant, et donc, à cette liste de mercis maternelle, j'ajoute Bertie Weiss, Ann Kleinsasser, Risha Meledrandi, Jane Moshofsky, Donna Addison, Mary Rozaire et Connie Herlihy.

Je dois remercier Thu Le et Minh Nguyen pour leur aide en vietnamien.

Et pour finir, les 7 personnes présentes chaque jour, de tant de façons différentes. Farley Ziegler. Tim Goldberg. Randy Goldberg. Anne Herlihy. Max Sloan. Calvin Sloan.

Et Gary Rosen.

*Love you* (7 lettres).

# L'auteur

**Holly Goldberg Sloan** est née à Ann Arbor, dans le Michigan, et a vécu en Californie, aux Pays-Bas, à Istanbul, à Washington et dans l'Oregon. Elle a vendu son premier scénario à la Paramount à l'âge de dix-sept ans et n'a depuis cessé d'écrire tout en travaillant dans la publicité puis pour le cinéma. Elle a notamment écrit plusieurs scénarios pour Disney. Mère de deux enfants, Holly Goldberg Sloan habite aujourd'hui à Santa Monica, en Californie, avec son mari, l'écrivain Gary Rosen.

Son premier roman, *Cavale*, a été publié aux Éditions Gallimard Jeunesse.

Blog : http://hollygoldbergsloan.com/

**On lit plus fort .com**

Le blog officiel
des romans
Gallimard Jeune
Sur le web, le lie
incontournable
des passionnés
de lecture.

ACTUS

AVANT-PREMIÈRES

LIVRES À GAGNER

BANDES-ANNONCI

EXTRAITS

CONSEILS DE LECTU

INTERVIEWS D'AUT

DISCUSSIONS

CHRONIQUES
DE BLOGUEURS...

Le papier de cet ouvrage est composé de fibres naturelles, renouvelables,
recyclables et fabriquées à partir de bois provenant
de forêts gérées durablement.

Mise en pages : Maryline Gatepaille

ISBN : 978-2-07-065771-1
Loi n° 49-956 du 16 juillet 1949
sur les publications destinées à la jeunesse
Numéro d'édition : 260885
Dépôt légal : octobre 2014
Achevé d'imprimer sur Roto-Page
par l'imprimerie Grafica Veneta S.p.A.
Imprimé en Italie